雖然苦，還是想活成令人羨慕的樣子

那些在都會流淚築夢的女子們

王欣——著

目錄 Contents

序

眞苦呢，但還是想活成令人羨慕的樣子啊！

四十歲的女主角挽著備胎男走在東京街頭，迎面過來一位養眼女子，全身頂級名牌、當季新款，卻毫不俗氣，嫻雅優美。那女子挽著完美的丈夫、牽著完美的狗，盈盈淺笑，令女主角那一刻抑制不住地幻想：「如果那是我該有多好！」

「一起加油吧！因爲想得到的東西還有很多！」這是《東京女子圖鑑》的最後一句台詞。

那麼，女主角在她東（京）漂二十年的人生中，得到了什麼？她，一個小地方的女生，自中等大學畢業後，來到東京，從社會住宅與民營企業的行政人員開始，奮鬥十年，才轉去國際大品牌當公關，然後再一步步往上升；陸陸續續，交往過甜而平庸的小男生；在二十多歲的時候釣高富帥失手；三十歲出頭時給一個有錢有品的老男人做情人，直接提升了生活格局，想以分手逼轉正，結果直接被分手，因爲老男人才不想離婚；相親，找了標準中產男結婚，無趣、無貌，但有房；臨近四十歲時離婚，因爲自己也事業有成、不缺錢，又沒孩子，何必繼續維持一段牛頭不對馬嘴的婚姻？然後開始睡小男生，無拘無束。四十歲一過，突然恐慌，擔心老無所依，想回老家，但最終還是決定留在東京，自己買了房，和認識多年的男閨密作伴過日子。走在街頭，看見許多活生生的人生贏家，又羨慕又被鼓舞，於是對自己說：「我想得到的東西還有很多。」

這麼一看，著實覺得趙雷唱的〈三十歲的女人〉有點悲傷：「她是個三十歲，至今還沒有結婚的女人，她笑臉中眼旁已有幾道波紋，三十歲了光芒和激情已被歲月打磨……」想知道趙雷到底是在哪裡遇見了三十歲就又頹喪又老的女人？還是說中國的民謠歌手和中國的都市女子是分別生活在兩個平行宇宙中？

「姑娘，我有酒，妳有故事嗎？」

「噗！我沒時間。」

別說東京女子，無論是北京女子、上海女子、深圳女子、成都女子……三十歲，在這年頭根本就還是個女孩啊！誰能在三十歲就見夠了世面，談夠了戀愛，被歲月磨成了喪家犬？

因爲是女子，再怎麼勸自己適可而止，卻永遠都有下一個想得到的東西。

《東京女子圖鑒》一共十一集，每集二十分鐘，卻容納了一個女人的二十年。所以每一集都只選取了女主角一些重要的人生節點來講——爲什麼極力離開家鄉？爲什麼選擇租這個地段的房子？爲什麼毫不猶豫地選擇了那樣的男人？爲什麼能平靜冷漠地處理生活中的一切不易？

想一想妳自己，從四川、湖南、內蒙古、山東……經過了什麼，才來到現在的城市，做著現在的工作，養成了現在的品位與習慣？

我們這一生的最大理想，不就是把自己過好嗎？不再重複上一代的模式，不必依賴任何人的施捨，按自己的喜好不斷修正自己，將原生家庭、成長挫折、社會現實對自己的影響降到最低，最終活成自己喜歡的模樣。

來說說我自己吧。

我小時候，非常喜歡三毛。

十一、二歲時，家人不准我讀閒書，我硬是從每天的餐費裡一點一點存出了整套三毛全集。我還喜歡去我家附近一座蕭條軍工廠裡的環形安防天橋上讀三毛的書，那裡多年無人巡邏，高高地架在大院之上。攀爬上去，坐在橋緣閱讀，任由雙腿在半空之中晃蕩。絕對寂靜的環境，配合三毛的文字，會有極強的畫面感。彷彿頭頂就是撒哈拉的藍天，半空下的廠房就是阿雍小鎮。

讀完整套之後，我會從第一本開始又重新讀一遍。反覆想像三毛在沙漠裡安的家，輪胎做的沙發、大束的野荊棘、奇形怪狀的風化石；想像她與荷西穿越沙漠到達海邊獵起一條條大魚，當場燒烤，喝水桶裡冰鎮的啤酒；想像她從絕壁悄悄攀岩而下，偷看土著女人用海水洗澡；想像她在清晨時分，背著大布袋去垃圾場拾荒，然後如獲至寶……想像，成全了年少時的自由。而我也總是跳過荷西死後那幾年的三毛作品，因爲不願讀她受困受傷，然後同樣得審視現實的苦悶。

而現實就是，我從未眞正渴望過三毛的生活。

再羨慕，我也知道要靠成績才能從這裡走出去；再苦悶，我也堅信大城市比大沙漠更適合自我實現。於是，當開始爲自己做主之後，我便沒再讀過三毛，並心安理得地去過她曾經最輕視的純物質生活。這樣也好，沒有渴望過，也就不需要在她死後去了解各種「三毛眞相」。眞相，是給堅定的膜拜者，而大部分人，都只是在某段生活之中借了她強大內心的一點力量而已。

反正我是擔不起三毛書裡的純粹。畢竟，愛得驚天動地、轟轟烈烈的後果總是分得披頭散髮、神形俱滅，而哪怕只在大理待一個月，也需要賣命一年，甚至更長的時間來做經濟支撐。任何形式的純粹，都是要拿命來換的。

我自認我只願好好活著，而不是必須活得純粹。以活著爲目的的人，總有不同的方式去感受純粹——所以，當現在的我偶爾在冷清時段，拎著酒獨自去電影院看一場電影，這與多年前在那座高高的天橋上閱讀三毛，感受並無不同。

嗯，我來自貴州，今年三十四歲，定居北京已十七年。我滿喜歡我現在的生活。妳呢？什麼時候來的，日子過得還開心嗎？

《東京女子圖鑑》還有兩個地方滿有意思的：女主角近三十歲時認識了一個高富帥，花了一切心思和他交往，最後高富帥卻選擇了一個二十歲出頭、長相穿著皆甜美的網路模特兒，女主角問為什麼，男人回答他：「妳看起來太聰明，又很有自己的打算，男人通常只想選擇和傻乎乎的女人結婚。」

三十多歲時女主角又受了一點情傷，於是決定結婚。經指導，她故意穿上便宜的衣服，打扮成「好相處」的樣子去相親，很快地就挑了一個社會地位相等、其餘各方面都搭不到一起的男人結婚，她刻意對著鏡頭說：「我就是需要結婚而已，他有房，而且我們年收入加在一起有一千五百多萬日幣，不錯吧？」

如果妳獨自在大城市裡生活，事業穩定且體面，看到這兩個情節，一定會會心一笑——是啊，不明白有什麼好催婚的，真的以為我需要幫助或督促嗎？

當妳自己就能做到衣食無憂，當妳不是很需要靠另一個人來替自己增值，想結婚，實在太容易了。無須計較感覺，像考慮企業合併一樣考慮婚姻，一個體健貌端、資產良好的人，怎麼可能找不到人結婚？

我身邊有太多事業經營得還不錯的職場女性，突然有一天就一聲不吭地跑去結婚了。老公也許是朋友介紹的，也許是相親認識的，也許是多年同學或青梅竹馬，總之，絕不是她們曾經心心念念的那一個。至於配偶帥不帥、有不有趣、有什麼樣的情史，就無所謂了。

這不是妥協，這是她們爲自己規畫的人生中不可或缺的一步：要有穩定的家庭、可愛的子女，然後繼續做自己想做的。

相反，談戀愛的確就難了。當妳見識越多，衡量一個人的變數就越多。最開始是要相貌，然後要品格、要趣味，對品位的考評更是一門系統科學，當然，經濟能力至少也要旗鼓相當。因爲談戀愛談的全是感覺，感覺絲毫不對，戀愛也分分鐘鐘灰飛煙滅。

所以，結不結婚就像喝不喝酒一樣，是一種徹徹底底的個人選擇。結婚了，是水到渠成，至少當時面對這個選項時，妳覺得沒什麼可不結的；不結婚，是妳知道妳負擔得起這種任性，就像妳負擔得起獨自買房、買車、買新款時裝一樣，放著也沒有壓力，那不如就再等等喜歡的吧。如若妳就是跟最喜歡的人結了婚，恭喜妳，妳著實擁有了令人羨慕的人生呢。

很苦呢，這一路走來。

妳也許要戰勝妳的飲食習慣，才能精瘦、健美、有線條。曾經的妳又怎麼知道，習慣了數十年的飯菜竟然全是弊大於利的高碳水化合物、高脂肪？

妳還要收拾情緒，始終盡心盡力地面對工作。如黃碧雲所說：「我極爲絕望的時候總會看自己的手。對自己說：『這就是我的所有。』從來沒有什麼運氣，但我有一雙會勞動會學習的手。張開是祈求，合起來是意志，聽你說話的時候，自己握著自己。更何況，我還有頭腦與微笑呢。」

妳要坦然面對人生中所有的不告而別，無論朋友、戀人、親人。很多時候並沒有「好好說再見」這回事，必須學會少依賴一點。

對了，還要與寂寞相伴，而不是被寂寞打敗。

很苦呢，如果妳出身平凡，一切都得靠自己，但又想活得充實、開闊，令人羨慕。而且這一路還要遭遇不解、嘲諷與詛咒。

可是妳還是放不下理想與視野吧？

當妳在大學志願表上填下第一志願的時候，當妳拿著幾千塊的實習薪資也做得甘之若飴的時候，當妳仰望這城市最堂皇的樓宇，心裡想著究竟是什麼樣的人住在裡面的時候，當妳總對無窮無盡的新表演、新餐廳、新花樣躍躍欲試的時候……妳早已下定決心，選擇這城市，選擇這生活。

至於最後是否令人羨慕？沒關係，就讓我們走一步算一步。

最後一個問題，妳喜歡這篇文章嗎？如果我寫一本《雖然苦，還是想活成令人羨慕的樣子》，妳覺得如何？我打算寫各種行業，各種人生，就放在我的微信裡連載，以短篇小說的形式。

一則，我覺得好玩；二則，想梳理下，共同生在這城市的我們，是怎樣成爲了我們。想看嗎？那麼這一篇就當作這本書的序吧。

CHAPTER 1

這城市
歡迎
夢想與美貌

當她每次走進公司，
經過大廳那面掛滿了公司名模封面、
代言的照片牆時，
她還是想留下來弄明白兩個問題：
她們是怎麼做到的？
她們後來去了哪裡？

大約從她十一歲開始，親戚朋友街坊熟人，就一再斷言她會成爲一個模特兒。

那時她已長得比許多成年人還要高，一百六十五公分的個頭往同年齡的小孩中間一站，立刻呈現鶴立雞群的畫面。兩根竹籤似的長腿、一張小臉，每每被大人看見，留給她的總是這麼一句：「這麼高的個子，將來一定會當模特兒！」

在她生活的南方小城裡，所有人對模特兒的認知，全來自早期的春節聯歡晚會。那時候的春晚節目一定會有時裝表演，幾個濃妝豔抹、燙著時髦卷髮的女子，在春晚的舞台上踩著鼓點，來回展示樣式新穎的新潮時裝。觀衆分不清楚她們誰是誰，唯獨深刻記得：她們每一個人都比在旁邊伴唱的女歌星和伴舞人員高出一個頭。

她的父母並不認同旁人給予她的職業預言。這對普通工人夫婦堅定地認爲，他們的女兒將來一定得考一所好大學，選一個未來不愁找工作的科系，然後安安穩穩地結婚生養，不必露宿風餐、事事求人，才是最大的幸運。而她一枝獨秀的身高，是達成這一未來的有力輔助——爲了爭取體保生的資格，十一歲那年，父母託關係在業餘體校裡找了個籃球教練，在課餘時間教她打籃球。

十六歲時，她長到了一百七十九公分，成爲高中校籃球隊主力，同時也考到了二級運動員的認證。但她卻漸漸發現：自己既不愛籃球也不愛讀書。她不想變成職業女籃選手，在日復一日、高強度的體能訓練中，練出充滿爆發力卻毫無美感可言的小腿三頭肌和肱二頭肌，透過攝取大量的牛肉與蛋白質，長出和男人一樣的強壯身形；至於課業，更是有心無力。每天動輒兩到三小時的籃球訓練後，她在上課時就能睡著，回到家裡也累得不想複習，腦袋裡只機械地迴盪著籃球砸在地板上又不斷騰起再砸下的聲音。

某一次下課休息時間，她隨手翻了翻女同學的時尚雜誌，猛然想起童年時別人最常對她說的那句話，於是，她萌生出了一個念頭：以後要是能當模特兒也滿好的。

結果她還是借助了籃球的術科優勢，考到了南方大城的體育學校。這雖然偏離父母設定的目標不少，但他們依然感激地認了命。那一年，她十八歲。

大一暑假前，國內某著名模特兒經紀公司的工作人員來到學校，熟門熟路地找到各系所的院長，委託他們安排面試所有身高超過一百七十四公分的新入學女學生。有經驗的學姐告訴她：「這是選拔參加該公司一年一度全國模特兒大賽的內定選手，如果選上了，保證能得名、簽合約。」

模特兒公司那母儀天下的男總監在見到她後，當下即拍板決定，希望她參加當年的模特兒大賽。在全國各所體育院校裡，個頭高的女孩不少見，少見的是，個頭高且勻稱、沒有多餘脂肪亦沒有過度肌肉、輪廓分明、臉小精緻、頭肩比例完美的女孩。男總監對她循循善誘，說模特兒是很有前景的職業，中國所有名模幾乎都出自他們公司，參加完比賽，簽約後去北京發展，廣告多、演出多，接觸的也多是各行各業的菁英人士，若發展得不錯，還能代表中國參加世界模特大賽，走向國際……

她並沒有隨著男總監爲她描繪的壯闊藍圖想到巴黎、米蘭那麼遠，只想著哪怕能去海南島免費旅遊一次，也就值得了。

與模特兒公司私下達成協議後，果不其然，在該公司當年模特兒大賽的地區分賽上，她以冠軍的姿態順利進入全國總決賽。九月裡，她去了三亞，一邊玩一邊比賽，最後拿了總決賽的季軍及「最佳上鏡獎」。

大賽之後，她暫時回到學校。沒多久，模特兒公司的經紀人就打電話來催她——照規矩，每年大賽的十佳模特兒全部預設簽約成公司的職業模特兒。她做爲當年大賽的第二名，公司更是爲她重點打造了一系列的推廣與包裝，所以，她必須速來北京。

掛了電話，也不知怎的，巴黎、紐約的輪廓突然就浮現在她眼前，她平靜且迅速地辦好了休學手續，買了一張單程車票，終點是北京。

來北京西站接她的是公司的小助理。兩人叫了計程車之後就直接去了公司，這次比賽所有獲得名次的人都在，各有各的風塵僕僕。母儀天下的男總監再度露面，少了客氣，短短幾句寒暄後，開始宣布政策：「在場各位從今天起便是公司正式簽約的模特兒，必須遵守公司各項規定，所有模特兒工作需聽從經紀人調度，不可私自承接任何形式的商業合作，違者將面臨訴訟賠償。公司原則上不負責個人食宿，有需要的模特兒可自行承租公司已經聯繫好的宿舍，四人一間，租金每人每月兩千元……」

她和其他三位模特兒一起住進了宿舍。四個女孩在比賽時就認識了，彼此毫不陌生。在北京安頓好以後，她們時常興致勃勃地結伴逛超市、買菜、做飯，小心翼翼地摸索、探尋這城市除了宿舍以外的部分，閒暇時在宿舍傳閱時尚雜誌，分享化妝心得，一起憧憬五彩斑斕的模特兒生涯。

沒多久，公司開始派工作給她們，全是各類服飾博覽會走秀，天南地北，不一而足。她和一些新老「名模」（凡是在該公司每年模特兒大賽上獲得全國名次的，均會被授予「名模」稱號）坐著火車從最北邊的牡丹江、齊齊哈爾到最南邊的東莞、石獅，在一家家大型商場、展覽館、體育館門前，穿著旗袍、羊毛衫、婚紗、廉價的晚禮服，走過一條條用簡易鋼架搭起來，再鋪上三合板並蓋著紅地毯的天橋。每走一場，分給她的酬勞從兩千到八千不等，在一些極其偏遠的服裝展銷會上，她們前三名模特兒完全以明星之姿出場，酬勞亦水漲船高，分到每個人手裡，有時竟有兩萬甚至四萬元之多。相比之下，只有十佳稱號的「名模」，行情相當慘澹：稍微大型的服飾博覽會走秀只用歷年前三名，分到十佳手裡的活動，往往是遠在湛江、柳州等三線城市的車展開幕活動，抑或近郊縣房屋的開售儀式——前者需要她們打扮如本地夜總會坐檯小姐般，站在並不高端的家用汽車甚至家用小貨車旁搔首弄姿；後者幾乎得全掛武藝上場，十佳不但得繞著房屋走秀，有時還得拾回兒時學過的琵琶、古箏、揚琴，有模有樣地來一段才藝表演。

日子稍一長，和她一起來北京的女孩，漸漸消失。她們沒有一個人願意再接小地方的走秀工作，舟車勞頓、收入微薄是一回事，心裡的難受不言而喻。於是，一些模特兒和公司協商提前解約回了老家，另一些被公司死活不放的模特兒選擇了消極怠工，夜夜去混夜店。

最絕望的時候，她也和學姐們去夜店。幾個身高一百八十公分又漂亮的女孩往舞池裡一站，根本不用消費，半小時的工夫便會被坐在位置上的男人紛紛邀去喝酒。爲了取悅她們，男人們開頂級的威士忌、疊香檳塔、一擲千金。她看向周圍，看到那些腿短腰粗的女生也穿超短裙、露肚裝，站在舞池裡卻無人問津、神情落寞，那一刻，她有了一些優越感。

但她從不和任何一個男人回家過夜，無論他們開保時捷、賓利。她才十九歲，年輕貌美，又有收入，涉世未深，對金錢沒有更多想像，對愛情的理解也很直觀——當然要自己喜歡、要一見鍾情，明豔少女向來都要配英俊少年。至於那些有著大肚腩、微微禿頭的世故男人，無論對她如何展現風度與殷勤，她的想法只是：我爸要是知道我跟這些男人混在一起，一定會打死我的。

漸漸地，她便不去夜店了，她本來也不愛喝酒。最可怕的是，三不五時便有學姐學妹在宿舍裡號啕大哭，說自己懷孕了，然後沒過幾天，她們老家便會有人來，幫她們把東西收拾收拾，再把她們接走。

她再也沒見過她們。

直到第二年模特兒大賽的新科前三名模特兒也簽約來了北京，她仍沒有拍過一本正經的時尚雜誌。父母常打電話來勸她回家去高中當個體育老師，她也動搖過。然而，當她每次走進公司，經過大廳那面掛滿了公司名模封面、代言的照片牆時，她還是想留下來弄明白兩個問題：她們是怎麼做到的？她們後來去了哪裡？

她在這家公司待了三年，轉眼二十二歲。

期間，她登過幾次時尚雜誌的內頁，好歹能說服父母她在北京的確做的是正經模特兒的工作。不過主要收入來源，依然要靠臨演、車展、拍產品型錄。

一天，負責帶她的經紀人對她說：「我要跳槽了，妳要不要跟我一起走？」剛聽到這個消息，她有點愣住，不知道該如何取捨。經紀人又說：「妳留在這裡不會再有發展的。這我太清楚了，這家公司一心靠辦各種名目的模特兒比賽賺錢，妳想想，他們去保定、荊州這樣的小城市，隨便辦一場年輕模特兒比賽，光報名費一個人就一千兩百元，這還不算進了決賽後，還得教四千三百元的培訓費，一場比賽下來，從選手、贊助商兩端又能賺到多少錢？誰還有工夫來經營模特兒啊？跟我走吧，這幾年我看妳成長得還滿快的，正好妳跟這邊的合約也要到期了，我去的新公司完全以經紀模特兒、打造頂尖名模爲主要業務，我們是自己人，去了那邊，我一定會好好把妳培養起來！」這一番話深深打動了她——這幾年來，她眼看著每一屆的前三名名模和十佳們熱熱鬧鬧地來，又沿著自己走過的老路，坐著火車四處上通告，然後灰心，然後喪氣，然後四散不知去處。沒有一個從這裡成功地走去巴黎、米蘭。

那時候她正跟公司一個男模談戀愛，她問經紀人能不能把男朋友一起帶走？經紀人面露難色，說：「現在市場對男模的需求太少，妳男朋友也不是最頂尖的，新公司主要經營女模，眞的是幫不上忙。」

她忐忑不安地回家與男朋友商量此事，男朋友果然勃然大怒：「妳找什麼麻煩啊？妳眞的以爲自己能去巴黎走秀嗎？」

她本來還有點良心不安，看到男朋友如此蠻橫不講理，氣就上來了：「你憑什麼說我不能？我現在走一場秀四萬元，別的女模也就八千元！你多少？才三千吧！現在中國的模特兒你給我用力數，下一個要紅也是我！」

男友氣急，說：「我不想和妳瞎扯，我說老實話，我是不打算繼續做了，這北京沒什麼好待的，妳要是還想跟我好好交往，就跟我一起回黑龍江。」

幾乎沒有猶豫，她說：「你回吧，我要留下來。」

她跟著經紀人一起跳槽了。新公司果然只有單純的模特兒和單純的經紀人，沒有做演出的、辦比賽的、搞政府關係的。老闆很看好她，那幾年中國時尚媒體正在經歷版權化，本土時尚雜誌的每一頁內容統統力求做到跟外國版的相差無異。於是，長相很歐美風的模特兒在那幾年格外吃香。她恰恰有一張五官生動的巴掌小臉，深眼窩、高鼻梁，連雙眼皮都是歐美人獨有的平行全開那種。老闆帶著她見了一輪雜誌主編和編輯，又找來了頂尖的時尚攝影師幫她拍了一套模特兒照片，經紀人每天透過訊息和飯局與編輯們扯交情、推薦她。他們在她不知不覺間，已經替她鋪好了成名的路。

第一次榮登封面的某二線時尚雜誌出刊時，她買了一箱寄回老家；緊接著，當年十一月的國際時裝週，她接下了超過百分之七十的設計師主秀，每日從中國大飯店到北京飯店來回穿梭，一次又一次地出現在中國時尚媒體的視野裡。時裝週閉幕時，她毫無疑問地登上了當年前十佳職業時裝模特兒一席。手捧獎盃佇立在漫天彩屑絲帶之下，她再次從鎂光燈的光圈裡，看到了巴黎的影子。

但她竟始終沒有去成巴黎。

她很努力，成名之後，雜誌一本接一本地上，廣告一個接一個地拍。爲了強化自己的歐式輪廓，她去打了豐脣，讓原本單薄的小嘴脣，一點一點地變成了歐美名模招牌式的肉感嘟脣。一切正按照她努力經營的方向發展時，「呼啦」一聲，中國時尚圈的風向變了。

也就是她登頂中國前十佳模特兒之後的兩年不到，時尚媒體完成了版權化進程，中國正式成爲全球奢侈品又一巨無霸市場，刻意迎合本土市場的國外品牌和逐漸自身覺醒的本土時尚媒體，開始啓用具有典型本土特色的模特兒面孔。

在那段時間裡，她眼睜睜地看著曾經從同一個模特兒比賽出身，甚至連名次都沒有的丹鳳眼、矮鼻梁、瓜子臉女生一躍而上，成爲雜誌及品牌御用。這種長相的模特兒，那時常被評委、經紀人私下評論「長得不夠洋味」。此時，「不夠洋味」的成了「洋味」，「長得洋味」的成了「土味」。在幾本國際雜誌的持續力推下，各路細眼、窄臉、單眼皮的模特兒霸占了本土所有時尚雜誌的封面及內頁，各家模特兒公司大量換新，從各地蒐羅來曾經被認爲「只是長得高但不夠美」的特色新面孔，連每年的中國國際時裝週的時尚大獎也轉換了風向——近幾年的年度十佳職業時尚模特兒都是細眼、窄臉、單眼皮，深目、高鼻、雙眼皮的女生一個都沒看見了……

她在公司的地位沒有因此下滑，老闆和經紀人一直感念她的好，三人的合作，絕不只僱傭關係，國內的走秀代言、拍廣告，好機會全都給了她。只是去巴黎、紐約走秀、簽國際代理經紀公司這件事，由不得老闆和經紀人。屢次力推她，屢被練成了國際化審美的經紀人、編輯回絕，她被動地在國內做模特兒一姐，接下那些去巴黎、紐約走秀的名模無暇應接的本土廣告和商演。終於意興闌珊。

如今，偶爾在報刊上看到關於她引退後的生活報導，媒體對她下了一致的定義：中國一代超模。嗯，只是中國的。

後來，她在東三環最時髦的一家健身房見到了前男友，他也沒有回黑龍江，而是在那裡當起了健身教練。他個頭比一般男模矮一些，肌肉過於發達，這在做模特兒時都是劣勢，進了健身房卻變成了搶手貨。中年女會員們買他的課時，一買就買一百堂，他頗有技巧又恰到好處地扶著女會員的腰，在耳邊輕聲細語地鼓勵她們：「加油，妳看妳的馬甲線都開始出來了。」

她一進健身房，女會員們立即指指點點：「看，那是誰誰誰。」無不豔羨。

出了健身房，她看見前男友坐進一輛跑車，他也遠遠就看見了她。她對他笑了笑，太明白這其中的況味。前男友也尷尬地回她一笑。上車後，她仔細回想剛才的交會，突然想起前男友對她笑的時候，眼裡出現過一抹稍縱即逝的淚光。

想到這裡，她坐在車子裡號啕大哭——她明明是那麼有目標的人，沒想到最終竟和他一樣，得過且過，丟失了方向。

她二十四歲的時候，大批十八、九歲的細眼女生橫掃本土時尚圈。她頓時被嫌棄成了「老模」。工作再度被拉回拍保暖衣廣告、拍國產品牌時裝型錄。

那次，她被請去替某個新創立的奢侈品特賣網站拍形象廣告，在片場認識了該網站的執行長。執行長個頭不高、海外歸國背景，四十歲不到，斯斯文文的，襯衫外面套了件毛背心，休閒褲也看不出品牌，只有一雙訂製鞋及手上剛問世的寶馬X6鑰匙，證實了他的成功。這個奢侈品網站從做網路代購起家，慢慢引來了投資客注意，又被國際同類電商集團入資控股，正是風生水起時。在片場，執行長頗為照顧她，她不再引以為傲的「洋味臉」，在理工科男人眼裡，是絕對驚為天人的美。

之後，執行長開始與她約會，又驚奇地發現：儘管她出道多年，圈子裡起起伏伏許久，卻難得的單純。

她隱瞞了和前男友的那一段，只說自己這些年忙於走秀，無暇他顧。她說男模更加慘澹的行情注定了模特兒間的愛情經不起金錢考驗，她見多了男女模為了更好的生活，對彼此決絕抽身，踏入潔淨，洞穿了男模俊朗外表之下更加空虛和不堪一擊的內心，所以，她沒有接受過任何一個男模的交往請求。

之後，她的野心驅動著自己，忘我地工作，在成名過程中，不是沒有位高權重、身家優渥的男人對她示以好感，那時的她，眼見登頂在望，一隻腳已經踏入國門，青春正待無限展開，哪裡還會顧惜本土燕雀的一點點青眼？現在她的全盛時期已逝，一骨子的心氣亦啞然泯滅在胸口，何來野心四露，人心不足？旁人看去，怎麼能不是清白簡單呢？

她打電話回家問能不能嫁，她媽媽問：「不拚了？」她支吾一聲，說：「累了。」她媽媽又問：「是什麼樣的男人？」她答：「開公司拿投資分股票的男人。」她媽媽在電話那頭第一句：「對妳好嗎？」她回答說：「滿好的。」第二句她媽媽大呼：「幹嘛不嫁？」

她的婚禮辦得異常隆重，執行長包機把她老家那邊的親朋好友共三百多人全部接來北京，住在五星級的飯店裡，又砸重金帶她去巴黎訂婚紗、訂婚戒，飛機降落在戴高樂機場時，她在心裡悶哼了一聲：「最終還是來了。」便再無言語。婚禮當天，一堆名模姐妹淘紛紛盛裝亮相，一面眞心誠意地表達忌妒她、羨慕她、恭喜她，一面擦亮了雙眼拿著香檳，遊走在宴會上，尋找屬於自己的未來。親朋好友走進她名下近三百坪的婚房別墅裡，無不嘖嘖感嘆當年是如何準確地預見她當了模特兒以後的輝煌未來。

結婚後，執行長急著要孩子，第一年她便懷孕了，立即解除了身上所有工作合約，專心安胎。頭胎是個男孩，全家人大喜過望，老大一歲不到，她又懷孕了，在第三年再度生下一個男孩，徹底做了全職母親，陪孩子、陪老公。

她漸漸明白了錢的好，心裡也便不再糾結了——巴黎、米蘭、紐約、東京她想飛就飛，北京、上海、三亞、成都處處置產，她輕鬆買成各大品牌的VIP，本來就是前名模，如今品牌在國內做活動，總會邀請她做爲嘉賓，坐在秀場第一排。她冷眼看著一個個後起之秀在T台上走，心裡想的是：「這件衣服我穿一定比她好看。」

現在老公和她計畫著，等這兩個孩子大一點，還要再一個女兒。

有時候她想起這一路走來，唏噓是有一點，但終究覺得，這美貌沒有浪費。面目全非，總比一無所有好一點吧？

某個春日下午，她在家裡閒適地翻著時尚雜誌，看到細眼睛超模仍馬不停蹄地在世界每個角落，日夜顛倒地走秀拍片，心裡忍不住嘀咕了一句：「年紀也不小了，都這麼老了還在外面晃蕩，以後嫁得出去嗎？」

電光石火間，她突然明白過來：那些在模特兒公司牆上留下照片與榮譽的前輩超模，最後去了哪裡。

CHAPTER 2

她
最後
去了大理

她感覺自己正在過的生活就像潘朵拉的串珠首飾：
看起來花樣繁多、五光十色，
但仔細一推敲，
從細節、質感到形式，無一不廉價。

賣房簽第三方協議的時候，仲介問她：「賣了是準備換房吧？我手上有幾間，出售率還不錯，要不要看看？」

她說：「不了，不打算在北京了。」

聽她這麼一說，接手的買家忍不住問她：「姐，妳準備去哪裡啊？」

「大理。」她說。

「哇！好羨慕您。這麼年輕就財務自由了！去那麼美的地方生活，不用留在北京吸霾，眞好！」

她這才仔細將買家打量一番：小倆口，二十七八歲的樣子，聽口音都不是北京人，想必也是大學畢業後留在北京，現在要結婚，兩家父母合力才湊出了百分之四十的頭期款。以目前北京的行情，手裡有房的只願意賣給一次付清的，簽完合約立刻拿錢，不拖不欠。銀行批准貸款的週期長，這小倆口還要做更緩慢的公積金貸款，所以才好聲好氣地盡挑些好聽話來恭維她。

「要不是因爲你們肯多出八十萬」——她心裡是這麼嘀咕著，嘴上卻跟著客氣：「你們眼光滿好的，從社區出來走幾步就是六號線，坐到東三環半小時不到，旁邊就是長楹天街，吃飯、健身、買東西、看電影都非常方便，適合你們小倆口住。」

買家一臉謙卑而眞誠：「是啊，謝謝您，肯把房子賣給我們。」

她嘴角扯出一抹笑意，洩漏了心裡想看好戲的念頭：「等到了厭倦的那一天，希望你們別忘了此時此刻的滿心期待。」

她對這間五環外的房子、剛易手的生活曾經也是如此期待。

買房之前，她和老公租在東三環附近的蘋果社區。那時她剛回國，北京的房價卻已大漲三輪。蘋果社區開盤時一間兩房的房子也就值她在國外一年的開銷，等她從雪梨留學回來決定定居於北京，蘋果社區的兩房小屋已經抵得上西班牙南部，或者義大利北部的一棟優美鄉間小別墅。

彼時她對生活的一切觀念還是西式的——租房住，不是很正常嗎？重要的是生活。她和老公在租來的房子裡過得有聲有色，週末逛美術館、看展覽，去使館區吃早午餐，在時髦的獨立書店聽講座，有時候下班了還和老公相約去三里屯人頭攢動的酒吧喝一杯，自然而然地與在北京工作的外國人、ABC們結識。到了感恩節、聖誕節，更是比春節還隆重——烤火雞、馬鈴薯泥、熱紅酒，布置聖誕樹、播放Michael Bublé的頌歌專輯。她穿著紅色針織衫，戴著母親送她的珍珠項鍊，在自家派對上端出一盤盤捲了蘆筍的火腿、沾了黃芥末的魔鬼蛋，以及各種口味的起司，她舉起義大利產的氣泡酒，和朋友們依次碰杯：「Cheers!」彷彿窗外不是砂礫翻飛的百子灣路，而是回到了燈火闌珊的情人港。

就這樣過了兩年，在她三十歲的時候，生活突然就沒那麼有趣了。先是父母逼迫著：「你們怎麼還不買房子？租房怎麼會有孩子？他們家也不著急嗎？沒見過這麼不負責任的男人……」身邊的朋友也不再談風花雪月，見面便是聊買房。那種迫切感和焦慮感確實不是父母以及朋友製造並施加的，是城市在告訴妳——社區裡房屋仲介的櫥窗廣告一天一個價。收入在房產面前迅速縮水，去年工作一年還能買個廁所，今年就只夠買四塊地磚大小。更可怕的是，毫無契約精神的房東說不定哪天就敲妳的門，告訴妳一週之內必須搬走，這房子她要賣了。

無論妳來自哪裡、受過何種教育，長居北京，妳終將被洗滌、被同化、被塑造出一個堅定的信念：買房、買房、買房。

終於她也坐不住了，對老公說：「要不還是買個房子吧？我可以出裝潢的錢。」

老公算是默認。正好隔沒幾天就是她的生日，兩人約在高級酒店的餐廳吃大餐。席間，老公爲她送上禮物，打開來看，是一條潘朵拉的銀手鍊，單綴一顆十四K圓溜溜的金珠，老公話說得漂亮：「我要把我們以後的每個紀念日串在一起送給妳。」

她感動得幾欲落淚，一飲而盡之後轉頭望向窗外，從這個高度俯瞰東三環，整個北京城

如同漁光點點的大江大海，而她端坐在巨輪之上，穩穩地航行在這座城市。

如今她手上這條手鍊，已穿了數十顆五花八門的珠子。每一顆都是老公在某一個場合送的，於是有一種迫不得已的印象深刻——

第一顆是刻了「You are so loved」字樣的銀心珠子，品牌裡最便宜的一款串飾。買完房子過完戶，老公把鑰匙和串飾一齊交到她手裡，說：「親愛的，我盡力了。」她知道他的確盡了力，大學畢業後，他先來北京找工作，而她出了國。這些年，他一直在努力存錢。結婚也好、買房也好，他家人都幫不上什麼忙，西北小省城內退休職工家庭裡走出來的男孩子，有招人喜歡的踏實和被殘酷競爭磨練出來的機靈，他在一家大型互聯網公司做市場行銷，工作成績不錯、人際關係也處理得不錯，升職速度非常快，但私底下，能揩的油水、能吃的回扣，一點也沒少拿少吃。這次交了頭期款，除了老本，每一張信用卡能貸款的全貸了，想必還向朋友借了錢。看房那段時間，兩口子果然經歷了房主的坐地起價和賣家的哄抬，目標地段從東三環、東四環朝東五環、五環外節節敗退，她突然萌生打退堂鼓的念頭，說沒合適的乾脆別買了。倒是老公很堅定，說：「一定要買，現在不買的話以後一定會漲價的！到時候就更買不起了。」

第二顆珠子是紅色的琺琅袖珍禮盒。搬入新家後的第一個平安夜，老公說：「別張羅在家請客了，這個房子的客廳也不大，人來了都沒有空間，不要給自己找麻煩。」她問：「那我烤隻雞？」老公說：「幹嘛非要過這些形式上的東西？妳如果想吃西餐就叫個披薩。」她有些不悅，說：「今天是聖誕節耶，我連禮物都買好要送你了。」他說：「那妳想做什麼就做什麼吧，我都可以。」平安夜的晚上，她烤了一隻雞，拌了馬鈴薯沙拉，熱了紅酒，老公吃了兩口，突然對她說：「妳能幫我煮碗麵嗎？我不想只吃肉。」

第三顆珠子是字母「S」，代表她的英文名字「Sarah」。那是買完房子之後第二年她的生日禮物。坦白說，拆開禮物那一刻她是有幾分失望的，所幸兩人吃的是火鍋，熱氣騰騰中也看不清她臉上的惱怒。老公還好死不死地問她：「喜歡嗎？」她不鹹不淡地說：「還可以。」然後夾了一片牛肚，放到鍋裡用力涮，彷彿那牛肚是活的，而她只想惡狠狠地溺死它。老公聽出了弦外之音，有些抱歉地解釋道：「頭期款的錢我還沒還完，明年生日再給妳買個大的。」

第四顆珠子是十四K的迷你金福袋。第三年春節前，老公特意裝在紅包裡送給她。怕她不知貴重，囑咐她一句：「這顆得兩萬五。」她嘴上說：「那你這是何必？」心裡翻白眼：「兩萬五？爲什麼不買Tiffany的鑽戒？」而且她也知道老公下這麼大重本的原因——公婆今年春節要來北京過，住住兒子買的房，少不了使喚她。她把珠子往手鍊上一穿，說：「小年夜我們能去外面吃嗎？我不太會做中餐。」老公急了：「不要啊！大過年一家人不在家裡吃團圓飯，還叫什麼過年？我爸媽一定不會同意，哪怕妳就包個水餃，再去超市買點熟食都可以啊！」她說：「可以，但之後你們家人想吃什麼，你請你媽做。你們老家那種麵點、燉肉我不會做，我就是愛沙拉！」

之後的日子其實在持續好轉，但他們的生活，自從搬家後，卻與原來的軌道漸行漸遠。上班路程變遠了以後，老公再也沒心思陪她去看畫展、吃早午餐、晚上去酒吧飲酒社交，他倒是追隨部門的主管，漸漸發展出了一個時髦新穎的愛好——跑馬拉松。剛開始她也跟著老公週末去跑一跑，心想：「不就是跑步嗎？誰不會啊？」結果她跑步姿勢不對，跑了兩次，膝蓋就開始隱隱作痛，便不再去了。老公卻越跑越有心得，最後跟著跑友到杭州、上海、廈門、台北等地參加公開賽，像一個終於找到了信仰的人，雙眼發光地投奔去休息，留她一個人在家裡看美劇、滑手機。

但潘朵拉的珠子，老公還是有在持續送，情人節、聖誕節、七夕、生日、新年、結婚紀念日……每次一顆，從未變過。他真的做到了把每個紀念日串在一起送給她，而她漸漸察覺該品牌的成功之道就是與全天下的丈夫合謀——我堅持承認我和妳的關係，所有對妳很重要的日子我都有所表示，但妳別期望從我這裡得到更多。

尤其是，近來她感覺自己正在過的生活就像潘朵拉的串珠首飾：看起來花樣繁多、五光十色，但仔細一推敲，從細節、質感到形式，無一不廉價。

這都怪那個叫做游游的女部落客。

前段時間出差，爲公司客戶旗下的某家高級東京酒店製作公關推廣素材，她帶著游游團隊和一個跟拍攝影師去東京體驗。游游是她的總監推薦給客戶的，據說是現在當紅的旅遊部落客，微信公衆號粉絲一兩百萬，隨便發什麼文章都是十萬個讚。她聽說過，卻對游游寫過的文章沒什麼印象，之前點開過一兩篇也沒讀下去，但總監喜歡她，客戶亦認可，游游要求帶三個助理一起出差，客戶都同意了，想必眞的是有一定的影響力。

到了東京，酒店旁邊是奢侈品商場，客戶安排部落客體驗逛街。其中一家是高級珍珠店，日本店員小心翼翼地拿出一對大珍珠鑲鑽耳環，叮囑她務必戴上白手套輕拿輕放。她還沒來得及轉達，游游已經大咧咧地直接拿起耳環試戴，然而她手一滑，一只耳環跌落在玻璃櫃檯上，隨即又掉到地板上，她大驚失色，趕緊撿起來一看，雪白的珍珠果然被撞掉了一小塊皮。她與日本店員面面相覷，驚恐得不知做何解釋。游游看了一眼，輕描淡寫地說：「哎呀！蹭掉一點點了，真不好意思。」

那時她心急如焚，顧不上禮數與身分，抱怨的話脫口而出：「我要妳戴手套妳怎麼就不聽呢！」

游游不高興了，說：「那現在已經這樣了，還能怎麼辦？我買下來就是了。」

這個解決方案是她完全沒有想到的，而且游游二話不說，立刻把卡拿給店員刷。她翻了翻價錢標籤，這對耳環竟然要價五十多萬元！她擋住游游，說：「妳別賭氣！我這就打電話跟客戶協調一下。」游游冷哼一聲：「不必了，正好我也喜歡這個品牌，買回去送我媽，不說她也看不出來有碰撞過。」

她說：「妳還是想想吧！」

游游看了她一眼：「妳別管了，我還得再買點小東西送給我的團隊。」

說畢，游游又挑了胸針、戒指、手鍊，每個平均四萬元以上，買完單當場就分給了三個跟班。日本店員千恩萬謝地恭送游游團隊離開，她不知道這算皆大歡喜還是啼笑皆非。回到酒店，她立即在公關微信群組裡八卦此事，其他幾個公關公司的小女生還笑她：「這有什麼稀奇的？游游接一個廣告就能賺上妳一年的薪水，妳看她天天都有廣告，買副五十多萬的耳環對她來說算什麼？」

她下意識地看看自己手上的潘朵拉手鍊，頓時覺得刺眼無比，馬上拔下來放進包包裡。

接下來的行程，除了完成客戶規定的行程，游游只跟自己的團隊待在一起。而且故意似地當著她的面瘋狂購物，買包包、買鞋子買到拎不動，撒嬌要她幫忙拎幾袋，她無法拒絕，只得在微信群組裡發「寶寶心裡苦」的表情自我解嘲。

游游也不跟她一起吃飯，她提前定好的一系列餐廳，只能和跟拍攝影師去吃。攝影師是個俊朗的小帥哥，發生這一系列事全都看在眼裡，最後一天吃晚餐時，小帥哥拿出筆電對她說：「我給妳看一些東西吧！」

一個文件夾裡，全是她的照片。逛街、坐著、眺望風景、享用美食——原來他在跟拍的時候，也一直在默默地幫她拍照。由於她沒有注意，所以有許多張效果特別好：自然、快樂、發自內心沉醉其中。

她一掃憂鬱，說：「你這個小鮮肉還滿會安慰姐姐的！」

攝影師一本正經地說：「我覺得妳比那個部落客看起來順眼多了。如果我是消費者，看到妳照片中的狀態，才會覺得這東西一定很好吃、這酒店一定很舒服。那個部落客拍慣，只顧著把自己修得跟女明星一樣，吃什麼都像假吃，穿什麼都像借的。」

她突然靈機一動，想到了一些事。

回北京之後，她趕緊用攝影師幫她拍的照片做了個企畫案，趁著老闆和總監一起開企畫結案會議的時候把企畫案提了上去。

「我就是用我自己做個樣板。」她說，「這組照片我傳到社群軟體後，許多人都問我這是哪家酒店，看起來很舒服。我覺得與其一直用部落客做宣傳，不如我們從各個行業裡徵求一些普通消費者去體驗，加上一些情感引導，最後剪成較有說服力又真實的小短片，費用上大致上差不多，透過這個企畫案的參與者的朋友圈口耳相傳，相信會更有成效、更能引爆話題。」

女總監一臉鄙視，反問：「妳懂不懂啊？妳所謂的那些真實體驗者，微信裡能有多少朋友？最多兩三千吧？游游是百萬量級的部落客，他們能跟她比嗎？」

連老闆也喝斥她：「客戶喜歡游游就用游游，客戶想怎麼樣執行就怎麼執行，多一事不如少一事！」

過了兩三天，游游的宣傳影片發布了，除了客戶代表和總監，她並沒有在朋友圈裡看到有其他人轉載，但游游的貼文還是很快就破十萬人氣了。總監親自做了報告並寄給客戶，同時也副本給她，下午客戶就回信過來了：「執行得不錯，超乎預期！」

她悶著一口氣，下了班約了別家公關公司的好姐妹吃飯吐槽。「我想不通，」她說，「我身邊沒幾個人看過游游的東西。」

好姐妹點頭，說：「我們也懷疑游游的數據有灌水，跟她合作過幾次，沒什麼回饋的聲音。」

「但爲什麼還是有那麼多人要跟她合作？」她問。

好姐妹笑嘻嘻地回她：「妳是在國外待久了，還是平平順順的日子過慣了？這麼簡單的人情世故都不懂？公司不是妳開的，也不是我開的，拿錢做事而已，那麼認眞幹嘛？老闆喜歡看數據，妳就花錢幫他買。妳能交差，他也開心，何必非跟自己過不去？用心、用力工作也得看有沒有跟對老闆，否則做多錯多，放著標準答案給妳照抄，妳不肯抄，偏要親自解題，答案對了，步驟錯了，還是照樣會被扣分的。」

她問：「那照妳這麼說，那些部落客豈不是很容易當？反正客戶只圖省事交差，那我開個帳號、買買讚，是不是也能接廣告賺錢了？」

好姐妹以爲她在開玩笑，說：「可不是嗎？妳看看妳，長得還行，從國外回來見過世面，又會拍照，還有這麼多客戶和媒體資源，妳快點出道吧！」

「嗯，我想想，」她說。其實心裡早已想完了。

活了三十幾年，她的人生確實就是這個詞：平平順順。

但如今她覺得，平平順順，大概是對人生的一種詛咒。

平平順順，出生在山東濱海大城的小康之家，從小到大，喜歡什麼不用太費力氣就能得到。平平順順，考進山東大學，認識了現在的老公，那時他是積極入世的學生會幹部，她是系上引人注目的會打扮的女生，顯然家境不錯的樣子，他注意到了她，幾番追求，開始交往。她當時覺得他朝氣蓬勃、模樣可愛，不妨玩玩，不做任何深想，畢竟她認爲的許多自然而然的事情與消費，對他來說竟然還有點吃力。平平順順，大學畢業時，家裡就資助她去澳洲留學，她學業平平，也不用心找工作，那就乾脆出國鍍個金。而品學兼優的老公則一下子就被來學校招聘的北京大公司相中，各奔了前程。

平平順順，在雪梨那幾年過得波瀾不驚。家裡雖富裕，卻沒有富裕得能讓她融入當地的富二代華人圈。那些有錢的中國孩子開跑車、逛精品店，天天在家人買的觀海豪宅裡開形形色色的轟趴、夜夜笙歌，也有小家小戶的女留學生想混進那樣的圈子，幫自己的下半輩子找個保障，最後總是糊里糊塗、半推半就地做起了皮肉生意。她的家世背景比不上那些富有人家子弟，可是家裡給她的驕傲卻和他們是一模一樣的，經歷了幾次輕佻的暗示和刻薄的暗諷之後，她躲進了校園，和幾個同樣是小中產家庭背景出生的女同學成了閨密，去圖書館、等一年一度的Boxing Day，吃吃喝喝、不談戀愛，身處異國他鄉偶爾的孤獨落寞全被身處北京奮鬥的準老公排解——他們每天通信、Skype，她那偶爾被損傷的驕傲和自信，一一被他耐心、溫柔地縫合。臨近畢業時，他更是每天對她說一遍：「回國吧！來北京吧！和我在一起。」

平平順順，她畢業了，飛去北京。他帶著戒指去機場接她，其實她那時候在澳洲吃得有點發胖，下飛機前她還相當忐忑，沒想到時隔幾年，她依然是他眼中的女神，那枚戒指他送得誠懇，她戴得高貴。

平平順順，結了婚、成了他的妻，他託關係把她介紹去一間相當有規模的公關公司上班，從執行業務做到了執行業務經理。

平平順順，把日子過成了潘朵拉的珠子，生活是一眼就望得到的長度，每年往上面多添幾樣美而不費心思的行頭。

但都怪那個叫做游游的女部落客，讓她知道，原來眞有置之死地而後生這回事。據說游游前幾年還只是一間即將倒閉的時尚雜誌出版社的編輯，時常爲了幾千元的活動車馬費和同事爭執。現在卻活生生、血淋淋地向她展示了完全不同的人生範本：平平順順有什麼好的？稍微動點腦筋，把自己豁出去，幾十萬的珠寶說買就買的人，也可以是自己。

不試試，就這麼不好不壞地待在北京還有什麼意義？

她註冊了微信公眾帳號，叫「莎拉生活」。寫第一篇東京遊記時，才感覺自己有些詞不達意——食物除了「好吃得落淚」就是「入口即化」，酒店是「高級」，酒吧和咖啡館是「可以閒坐一天」，各處景點是「不可錯過」「一定要去哦」……幸好攝影師幫她拍的照片是美的，一張照片配一段圖說，洋洋灑灑也是一大篇。

她還在每天朋友圈最活躍的晚上九點發自己的首篇公眾號文章，貼文一完成，她立即把連結分享到自己所在的每一個公關群組、媒體群組、閨密群組……「求轉發、求支持」，沒人會拒絕這種隨手能幫的小忙，何況還是有利益關係的熟人。很快，她的文章就在她自己的朋友圈裡洗版了，兩小時過去，也有了一萬多次的點閱率。

她好久沒感覺這麼暢快。看起來兩萬，離十萬也不是很遠呀！何況還是眞眞實實的兩萬。

沒多久，公司又安排她去大理爲一個房地產客戶主辦的藝術節製作宣傳素材。出於私心，她又想找小鮮肉攝影師去跟拍。但小攝影師在電話裡支支吾吾，說也許沒有檔期。她說：「你不需要和我來這套，到底怎麼了，你說吧，我不會怪你的。」

「那個，游游也看了妳寫的文章。找朋友聯繫我，說覺得我幫妳拍的照片很好看，是她喜歡的風格。她想簽下我做她的專職跟拍攝影師，實習期就月薪二十萬……姐，我實在沒辦法拒絕，我和我女朋友過兩年想結婚，我必須得賺點錢買房。」

晴天霹靂擊中了她：「你從來沒跟我說過你有女朋友……還有，你別叫我姐。」

最後她是抱著失戀的心情飛去了大理。不，應該說，比失戀難受多了。多年前在雪梨她對一個巨帥無比的華裔富二代委婉示愛，直率開朗的富二代對她說：「對不起，Sarah，妳眞的很可愛，但坦白說，I'm out of your league.（妳高攀不起我）」她當時雖然備受打擊，但認爲富二代至少算眞誠。尤其後來得知富二代迎娶了中國某上市企業董事長的漂亮千金，她更覺得輸得心服口服。哪像現在這般境況——一個口口聲聲說欣賞她靈魂的男人，爲了錢，就把他自己的靈魂賣給了她的敵人。他會把她拍得更美、更清新吧？戴著幾十萬的珠寶，穿著買都買不到的名牌，在他的鏡頭裡擺出嬌俏可人的樣子，更可以理直氣壯地下標題：〈春天就是要這樣美！美游游帶妳美美遊××〉。對了，游游還單身，又有錢，帶著他世界各地不停飛，今天他可以爲她工作，明天誰知道呢？在羅馬、在紐約、在巴黎……在這些迷人城市奢華酒店的套房裡，他的身體或他的心，總是要交出一樣的吧？

眞是去你媽的。

Life

Sydney - Beijing - Dali
Dali
Beijing
Sydney

「沒有心機記恨你、當你知己沒名利，大個女，縱使失戀，工作至上才爭氣……」她耳機循環播著容祖兒的〈爭氣〉，在大理心殘志堅地自拍、擺拍——無論如何，公眾號是一定要繼續做下去的。

大理的地陪帶她去看客戶開發的別墅，就在蒼山腳下。三百多坪的別墅也有，一千兩百多坪的獨棟房也有，依山傍海，山澗流過，白雲繞過，恍若人間仙境。她根本不敢問一坪要多少錢，結果地陪主動告訴她：「這邊的房子可能是大理最貴的，差不多要四萬元一坪。」

她一聽，心想：「哇塞！那我賣了北京的房子豈不是可以在這裡買兩棟！」

回到北京，才知禍不單行。

游游不但挖走了小攝影師，還投訴到客戶那裡，說她做為公關，公器私用，利用職務之便為個人的公眾號累積素材，完全無視客戶指定的合作部落客。

向來和游游交情頗好的女總監藉此對她大發雷霆：「Sarah，沒想到妳這麼不專業！」

她極力爭辯：「我寫貼文，也是免費在為客戶做宣傳啊！」

女總監掩飾不住一副尖酸的嘴臉：「妳以為妳是誰？會寫點評論就好意思把自己當部落

客啊？不是妳想替客戶寫，客戶就會領妳的情！如果妳不是這個專案的公關，妳以爲妳捨得住東京那麼貴的酒店、吃那麼貴的日本料理嗎？客戶投訴妳的理由非常正當，妳就是拿著公司的資源爲自己做宣傳！」

她臉上紅一陣白一陣，感覺無法反駁。這時女總監又說：「劉總對我說了，妳要是還想繼續留在公司，妳的個人帳號就別再亂寫了。請做好妳的本分工作。」

第一篇兩萬多點閱率呢，離十萬眞的不是很遠呀。

想到這裡，她平靜地說：「那我辭職吧。」

她微信公衆號的第二篇文章〈在北京哪叫活著，在大理才叫生活〉是她辭職完並在朋友圈宣布後的第三天發的。點閱量並不理想，不到三千。第一次貼文有捧場的熟人們全都假裝沒看見，再說，她現在是什麼身分？自媒體還是部落客？那豈不是跟從前的媒體和部落客從合作關係變成了競爭關係？她之後又卯起來把在雪梨的生活寫了一遍，點閱率更差，四百九十五。

她試著找了工作，想重回廣告圈。與她不睦的女總監早把她的名聲在業界毀了個徹底：

她這個人特別想紅，不會踏實做事的。

在北京過的第四個生日，實在無法更糟。沒人替她張羅慶祝，她也沒心情慶祝。老公說等他下班一起去吃海鮮自助餐，憑身分證，生日當天買一送一。她說：「不必了，就在家叫個麻辣鍋外送吧。」

老公回來，掏出禮物，不需要說，又是一顆潘朵拉的珠子——鏤空的數字「18」銀墜飾。祝福的話他還是說得相當漂亮：「老婆，妳永遠只有十八歲。」

十八歲？她在心裡冷笑，「我如果還是十八歲我看得上你？我如果還是十八歲我會來北京？」

越想心越冷，她懲不住了，把珠子往桌子上一拍，說：「我鄭重地請求你，以後能不能不要再送我這白癡珠子了，好嗎？我並不喜歡！」

老公驚呆了，問：「妳受什麼刺激了？」

她強詞奪理：「我們過的這叫什麼日子啊！你除了晚上回來睡覺、紀念日送我珠子，你跟這個家有什麼關係啊？你跟公司的同事、跟你們馬拉松群裡的朋友，每天聊得比跟我聊天還起勁多了！」

老公不吃這套，回了嘴：「妳有病嗎？妳現在不上班，但我還是得上班賺錢啊！妳天天寫文章，還不允許我有個健康正常的愛好？今天妳生日我不想和妳吵，妳不喜歡珠子，那妳自己上淘寶選一樣東西，我幫妳付錢！」

她哭了，非常委屈，發自內心的那種，因爲他終於學會歧視她、輕視她了。語言不受控制地伴隨啜泣聲傳了出去：「那我們離婚吧。」

老公立即心軟了，他還是憐惜她的，說：「我錯了，我改，好嗎？」

「你沒錯，是我的問題。我覺得現在的生活非常沒有意義，住得這麼偏遠，你上班那麼遠，每天在家的時間好少。現在北京的空氣品質又特別差，我好多年沒發作過的支氣管炎又復發了，身體不舒服，心情就更難受。我辭職這段時間也想清楚了，我要的是好好生活，不是將就活著。」

「那妳想怎麼樣？」

她腦子裡那個模糊卻揮之不去的念頭，一瞬間成了形、長出了面目，變成了切實的目標、生活的救命稻草——她脫口而出：「不如我們把房子賣了，去大理吧？」

老公大吃一驚，問：「爲什麼？」

「我之前去大理看過，那裡的生活特別慢、空氣特別好，每個人都很悠閒、善良、知足，我還看了那裡的房子，別墅也才萬把塊錢一坪。我們把北京的房子賣了，去那裡能買兩棟房子。」

老公繼續問：「關鍵是我們去那裡能做什麼啊？」

她胸有成竹地說：「我們買兩棟別墅，一棟小的自己住，一棟大的改成民宿。我試算過了，大理一年有四到六個月的旅遊旺季，根本不需要推廣，做高級民宿一年也能賺個四百萬。我平時還可以做做 freelancer 的工作，你喜歡跑馬拉松，天天都可以在洱海邊上跑。現在那裡有好多從大城市搬去的人，一點都不會無聊。你天天就跟朋友們跑步，在自家的庭院裡喝著精釀啤酒，賞著大理的風花雪月，多美啊！再說，空氣好了，生活慢了，我們馬上就可以有孩子，讓孩子在最自然、最健康的環境中成長，比守在北京裡買學區房強吧？到時候我再寫一篇〈他曾是 BAT 年薪百萬的高階主管，現在毅然辭職去大理守著一座最美小庭院〉，肯定爆紅！等到我們的民宿出名了，馬上就能去麗江、去騰沖、去稻城開分店。」

老公居然被她說得有點動心了，問：「可靠嗎？」

「可靠，相信我。這裡我是一天也不想住了，我們去大理美美地過日子。」

三個月後，賣完北京的房，她先飛去大理簽房屋買賣合約，老公留在北京辦離職交接、打包行李。

大理的房價最近也漲得厲害，全是從北京、上海、深圳飛過去的。年紀也都不大，普遍三十多歲的兩口子。新建案她沒有排到，所幸附近有差不多的別墅二手房在出售，很快地，她就找到了合適的房源，房主的報價甚至比預算還低一些。

簽合約時，她也說了一些客氣話：「謝謝您把這麼好的房子賣給我們。」

最多四十歲、氣質不俗的大哥房主心直口快：「我才要謝謝你們啊！最近大理房子很搶手，我還怕我的房子面積大不好賣，正好手裡有兩棟，妳居然全買了！有緣啊！」

她笑得很得意，問：「大哥要去哪啊？」

大哥說：「回北京啊！我們兩口子在大理住了三年！再住下去，我老婆就要跟我發脾氣了！她說她寧願回北京吸霾也不能在這裡乾耗下去了。」

她手抖一下，在合約「買受人」的落款處，簽出了一個細小的錯折。

CHAPTER 3

那個
過氣女明星
教她的事

在北京，
妳看得見自己的夢。
看得見它如何從一個不可名狀的念頭，
漸漸被這城市滋養、發出芽、長出脈絡、深深扎根，
最終結成果。

她從未想過，鎂光燈竟是爲她準備的。

粉刷從她臉上輕輕掃過，一個二十歲出頭的小女生正跪著爲她整理裙邊，那邊的攝影師殷勤地喚她：「May姐，可以過來拍了。」

她對著鏡頭，表情怎麼也不自在，攝影師引導她：「別緊張，想想妳做過最自豪的事。找一找當時那種感覺……」

她立即想起了與子君的最後一次爭執。那時子君猙獰著一張豔臉，的確像是她慣常扮演的蛇蠍毒婦，把難聽的話說盡了：「哼，要不是跟著我，以妳的學歷，現在還不知道在哪裡幫人洗腳呢。要不是打著我的招牌，誰要跟妳談合作？好心好意給妳機會學習，如今還人模狗樣地要求經紀人分紅獎金，香妹，妳眞是不知感恩啊！」

她完全沒被激怒，不疾不徐地說：「君姐，跟著您是工作，幫人洗腳也是工作，我並不覺得有高下之分。既然是工作，就應當有報酬。這個化妝品代言確實是我獨自一個人爲您談下來的，您之前也許諾了獎金要分紅，我一直感念您的恩，可是我也得吃飯、坐車、交房租。」

子君更生氣了：「我什麼時候說過分紅獎金？錢的事都是要白紙黑字簽合約的。合約呢？我那天是不想打擊妳的積極性，就允許妳去跟品牌見面聊聊。品牌早就想和我合作了，私下找過我好多次，和妳一點關係都沒有。換了任何一個人包括司機老吳代表我去談，都能把這個合約簽下來。」

她依然面帶微笑：「君姐，您心裡清楚，不是這麼一回事的。」

子君儼然有些惱羞成怒：「陳祥梅，別跟我陰陽怪氣的！妳不想幹妳可以走！」

她等的就是這句話。

「好呀，君姐，那麼我就先走了。從此您多保重呀。」

子君惡狠狠地盯著她，感覺她不像在開玩笑，便有些嘴軟：「還來真的是不是？」——畢竟身邊已無可用之人。

真的是。她幾乎要展現出喜上眉梢：「按理說，辭職要交接一個月，但您那時也只是口頭把我升成了執行經紀，工作的事也是要白紙黑字簽合約的吧？既然沒合約，我這就走了。」

子君恢復了刻薄，說：「隨便妳。妳之後去了哪家洗腳店或者餐廳記得說一聲，我去捧妳的場。」

她只是笑，鄭重地對子君鞠了一躬，輕輕地把門帶上，離去。

房間裡剎那間迸發出呼天搶地般的叫罵，在她聽起來，卻是祝福的詠嘆調。於是臉上有了一種欣喜而堅定的神情——

「對！就是這樣！」攝影師找到了她最好的角度。

幾週後，她的朋友們紛紛分享了這樣一篇採訪：《小鮮肉經紀——新生代男藝人背後的操盤手們》。她名列其中，個人照片拍得頗有風範。據報導，她負責的那位小鮮肉一年營收近半億。微信裡的連絡人們轉貼文章之餘，還不忘單獨向她道賀，這樣的錦上添花完全不花費成本。稍微知情的人，卻忍不住在背地議論：「嘖嘖。誰能想到呢？」

是啊，誰能想到呢。

五六年前，她能想到最遠、最宏大的事，不過是在北京買一棟房子。哪怕遠一點，通州、舊宮、天通苑……都沒關係。

可是怎麼買得起？

子君給她的薪水一個月兩萬塊，她既要當助理又要做一部分宣傳的工作，白天陪子君神氣活現、四處趕場，晚上一個人灰頭土臉寫通稿。窮、累、嚴重缺乏睡眠還是其次，每每下筆營造動情乃至聲淚俱下之感爲子君歌功頌德，才是最力不從心的。她很羨慕那些發自內心崇拜自家藝人的企宣，開口閉口「我家姐姐」，既眞誠又親熱。她努力嘗試過，卻無法與子君建立彷若紫薇與金鎖那樣亦主僕亦姐妹的情感，子君只當她是老家來的保姆。別的藝人時不時會把贊助商送的禮物，甚至自掏腰包買小奢侈品分給團隊，子君從不，即使是一個毫不值錢的鑰匙圈、一套色調略顯廉價的眼影盤，子君都要親自收起來囤著——彷彿她自己才是那個苦日子永遠過不完的人。子君隨意轉贈給她的，全是食物。在荒郊野外的攝影棚，或者劇組等下一場戲的空檔，子君會沒來由地嘴饞，指使她去買生煎包、買酸辣冬粉、買鴨翅膀。等她千里迢迢、使命必達地買回來，子君把包子掰開聞了兩下，或者挑出湯裡的花生、榨菜吃了兩口，便嫌棄地推開：「油膩膩的，不想吃了。妳吃掉吧，別浪費。」她不僅不能拒絕，還得當面吃得乾乾淨淨。跟著子君那些年，她著實長胖了不少，變成一個胖嘟嘟、背著MCM背包的女企宣。

但還是不後悔來北京啊。

八年前的春節，回老家過年的學姐約她出來喝茶，問她想不想去北京闖闖。她問：「能做什麼？」學姐說她擔任某個導演的助理，年後要拍一部戲，女二也是廣西人，很有名，且想找個同鄉當跟組助理。學姐想到了她，她們一起在桂林旅遊學校上課，知道她會寫文章，還在學生會擔任過負責外部聯繫事宜的幹部，是一個能做事的人。不像一條街上長大的其他女生，高中畢業後便不繼續升學了，也不離開家鄉，就留在陽朔繼續做舒舒服服的旅遊生意。

她有些猶豫，學姐問：「怎麼？捨不得這邊的工作？」

她說：「是捨不得我媽。」

她憋了兩天，才對母親說，想跟著學姐出去看看。

母親熟練地熨著床單，自言自語似的：「家裡的工作機會這麼多。再說，公家單位的工作妳也要丟？」

既然開了口，許多事情她是已經想清楚了。她說：「那個工作有什麼意思？就是賣票、幫忙拍照，什麼都學不到。現在家裡旅館的生意還可以，花錢請兩個小女生來做雜事，妳自己也不用那麼累。」

母親嘆了口氣，放下手上的工作，說：「妳看這西街，人好多！外地人擠都要擠到陽朔來，哪個本地人還肯往外面走？」

她不服，說：「外地人來，又不是因爲這裡多好，就是來找個感覺、看個熱鬧。我都二十五歲了，廣西還沒出去過，我也想去外地人住的地方找找感覺，看看熱鬧！」

母親不再言語，繼續專心致志地熨床單，她不好再多說，也拿起一個熨斗熨枕套。母女倆靜默無言，直到母親看了看時間，說：「妳該去上班了。」

她騎著腳踏車往印象劉三姐風景區走，走到一半，突然不想去了。從桂旅畢業後，她就去風景區上班，因爲有文憑，她被安排在風景區裡做行政工作，而不是像其他從各級鄉里應徵來的小男生小女生一樣，白天忙家裡的農事，晚上來風景區進行歌舞表演。

雖說是行政工作，實際上不過是今天賣賣票、明天做做講解、後天幫忙拍演出照發宣傳稿。在風景區這兩年，遊客一團一團地來了又走了，印象中她從未見過回頭客，天南地北的口音走進來，又天南地北地哼著山歌離開，他們不會再來，但他們會介紹身邊的朋友來，說：「去看看吧，那裡還有原生態！」倒是園區裡的歌舞演員們基本上還是當初那些，十幾歲就來的少男少女，跳了七八年，在團裡談戀愛、結婚，生完孩子兩口子照常每晚劃著竹排來參加演出——這是另一種形式的農活，沒什麼意外的話，他們的孩子長大後也會進入團裡，生生不息地爲全世界遊客表演他們想像中的刀耕火種。

她坐在遇龍河岸邊發呆，想著怎麼和母親再說一下。迎面過來一對穿衝鋒衣的中年夫妻，男的舉著單眼相機，戴眼鏡的女人笑咪咪地走過來，問她：「大姐，和妳合照需要多少錢？」她身上是風景區女員工統一穿著的劉三姐戲服，盤著劉三姐的圓髻，斜插著一朵紅花。還來不及拒絕，眼鏡女人已經挽上了她的胳膊，對拿著單眼相機的男人喊：「老公，快點！幫我和劉三姐照一張相！」她面紅耳赤地掙脫了眼鏡女人的手，跳上腳踏車飛也似地往家的方向騎。身後傳來眼鏡女人咳痰般地狂笑：「喲——劉三姐還會不好意思呢！山裡人就是淳樸！」

剛到家，遠遠就看見二嬸又來哭鬧。這才大年初三，已是不管周圍的人的目光了。

房子是爺爺奶奶的祖產，當初她父親四兄弟簽了協議，誰照顧獨居的奶奶，房子最後就歸誰，再由拿到房子的人給其他三兄弟分別補償現金八萬元。奶奶跟了父親，直至安詳去世。房產按協定被父親繼承，補償款也分文不差地付給了三個叔伯。她十七歲的時候父親因結腸癌撒手人寰，母親便把祖宅改建成了三層小旅館，含辛茹苦地供她繼續念書。最艱困的時候，三個叔伯無一人過問，父親一死，母女自然成了外人，這兩年旅館的生意越來越好，二伯嗜賭把家裡敗光了，盯上了母親，三不五時就來家裡說分家產時被父親耍了，要脅母親拿錢出來做補償。

二嬸坐在大門口哭，母親勸她：「二嫂，回去吧，有什麼事過完年再說。」

二嬸對著母親叫罵：「臭三八，妳不把欠我們的錢拿出來，我讓妳做不成生意！」

她氣得火冒三丈，衝過去掰開二嬸的手，說：「欠你們什麼錢？妳再來鬧，我是不怕打老人家的！」

二嬸趁勢跑到街上哭喊：「打人啦！打人啦！」

一條街上的人全出來看，賣啤酒魚的謝大哥偏要接話，問二嬸：「誰打妳？」

二嬸哭著說：「謝大哥，我的親大哥，一條街的街坊，都看到了，我們陳家老祖宗的房子，被這個三八婆一個人占了，不肯還，又不肯拿錢。」

母親臉色慘白，說：「二嫂，協議上、收據上全按著二哥的手印。說好的八萬早就給你們了。」

二嫂不給面子地繼續說：「我們被你們騙了！妳在我們的宅基地上加蓋了三層，一層樓至少要收十萬！妳把差價補給我！」

母親說：「二嫂，我不和妳吵，我們上法院吧。」

謝大哥看熱鬧嫌不夠，拿起別人的人情隨便慷慨：「四姐，一家人說這樣的話就見外了。二嫂說得也有道理，妳看她們家現在也困難，拿得出多少就拿多少嘛，反正錢都被妳賺了。」

她聽不下去，對謝大哥吼起來：「關你什麼事？做你自家的生意去！」

謝大哥轉過頭調侃母親：「哼，妳看妳養出來的女兒。」

派出所的人來了，把二嬸勸走。她牽著母親的手回家，本想對母親說的話，全嚥了回去。晚上她躺在床上輾轉反側，母親走了進來，坐在床邊，輕聲問：「妳睡了嗎？」

月亮照在母親的臉上，顯現出兩條蜿蜒的螢光，母親剛才偷偷哭過。

「媽，妳怎麼了？」

「香妹，妳要去北京，那就去吧。好好做，留在那裡，別回來這裡了。」

「別回來這裡了」——每每想到這一句，她都覺得這是母親對她的期待與寄託。這讓她又能打起精神寫完通稿，再披星戴月地坐第一班公車去子君郊區的家裡接她上通告。

她被學姐帶去見子君的時候，子君正在化妝，眼皮也不太抬，問：「怎麼稱呼妳？」

她怯怯地說：「子君姐好，我叫陳祥梅，我媽叫我香妹，您也可以這麼叫我。」

子君這才扭臉把她從上到下打量了一番：「看起來確實不臭。」

學姐打圓場，說：「她怎麼會臭？她們家開旅館的。可乾淨的！」

是，她此後能迅速得到子君的認可，全是因爲母親的教養——母親年輕時在桂林賓館當接待員，接待過無數貴賓。她把從賓館學到的那一套標準，一絲不苟地帶回了陽朔。別家旅館都用浮誇的被套、床單，母親用純白的織品，並堅持每天漿洗；母親像個盡責的女主人，她家的早餐有咖啡、牛奶，客房有歡迎水果，櫃檯有雙語服務，客人來住過一次以上便記得住名字，所以很多外國背包客來陽朔住過她家以後，回去都會極力推薦。

也是母親堅持要她考大學、學商務英語的，母親告訴她：「心細也是本事。妳只要能察覺一個人最微小的習慣、照顧到他最私密的需要，並讓他感覺到他對妳而言是重要的，妳對於這個人來說，就是有價值的。」

母親這樣的女人啊，總是用她們有限的見識和無限的精力，隱忍、堅強地維持一個家，並把子女塑造出她們並不具備的模樣。

而在許多這樣的家庭裡，如果父親還能稍微盡到做父親的責任，那簡直可以說是圓滿幸福了。

開工前，她問學姐：「助理需要做什麼？」

學姐想了想，鄭重其事地回答她：「助理就是當明星的保姆，但香妹，妳不要習慣只是當保姆。」

她大概用了兩週，就掌握了子君的生活規律——從她喜歡的水溫到她的經期。

她比了解做得更好：子君咳嗽了幾聲，隔天她遞給子君的保溫杯裡便泡上了羅漢果；子君喜歡吃水果，她會耐心地把每一種水果處理乾淨、去皮去核、切成大小合適的塊狀，子君上完妝吃，也不會弄髒唇膏；她的背包裡隨時放著ＯＫ繃、衛生棉、消毒水、一次性馬桶墊紙，乃至保險套，她也不會明目張膽地把私密用品大剌剌地掏出來遞給子君，而是算好了時間或場合，悄悄放在子君的飯店房間裡，第二天幫她收拾時，再靜靜地補充或收走，一切都是心照不宣。

她把從母親那裡學來的心細用到了極致，跟著子君在劇組拍了兩個月的戲，她大致摸清了劇組的權力體系和社交規則：子君從來不是劇組的核心人物，這一點，從燈光師幫她打光的用心程度，以及監製幫她安排的候場頻率與時長，即可知一二。

子君偶爾也想做點人情，打發她去買幾箱涼茶或礦泉水發給工作人員們。不像其他助理把飲料生硬地往別人面前一丟：「××姐請你喝東西。」她會拿一支麥克筆，一一問過每個人的名字，幫人家把名字寫在瓶身上。一來可以正式認識，二來片場人多，又都是一樣的飲料，幫人把名字寫在上面就不會搞混。

子君接的也不是大戲，多是資金很緊的劇組，沒有負責茶水的工作人員。她跟劇組混熟後，趁子君候場時，會自發性地擔起發茶水的工作，幫現場的工作人員發茶水。一來二去，從導演到場記，人人都說香妹不錯。子君想溜出劇組參加商業活動，她去跟監製說，基本上都可以准假。

眞正令子君對她刮目相看的，是一篇通稿。

子君接的是古裝戲，某次劇組開放探班，那天的戲是子君在山中戲水，實景拍攝。四月一場春寒，早上又下了點雨，氣溫陡然下降。可是記者們全來了，機位也架好了，不拍不行。子君穿著輕薄的紗衣，顫抖著走進池塘，還要表現得無比歡快，拍了好幾顆鏡導演都不滿意，子君在池塘裡鐵青著臉，當著記者們的面完全無法發作，只得一遍一遍配合。最氣的是，記者們實際上是爲了當紅男主角來的，結果到了現場才知道當天沒有安排男主角的戲，記者們立即興味索然，拍攝結束後願意留下來採訪子君的寥寥無幾。

有個網媒記者以爲她是子君的宣傳，塞給她一張名片，問：「你們有通稿吧？寄我信箱。我有別的事，今天就不採訪了。」

子君坐車回酒店的路上止不住地罵聲連連：「他們就是故意的！我在那冰水裡泡得都要血崩了！我明天不拍了，我要去醫院體檢，出了問題我要告他們！」

她悄聲問：「子君姐，剛才有個媒體要通稿，我們有嗎？」

子君大罵：「通什麼通？還嫌我不夠丟臉嗎？」

回到房間，伺候子君睡下，她決定寫一則通稿。雖然子君氣急敗壞，但拍攝時她看起來還是很敬業的。她想了想，洋洋灑灑寫了一篇《當明星有多苦？×××被吊打，姚子君泡冰水連拍六小時導致婦科病》，發到記者郵箱。這個標題集合了獵奇、八卦、祕辛，還捆綁了同劇當紅男一號，即使放到現在看，亦堪稱完美。那網站記者連一個字都沒改，直接推到了隔天頻道頭條，迅速就在網路爆紅，各家都市報也紛紛登載。

子君確實做夢也想不到自己一夜之間能成為各大門戶網站的焦點，訪談節目的邀約電話也紛至遝來，這個些許虛構的故事成為她至今還在用的哏，一接受採訪就苦大仇深地說：「當演員真的滿苦的，還記得我有一年冬天拍一場戲，冰水裡一泡就是好幾個小時，導演說可以了，我自己覺得還能更好，又讓他繼續拍。等我被撈起來，下半身都失去知覺了，落下一身病。回北京看中醫、做物理治療，現在還沒完全好。但片子一播，那場戲效果特別好，又覺得很值得……」

那是子君第一次給她好臉色，子君從身後抱住她，嬌俏地說：「香妹，跟著我好好做，前途無量。」

做得再好，也改變不了姚子君的吝嗇。

到後來她既是助理又是企宣，姚子君始終只付給她每個月兩萬塊，五年沒變過。她原本和另外兩個藝人的助理合租一間房，住到後來別人都陸續轉成企宣、執行經紀，搬出去單獨住了，她只得跟一任一任新來的北漂助理們繼續合租。到了年底，企宣們聚在一起，晒年終獎品。這個說老闆發了六位數紅包，那個說老闆不但發了紅包，還獎勵一家三口去杜拜旅遊。大家問她，「子君給妳發了什麼？」她指了指牆角六個名牌紙袋。大家說：「發名牌包也行啊！」她苦笑，說：「什麼啊！裡面是子君代言的牙膏，整整六大袋，還有一個三千八百元的紅包，這些就是我今年的年終。牙膏我死都用不完，帶過來跟大家分一分的。」眾人面面相覷，說：「妳不是在開玩笑？」她說：「眞的沒在開玩笑，就是這麼慘。」

每次一提加薪，子君就拿這話來堵住她的嘴：「香妹，妳格局要大一些。妳現在這麼年輕，賺取經驗是最重要的，有了經驗，錢之後可以慢慢賺。」

她不知道自己的格局還要多大。子君出席一些高檔次的商業活動，沒有品牌肯借衣服，子君又捨不得花錢請造型師，她被逼得借朋友的信用卡去連卡佛（注：一間港資的英式百貨公司，在中國有多間分店）現買一件裙子讓子君不拆吊牌穿出去，回頭再拿回連卡佛退錢——這格局還不夠大？何況，子君不但穿她借錢買的名牌衣服，第二天通常還會獲得報導版面，畢竟，時尚娛樂媒體都喜歡用標明藝人穿了什麼時裝品牌的通稿。

許久以後，她遇見姚子君之前的企宣，根本無須刻意引導、煽風點火，對方便懂她的難處。

「她不是窮，」前企宣說，「她是發自內心覺得我們是她身上的寄生蟲，我們依附於她，沒有任何價值，她的名氣和收入全是她一個人賺的，或者自然而然就有的，跟我們的付出一點關係沒有。能賞我們口飯吃，已經是大恩大德了。」

她深表認同。

最終毀掉合作的，是子君對於過氣的歇斯底里。

一年一年，隨著子君從接近四十歲變成超過四十歲，做人又絲毫沒有長進，片約自然越來越少。子君越來越喪心病狂、不可理喻。

她先是沒有節制地微整形、做臉部填充，把本來頗有個性的小方臉硬生生捏出一個流行的尖下巴，抬頭紋、淚溝、法令紋、頸紋消得過於徹底，導致長期沒有臉部表情。有一次她填蘋果肌、豐額頭過狠，整個人看起來非常假。錢又捨不得不賺，頂著一張滑稽的臉出席活動，被媒體拍下來遭到網友大肆吐槽。儘管她幫子君發了通稿推託說是海外歸來時差嚴重，導致水腫，子君還是對她發了許久的脾氣。

每個月新的時尚雜誌一出，子君就會摔到她桌上，責問：「妳看，冰冰又上封面了。妳爲什麼就不能努力一點？」她答：「我經常都在問相關的編輯，暫時沒有機會。」子君生氣，說：「妳找編輯有什麼用，直接聯繫主編！」

「我……我不認識曉雪，也不認識蘇芒。」

子君把雜誌翻到版權頁，指給她看：「妳看！她們都有留主編的信箱，妳不會寫信去爭

取啊？」

她瞠目結舌地看著子君，彷彿從未認識此人。

前幾年，子君簽約的經紀公司面臨改組，變成大經紀人制，正好她的合約即將到期，在公司詢問了一圈，幾個大經紀人面露難色，不願接手，老闆只好親自約子君談，委婉建議地說，「資歷也夠了，地位也到了，是該成立自己的工作室了。」公司願意放開對子君的約束，讓子君獨立運作、獨立核算，這樣分成更少、路會更寬。

深夜回郊區別墅的路上，她和子君對第二天的行程，而子君只反覆想著飯桌上老闆的暗示，覺得萬念俱灰。車下了高速公路，路過別墅區附近的一片人工湖時，子君突然叫司機停下，對她說：「妳下去，我不舒服，想自己回家。」

她很驚恐，好聲好氣地求子君：「姐，在這裡下我叫不到車……」

子君冷冰冰的，並不心軟：「妳下去，等一下會有車來的。」

她看著保姆車絕塵而去，感覺子君對她開了一個並不好笑的笑話。那時候還沒有叫車軟體，她在荒郊野外等了又等，連貨車都鮮少路過。沒有力氣感受委屈、害怕、憤怒，她只想趕緊回家。沿著湖邊往大路走的那一段，她倒是想起了從小到大，沿著走過的遇龍河，只是在陽朔，許多個晚上抬頭會看見浩瀚星空；而在北京，抬頭卻是漆黑一片。

在北京看不見星星。可是又有什麼關係？

在北京，妳看得見明星。看得見他們經歷了怎樣的機緣、做過什麼樣的犧牲，最終才得以走到鎂光燈下，熠熠生輝。

在北京，妳看得見高樓大廈、瓊樓玉宇。足夠努力，妳就能走入其中一間，與華府的主人談笑風生、飲酒作樂。乃至，親自成為某間華府的主人。

在北京，妳看得見生活的趣味。以各種顏色、氣息、味道、聲音、動作、語言……的形式，無所不在，日新月異。

在北京，妳看得見自己的夢。看得見它如何從一個不可名狀的念頭，漸漸被這城市滋養、發出芽、長出脈絡、深深扎根，最終結成果。

她越走越快，也越走越輕鬆，不再害怕。穿越了這片黑暗，前面的燈火並不是老家的街巷。所以有什麼好怕的？她不會看見那些吃相難看的親戚、無事生非的鄰居，也不會聽見母親關切又無奈地問她：「怎麼回來了？」

她知道，她不會離開北京，但一定會離開子君。

決定離開子君後，她首先想到了安東——在上個劇組認識的一位剛入行小男孩。

當時她在片場，透過監視器一看，立刻就知道那是一張很有靈性的臉，才打一點點光，已是精緻。能夠想像，再稍加修飾，整整牙、調整一下眉型，他將多麼耀眼。

她還注意到，候場的時候，別的演員滑手機聊微信，唯獨他捧著一本英語單字書在背。她藉了一個送飲料的時機，向他搭話，問：「表演系新生吧？學校允許你出來拍戲嗎？」

小男孩很不好意思，訕訕說：「原則上不同意，但班主任知道我們家條件比較差，只能靠我媽一個人的薪水，所以允許我趁暑假接戲，幫自己賺學費。」

她的心揪了一下，主動介紹自己：「我是子君姐團隊的，你可以叫我香妹，在組裡有任何不懂，或者需要任何溝通，你都可以找我。」

小男孩甜甜一笑，說：「我還是叫妳May姐吧。」

她打電話給安東，問他，簽經紀人了沒有。安東說，幾家大公司的人都來學校挑過了，但他還沒有決定。她鼓足勇氣，對安東說：「我知道自己沒有名氣，也沒有跟過大牌藝人，但，你願不願意相信我、簽給我，我眞的很有信心把你做好。」

安東沉吟了一下，說：「May姐，我願意和妳合作。」

她大喜過望，竟有點不敢相信，連問安東：「眞的嗎？」

安東說：「眞的。May姐，我了解妳，妳和我一樣，都是不想讓媽媽失望的人。」

簽下安東後，她立刻找機會去向子君提辭職，而機會實在太好找了。本著幫子君做最後一件事的目的，她努力爲子君談下了一個化妝品代言，結果順口一提分紅的事，子君果然又翻臉抵賴，她順勢激怒子君，令子君一氣之下當場讓她滾——情緒上乾乾脆脆、情義上不拖不欠，多好！若是平白無故提辭職，天知道子君要拉拉扯扯、反反覆覆多久才肯放她走。

她去找安東談，其實也是準備好禮物的。這些年，跟著子君混了那麼多劇組，曾經關係好的監製成了製片、攝影成了導演、場記成了監製……大家各自進步，關係卻都還在。正好關係非常要好的製片要在某衛視開一檔以小鮮肉爲主的旅行眞人秀，她把安東推薦上去，和製片定得八九不離十了，才拿著合約去找安東談的經紀約。

這麼一想，子君當年說得也沒錯：先賺經驗，有了經驗，再慢慢賺錢。

安東一上眞人秀就爆紅了，他骨子裡的眞誠、善良、腳踏實地爲他圈粉無數，一年不到便紅透大江南北。這就是當下的娛樂時代——無論優點缺點，只要是特點，都會被消費社會無限放大，並被社交網路迅速傳播。

緊接著，安東接了一部ＩＰ劇（注：指將具有人氣的動漫、小說或遊戲等具有智慧財產權的內容爲影視題材進行改編而成的影視劇）的男主角，子君出演女四。製片人私下對她說：「原定子君出演女三，男主角的媽媽，戲分重，人物設定也很出色，子君死活不同意。女二是男主角備胎，她演不來，索性接了女四——女二的壞姐姐。」她一聽就樂了——這實在太像子君幹出來的事，爲了除了她自己，並沒人在意的雞毛蒜皮，因小失大，得不償失。

後來她沒時間跟組了，她為安東成立了個人工作室，自己做大經紀，應徵了幾個得力的執行經紀、企宣和助理，個個都能拿獎金分紅，而且一入帳就立刻先發錢給團隊，她不怕培養出見錢眼開的員工，畢竟，談錢才是最大的誠意。

拍戲期間，從劇組傳出幾則緋聞，例如「姚子君夜會安東，摟腰貼臉，關係非比尋常」「安東與姚子君片場親親熱熱，把女主角×××冷落一旁」……她一讀，嗅出來是姚子君團隊自己發的通稿，跟了姚子君六年，太知道姚子君的招數了。

她打電話問安東是怎麼一回事，安東說：「子君姐說我和她都是妳帶過的人，算起來，她是我學姐。所以下了戲，她老是約我出去吃飯、聊聊圈內的事，倒沒有什麼過分的行為，所以我也沒有什麼好拒絕的。」

她說：「下次千萬別去了，前腳約了你，後腳她就會通知記者去跟拍。」

通完電話，她直接飛去四川接安東的媽媽，帶去橫店一起探班，又通知了不少媒體，說這是安東媽媽第一次公開露面。

進片場前，她一個字一個字和安東媽媽對好台詞，說：「阿姨，等等千萬要記得這麼說。這麼說了，以後那女的就不會纏著妳兒子炒緋聞了。」

安東媽媽進了片場，安東高興得一把抱起媽媽，所有媒體都拍到了那溫馨感動的畫面。正採訪著，安東媽媽左顧右盼，終於看到了片場另一邊在候場的子君，安東媽媽尖叫一聲：

「子君！我是妳的粉絲！」

這下更熱鬧了，媒體記者們把子君請過來，三人同框一起採訪。安東媽媽興奮得語無倫次，對媒體頻頻說：「我和安東，都是子君老師的忠實粉絲啊！尤其安東，小時候再淘氣，只要電視一放子君演的那個神話劇，他就能老老實實坐下來看上一遍。」

子君有些尷尬，對著媒體只好誇安東：「安東是個好的合作夥伴，年輕、敬業，特別會照顧我。」

安東媽媽把話接過來：「安東確實特別會照顧人，我這個親媽媽也是他在照顧。子君老師不如把安東認過去當個乾兒子吧！」

媒體哄堂大笑，只當這樸實的四川小城婦女說話沒輕重，唯獨子君明白：這下完了。

不用隔天，兩小時後，各種通稿、影片、表情包便傳遍了微博、微信，昨天還能以「小鮮肉殺手」自居的子君，頃刻成了網友口中的「怪阿姨」「老乾媽」。

離開橫店前，子君託人帶話，要見她一面。才兩年沒見，她覺得子君垮得更厲害了，注射再多肉毒也沒用，子君的整張臉，像掛在牆上的一幅舊畫，三個角都脫落了，只剩最後一根釘子撐著，搖搖墜墜。

「香妹，滿意了吧？妳終於把我毀了。」子君抽著菸，幽怨憤恨地說。

她笑說：「這怎麼能是毀呢？成了國民乾媽，您的戲路只會更廣。以前只能潘虹老師接的戲，以後您也可以接了。」

子君眼裡竄出了火苗，問：「妳哪裡來這麼多資源，把一個小屁孩捧得這麼紅？妳是什麼時候做好這些準備的？妳跟我的那六年，怎麼完全看不出有現在的能耐？」

她有些難過，說：「子君姐，我的資源，全是跟著妳的六年，用我端過的茶、叫過的『老師』、跑過的腿、受過的罵，一杯一杯、一聲一聲、一趟一趟、一句一句地挨著『操你媽』，慢慢累積出來的。」

子君苦笑，說：「妳有出息了。」

她也苦笑，說：「子君姐，我們倆都是不願認命的人。只是，我不認命，我會去做；而妳不認命，卻還在等著別人爲妳做。」

從桂林飛來的航班誤點了，她坐在機場的咖啡廳，百無聊賴地開始滑手機。

新城國際買的二手房一個月前就裝潢好了，兩房一廳，三十坪左右，她執意要把媽媽接過來一起住。

「旅館的生意怎麼辦？」媽媽問。

「轉租出去，收點租金夠妳自己開銷。」

社群軟體裡這幾天正流傳著一篇文章，爲北京難過什麼的。她點開看完覺得扯，想想自己在前兩年還和別人合租，也沒覺得在北京過不下去。

「妳是成功了，是既得利益者，當然覺得扯」——和分享文章給她的朋友討論讀後感，對方卻這麼說她。

她有些生氣，回：「什麼既得利益者？就算得了利，也是我苦自己、累自己、逼自己，正大光明獲得的，那幾年過年，我連火車票都買不起，一個人在租屋處裡吃著水餃邊看春晚邊哭，還不敢打電話告訴我媽，我也只是自己難受，沒時間爲北京難過。」

朋友依舊不知輕重地調侃她：「這些話妳不要對我說，妳應該留著對採訪妳的媒體說。」

她正要發作，突然叮咚一聲，大螢幕上顯示航班已經降落。她彷彿聽見悅耳的機場廣播——

「請收拾您的情緒，您的生活即將抵達。」

CHAPTER 4

她決定去形婚

我來北京不是為了妳，
妳來北京也不是為了我，
但我們倆的目的是一致的——
為了愛、為了更好的生活、
為了活成自己喜歡的模樣。

據說所有的婚姻到了最後都是各玩各的、不存在性關係，那一段婚姻如果從最一開始就是這樣，是不是更能維持下去？

她坐在車裡滑手機，看到一則女明星出軌的新聞，有評論說那就是「開放式婚姻」。於是她想到這個問題，覺得似乎也沒什麼不可以。只是她轉頭看了一眼正在開車的成辰，內心又翻湧出絕不能被察覺的情欲——想要他，想占有他，想從他的唇深吻，一路向下，到壯闊的胸、緊實的腹、修長的腿……想和他擁有實際的婚姻關係。

誰不想要成辰這樣的男人？俊朗、體面、對女人彷彿有用不完的溫柔，又有足夠的財力可以支撐良好的品位，看他的手指，指甲光潔整齊、從未見灰，指緣找不出一根倒刺，便知他連這麼小的細節也在用心經營。光這一點，已比許多男人賞心悅目。

成辰察覺到她的凝視，臉紅了一下，卻不知她的心思，自顧自地說：「我想了想，一會兒妳先陪我去訂製西裝，我訂了兩套，大概能回饋一萬多元，這樣妳買包包就不用花錢了。正好保養品也快用完了，跟妳說，我最近發現一個面膜非常好用，熬夜之後敷一張，皮膚跟打了美容針似的，又潤又彈……」

她啞然失笑，將臉別過去，好像從一個世上最壞的愛情童話中醒來：白馬王子解救了公主，帶回夢幻城堡，又甜又真地對她說：「我孤單了許久，好不容易找到妳。公主，留下來吧，和我逛街、買衣服、敷面膜聊心事，從此幸福快樂地生活在一起——以姐妹的關係。」

人生每一次選擇都像是命運在與妳談判。這一刻，她聽到她的命運在耳邊循循善誘：接受吧，這是我能給妳的最佳出價。

曾經連她自己也以爲，做爲女人，又身在這個行業，是絕不可能單身的。

她那高瞻遠矚的母親，早在她國中時，便爲她規畫好了一生：上一流大學，學財務或金融，再考研究所，畢業了就進銀行。母親說：「能進各家總行的，都是不簡單的人，要嘛有家世，要嘛有本事，妳好歹也是出身良好的女孩子，在銀行裡算稀缺資源，我能爲妳操的心，也就這麼多了。之後無論妳嫁給誰，都至少安穩太平。」

母親要她拚，但也爲她拚。

身爲河南某市財政局的主管，母親的潑辣是遠近聞名的。她最被傳頌的，是令人咋舌的酒量。據說某一次招商引資酒會，席間只有她一位女性，舉止輕浮的企業代表團團長揶揄她：「大姐，男人們喝了酒就管不住自己，妳要不要先迴避一下？」母親輕哼一聲，問：「老總想怎麼喝？」團長順手拿起一瓶五十二度的五糧液，用喝啤酒的玻璃杯倒了差不多滿滿一杯，嬉皮笑臉地說：「我先乾爲敬。」見這男人著急地飲盡，母親輕描淡寫、笑意盈盈：「您看您，喝這麼急，酒全灑出來了。您這杯酒，一半是襯衣喝的。我們女人家，這麼喝不文雅。」母親說完，讓服務生送來一根吸管，就在眾目睽睽之下，把吸管插進白酒瓶裡，喝汽水似的，用吸管將一整瓶高酒精濃度的白酒霎時喝光，且神情自若，連個嗝都沒打。男人們無不大驚失色，代表團團長更是一拍胸脯承諾：「大姐，我服了！合約妳說怎麼簽，我們就怎麼簽！」

在她的印象中，母親常年是醉醺醺的。她都很晚回來，家裡時常只有父親與她吃晚飯。母親到家也不言語，草草洗漱後倒頭就睡，父親不願沾染她的酒氣，在書房裡搭了個床。一家三口，像一起合租的陌生人，生活在各自的軌道上，彼此可見，卻彼此不相聞。

上高中的時候，父母離了婚。她開始一個人吃晚飯，母親依然醉醺醺地晚歸。沒了父親，母親偶爾喝得更醉，到家時幾乎不省人事，胡言亂語，罵主管、罵企業家、罵父親。這令她反感，導致她一度頗為叛逆，有一陣子學習成績滑得很厲害。

終於有一次期末考試，她從年級前十五名跌到了五十多名，拿著成績單回家，她滿心不在乎。母親看了成績單，一言不發，只怔怔地看著她，看得她心底直發毛，不知道那一記耳光何時會落下。沒想到，母親竟然毫無聲息地從座位上滑了下來，在她面前跪下，說：「康倩，我對不起妳。」

這下她慌了，馬上「撲通」一聲跟著跪下，拉扯著母親哭了起來：「媽，我錯了，您別這樣。」

母親不應，只伸出手來一邊幫她整理頭髮，一邊數落自己：「妳看妳，長得一點都不像妳爸，就長得像我，這以後要吃多大的虧啊！我對不起妳，沒能給妳一副好樣貌。」

這話分明比耳光更令人難堪，她覺得不可思議，但看向母親，看著母親男人般的寬臉闊鼻、並無風情的眼角眉梢，又覺得她的確是跟母親如出一轍——畢竟，在學校裡，她也未曾得到些許愛慕。

她哭了，感覺羞恥、殘忍，母親依然不急不慢，又不依不饒：「妳是我生的，我看妳當然是樣樣都好。但再過幾年，妳上了大學，再去工作，就知道社會對女人的殘酷：妳要是長得好看點，哪怕學歷不高、辦事能力不行，也有人願意俯身下來爲妳解圍；但要是像媽媽這樣，那麼同一件事，男人做到八分，妳就要做到十分。沒了性別優勢，妳就得拿別的來塡補性別劣勢。」

說到這兒，母親揉了揉自己的胃，恨恨地說：「我是眞的不愛喝酒。」

她埋著頭嚶嚶地哭，母親繼續輕言細語地說：「但有什麼辦法？想著妳以後考上北京的重點大學，去了大城市，我這當媽的，總要盡力爲妳鋪鋪路。可是，現在看妳似乎對學習也沒什麼興趣，恐怕以後最好的打算，也不過是進我的單位、接我的班，留在我們這個小城市，找一個像妳爸爸那樣沒用的男人，生一個兒女，最後也是爲了他們的前程，把胃喝壞，把家拆散。」

說到這裡，母親有些哽咽，撫摸著她的臉說：「我是真的不忍心看妳過我的日子。」

她哭得泣不成聲，連連道歉：「媽，對不起！我保證好好讀書，絕不讓您操心！」

母親這才站了起來，坐回沙發上，像什麼都沒發生。

然而這一番對話，對她產生了巨大的震懾力。「不能重複我媽的人生」，成爲她最深的一種意念，在每個節骨眼冒出來，左右她的選擇、決定她的判斷。當然她現在明白，是母親太有手段，爲達目的無所不用其極。膽寒之外，更有敬佩，要不然母親也不會一路扶搖直上，在男人的政治、男人的商道裡如魚得水，幾年後順利成爲市府財政局局長。

而她在那一次之後，成績再沒跌出過年級前十，母親極少過問她的學習，只在塡報志願時，替她報了中國人民大學金融系，並告訴她：考不上就重考，去一般學校沒意思。

她如願考上，又按母親的意思，大學畢業後繼續讀研究所。在學校那幾年她過得單調卻不渾噩，雖然離家千里，母親卻如影隨形似的，時不時就站在她的身後，不痛不癢地問一句：「妳的優勢是什麼？」

畢業前，母親飛來北京，帶著她拜訪幾家商業銀行的負責人。比較來比較去，最後在飯桌上對其中一家說：「康倩的叔叔，是我們地方上的納稅大戶，我這次來他特地叮囑了，康倩畢業去了哪家銀行上班，他就把他們企業一年的貸款放在哪家銀行。」

銀行負責人自然懂這意思，遂喜笑顏開地說：「叔叔這麼幫忙，倩倩又是專業對口的人大研究生，來我們行裡吧，先去望京分行鍛鍊幾年，我擔保她成爲核心幹部！」

事辦成了，她卻陰沉個臉，私下問母親：「哪個叔叔？」

母親說：「妳管他哪個叔叔，人情又不用妳去還。」

她不服，說：「我自己能找到工作。」

母親仍是笑，說：「這裡是北京，好公司、好職位就那麼幾個，可是比妳學歷高的、關係硬的、經驗多的人有的是，要想安安穩穩地留下來，妳的努力和家庭的實力，缺一不可。」

她鬧起了彆扭，非要和母親唱反調：「留不下來就不留，也沒見得有多好。」

「等多過幾年妳就知道北京好了。」母親胸有成竹地說。

轉眼她三十二歲，正如母親所料，她覺得北京一切都好，就連寂寞都好。

母親亦很意外，她三十二歲了，依然單身，一點眉目都沒有。不過母親對此很是寬容，始終對她說：「沒適合的，就自己好好過。千萬別著急或者隨便湊合，一個人最多是孤獨，兩個人在一起有時候比死都難受。」

她身邊不乏所謂優質男士。在這家頂尖商業銀行，她的男同事們全是名校畢業、長得平頭正臉，家裡有錢有權的也不少。尤其是，這些男人個個野心勃勃、自我鞭策力十足，在他們身上完全看不到二十多歲的迷茫、三十多歲的焦慮、四十多歲的頽唐，只有微微令人反感的自負，但因爲他們的財力和見識，這種自負又頗無可指摘。

但她對這些男人是意興闌珊的。想一想，也不全是因爲他們的光鮮背後有一種發自本性的粗糙。人人都以爲，這些金融界菁英應該像《華爾街之狼》裡那樣，穿 Kiton 或者 Brioni 的訂製西裝，精通消費、講究細節，甚至能準確區分同一酒莊但不同年分的紅酒。而實際上，他們對錢的欲望即他們的一切——目標、座標、事業、興趣。他們單純愛賺錢，像嗜血的鯊魚，聞到賺錢的機會便一哄而上，肉到嘴裡之後即刻撲向下一處戰場，並不細嚼。她的主管，一個年收入上千萬的男人，好幾次一起出差時被她看到，脫下鞋之後，赫然穿著一雙破了洞的襪子。主管對於衣著更是不講究，一年四季就喜歡穿銀行制服，實在需要洗了，才換上老婆幫他買的不合身西裝或者 Polo 衫，有些皮帶和鞋是愛馬仕的——畢竟老婆花他的錢買包，也需要一起買他的行頭。下屬們亦紛紛效尤，常年一身制服、一個 Tumi 背包，遠看近看，與任何一個房產仲介竟無二致。眞到花錢的時候，他們也相當野蠻。也許是爲了討好客戶，也許是爲了碾壓同行，也許是爲了快速搞定某個物質女郎，總之，他們並沒有興趣聽任何人滔滔不絕地介紹紅酒、雪茄、精緻料理、高級手工品，他們會直接告訴你：「幫我拿最好的。」

生活方式的講究與否還是次要，她是親眼見過這些衣冠楚楚的男人，生冷不忌甚至茹毛飲血的吃相，才決定一概敬而遠之。

那一次也是母親的關係，介紹了轄區內一個鄉鎮大企業給她當客戶。副行長一聽對方有十億的融資需求，立即成立了工作小組。一行四男一女，飛去當地殷勤拜會。

飯局從一開始就開門見山。肥頭大耳的鄉鎮企業老闆，油光滿面，彷彿是個天天被人用細心呵護的文物。他帶了五六個濃妝豔抹的女子，一個個穿著皮裙、皮靴、爆乳上衣，自覺地一個貼著一個陪坐入席，鄉鎮企業老闆壞笑著介紹：「各位北京來的老闆，嘗嘗我們鄉下的野雞。」

酒過三巡，鄉鎮企業老闆把上衣一撩，露出漲得發亮的肚皮，又想出了一些餿主意。他說：「我們鄉里人，重情誼，喝酒不能用杯子，要口對口地餵。來，我們兄弟幾個乾了這杯『口子酒』！」說罷，他一抬手，幾個陪酒女子會了意，立即端起酒杯一飲而盡，然後坐上幾個男同事的大腿勾住脖子要舌吻。她見主管不但臉色沒變，還甘之如飴似的，張嘴接住了身邊陪酒女子口中的酒，其他幾個男同事也又摟又抱，含笑地受了這款待。這時，鄉鎮企業老闆轉頭將目光對準了她，嘴裡嘟囔著：「來，妹妹，和妳哥哥乾了這一杯吧！」

老闆的嘴湊上來，也沒有男同事出面替她擋一擋，反而在一旁拍手叫好。她被老闆噴出的酒氣與菸臭薰得直欲作嘔，嘴剛一張開，一條泡在高度酒精裡的厚苔肥舌就伸了進來，把那張嘴裡的液體一滴不剩地灌進了她口中。

偶像劇裡的女主角走到這一步，可以把酒吐在老闆臉上，再翻桌走人；然而面對十億貸款專案的商業銀行分行副科長走到這一步，能怎麼做？她吞了下去，像吞了單身生活中的不堪和人際關係中的齟齬一樣，一聲不吭地吞了下去，再笑一笑，當作沒事。書本上的自尊教妳快人快意，甚至耀武揚威地反彈一切不爽與尷尬；而現實中，爲了自我心中的小日子或大天地，妳通常需要把隱忍暫時排在自尊前面。

鄉鎮企業老闆得了逞，樂不可支，轉而與副行長半眞半假地聊方案。她走去洗手間，掏出牙線，把每一顆牙齒都用力地刮了一遍並交替著漱口，長達數十分鐘，直至牙齦出血，反胃乾嘔。

回到包廂，鄉鎮企業老闆已醉，卻不肯走，還拉著她的幾個男同事持續喝酒。她打開門，走到露台上點了根菸。副行長走出來，也要了一根，深吸一口，略有歉意地對她說：「要學會見怪不怪。」

她不置可否，只是問：「我出來得少，每一個客戶都這樣嗎？」

副行長說：「今天這個算極品了，但其他大部分也好不到哪裡去。妳現在知道銀行體系裡的女主管爲什麼那麼少了吧？」

她立即想到了母親，不知道她吃了多少胃藥才練就了用吸管喝白酒的本領。她爲母親，更爲自己難受，眼裡淚光閃了一下，問：「他們爲什麼要這麼做？分明都是有頭有臉的人。」

副行長說：「也不是因爲重口味。有時候案子太大、牽扯的層面太多，或許還有風險，對方便會逼迫妳一起做一些不體面的事，一起到泥地裡打滾，才是同一個圈裡的豬。或者客戶知道妳能透過他賺多少錢，也會耍猴似地戲弄妳一下，他心裡才會平衡。」

她自言自語：「難怪你們都習以爲常了。」

副行長掐滅了香菸，語重心長地對她說：「小康，結婚千萬不要找同行，否則他以後每一次出差，妳就會不由自主地聯想起今天這樣的場面。」

父親完全不是這種男人。他羞澀、寡言、說話細聲細語，與任何人都無法真正親近，他習慣性地說很多「謝謝」，包括對她。上小學的時候，班主任要求同學們回家幫父母做家事，然後寫在週記裡。她興沖沖地要幫父親洗碗，父親既不指導也不阻攔，就由她隨便洗，她把洗好的碗交到父親手裡，父親對她笑笑，說了句：「謝謝。」彼時他的語氣和神態，著實令她記憶深刻，這麼多年竟然一直忘不掉——他對餐廳裡的服務生說謝謝，也不過就是這個樣子。」

「我爸，像一隻養在玻璃缸裡的魚，他就在那裡，一動不動的。但你永遠碰不到他，哪怕是敲敲那層看不見的壁，就把他嚇退了。」——她對成辰提起父親時，是這麼說的。

父親在家鄉最好的高中教國文和音樂，在調來學校之前，他曾是市立藝文中心的合唱團指導老師。音樂大概是父親唯一熱愛的，許多個或燥熱或清冷的晚上，家裡通常只有她和父親。晚飯後，父親會坐在客廳的沙發上，閉著眼睛一遍一遍地聽《梁祝》小提琴協奏曲。曲至《投墳》，父親喚她過來，眉頭比平日舒展，眼睛裡也一汪清泉，溫柔地問她：「倩倩，好不好聽？」她點頭。父親甚是欣慰，又願意與她多說一些：「最乾淨的感情，不管對方是男是女、是生是死，一往情深又從一而終，多麼值得被歌頌。」

進入青春期之前，她已然懂得父母早就感情破裂。他們所有的對話都像在溝通工作，母親吩咐，父親執行。當然，他們也從不吵架。有時禮貌問候，有時視而不見，她夾在父母中間，倒不必小心翼翼，或許心平氣和，是另一種形式的冷漠絕情。

但最後他們還是離婚了，而且還是母親提出來的。

那一天，司機老黑的太太找上門來鬧事。老黑的太太坐在院子裡，從中午開始等，等到太陽下山，下班的人紛紛回來。父親和她一起，剛走進院子，就被老黑的太太遠遠看見了，她撲上來抱住父親就開始大聲哭喊：「康大哥，管管你家女人吧！她和老黑背著我們在外面睡覺啊！」

這一喊，立即引來了所有人的圍觀，父親羞紅了臉，低聲囑咐她先上樓，她嚇呆住了，愣在一旁瞠目結舌。

老黑的太太見人多了起來，哭得更厲害：「我沒文化，又沒工作，離不開老黑；你是男人，你不能讓你女人在外面敗壞你們康家的名聲啊！」

父親氣急，說話仍是細聲細氣的，他下意識維護母親，說：「嫂子，妳別胡說，他們是工作關係，單獨在一起很正常。」

老黑太太說：「正常能去開房間啊？」

「那……那是出差。」

老黑的太太又說：「出差只開一間房啊？」

父親終於問：「妳怎麼知道？」

老黑的太太提高了嗓門，分不清是憤怒還是得意，說給父親，也是說給圍觀的人聽：

「我怎麼不知道？我老家有個表妹就在招待所上班，那天看他們開了房間，她一查房客登記本，就只開了一間！」

父親一時不知如何作答，哀求她：「嫂子，大人的事別當著孩子的面講，可以嗎？」

她這才反應過來，嚶嚶地哭。圍觀的人把老黑的太太攔開，父親跟著她，匆匆地跑回家。她把房門關上，趴在桌上哭，父親也不來勸她。她哭了一陣，才莫名覺得：「哭什麼呢？這跟我有什麼關係？」

母親一回來就罵個不停，顯然已經得知傍晚發生在自家樓下的鬧劇。罵痛快了，才對父親說：「老康，你別多想啊！」

父親很平靜，說：「知道了。」

母親在客廳坐了一會兒，突然怒不可遏，衝到父親的書房，質問他：「你就這麼無所謂？」

父親笑了一下，反問：「妳不是要我別多想嗎？」

母親主動解釋起來：「的確就只開了一間房，老黑本來要睡車裡，但那天太冷了，我房間裡又有個沙發，就讓他睡沙發了。」

父親還是說：「知道了。」

她躲在房間裡偷聽，過了好一會兒，聽見母親說：「我們還是離婚吧。」

父親總算惱怒了一下，問：「為什麼？妳要是真沒做虧心事，怕什麼？」

母親冷笑，說：「我怕什麼？跟你結婚這麼久我還能怕什麼？老黑的太太已經把事情鬧出去了，我是無所謂，你是男人，又是老師，不離，對你影響不好。再說……這麼過下去也確實沒意思了。」

父親沒有猶豫，說：「也好。」

聽到這裡，她衝了出來，抱住母親哭：「媽，不要啊！」

母親推開她，說：「妳去睡覺吧。這是我和妳爸感情上的事，我們有權自己決定。」

父親同意了離婚。很快，他也向學校請辭，說要去深圳一個私立學校。

父親來搬家時，母親躲出門，是她一邊哭一邊幫父親收拾。父親要上車離去之際，她追出去叫住他：「爸，你忘了拿《梁祝》的卡帶！」

父親紅了眼眶，說：「謝謝倩倩。這是我留給妳的。」

自那以後，她一年只見得到父親一兩次。大學快畢業時，父親說國外有個華語教學的機會，去了澳洲。後來，他辦了移民，留在那裡。現在偶爾看父親在微信裡晒照片，狀態很不錯，笑得很開懷又顯得年輕，跟從前完全不一樣。

成辰和她是去年認識的，彼時她正努力擺脫一段告白失敗的恥辱。

對方是總行的一個男同事，三十多歲，斯文體面。他們私下見了好幾次面，從各方面來看，她覺得他是一個適合結婚的人——不過分帥、不過分優秀、普通家庭出身、知名大學博士學歷，謙遜而隨和。嘴上誰都沒說，但她已經去總行附近看了好幾次房子，也留意著總行的動態，隨時準備申請提調。

自我感覺各方面時機差不多了，某次吃飯時，她對那男同事說：「下週我媽要來北京幫我看房子，你要不要跟我媽一起吃個飯？」

男同事馬上就明白了她的意思，竟放下筷子鄭重其事地對她說：「康倩，妳是個很優秀的女人。我也很把妳當朋友，所以我必須坦承告訴妳，我不太考慮跟同行結婚。我想找那種二十三、四歲，大學剛畢業的女生，她不需要上班，有充足的精力照顧家庭和孩子。我們都是幹這行的，知道有多麼的身不由己，眞的在一起了，要誰爲誰犧牲都不適合，最後難免互相埋怨。」

她不可置信，震驚於男同事的直白和功利，又無法反駁，只好悶著頭吃菜。

男同事有些愧疚，勸她：「妳也別一心埋在工作堆裡了。多出去社交一下，吃好的、穿好的，賺那麼多錢不花幹嘛？去外面找個男人吧，別找我們這些金融男了，職業病就是利己，談什麼都不免算計投資收益率。」

這話她聽進去了，之後她下載了好幾個交友軟體，凡有高端的局，便花錢報名出席。天南地北的陌生人，坐在同一張桌子上一起吃飯，投緣就保持聯繫，不投緣就專心致志地吃東西，雖然是打發無聊，卻也有滋有味。

在四合軒的美食家晚宴上，坐她左右的分別是創業公司的CEO和投資人，各聊幾句，已覺全是套路。她懶得說話，默默一杯接一杯地喝酒。「我還以爲這一桌就我一個人酗酒呢。」她四下一看，發現是坐斜對面的俊朗男子在對她打招呼，「沒想到妳比我喝得還凶。」

她不好意思地笑了笑，舉起酒杯與他隔空碰了個杯，俊朗男子一飲而盡，令她忍不住問：「你爲什麼喝這麼猛？」

「爲男人。」俊朗男子粲然一笑，反問她：「難道妳不是嗎？」

那一閃而過的惆悵像剛點著又熄滅的火柴，燙了她一下。她跟著笑，說：「是啊，我也是。」

飯局結束時，她知道那位俊朗男子名叫成辰，在一家廣告公司做客戶總監。成辰問她：「妳吃好喝好了嗎？要不要再喝一點？」她想也沒想就答應了，心要跟他走，什麼都攔不住。

他們叫車去了簋街的三哥田螺，就著啤酒，吃得滿手是油，好像兩個小時前才吃的高檔西餐是進了另一個胃。成辰是成都人，吃得眉開眼笑，說：「這就是我喜歡北京的原因，想吃好的就吃好的，想吃髒的就吃髒的，什麼都有。」

她被辣得一口氣喝了一瓶啤酒，像喝水似的，從沒發覺自己也練出了母親的酒量。她說：「我也喜歡北京，什麼人都有。」

這話讓成辰感慨了一下：「可不是嗎？什麼人都有。留在這裡，才不會被當成怪胎。」

她明白成辰的意思，想了一想，告訴他：「我爸以前常對我說，最乾淨的感情，不管對方是男是女、是生是死。愛了，就值得被歌頌。」

成辰眼裡迅速泛起了淚光，連忙取笑自己：「這螺眞他媽辣！」

「辣就喝酒！」

「喝就喝！老闆，再加一份乾煸牛蛙！」

她和成辰迅速成了閨密。成辰的公司就在藝術園區裡，離她上班的銀行很近，中午一起吃飯，下班相約喝酒，她迅速而深重地體會到有一個gay密的幸福——他能像最要好的女性朋友那樣，耐心聽妳絮叨、設身處地給妳從化妝到穿衣到戀愛到生活一切方面的建議、陪妳做所有雞毛蒜皮、瑣碎無聊的事。同時，他又絕不會像女性朋友那樣，敏感、多變，和妳暗自較勁。以及，除了不能給妳愛情，他會把男人該有的風度、體貼、自信、幽默，統統給妳。

是啊，這世上能拯救大齡單身女性的，從來不是王子，而是同志。

成辰到了週末常邀她去家裡吃飯。每次去成辰家她都覺得羞愧——自己活得一點也不像女人。成辰家裡那些林林總總、枝繁葉茂的植物她叫不出名字，少數幾種能叫出來的，她也養過，但全養死了；成辰的衣帽間、化妝檯、櫥櫃、書架，無不整整齊齊，顯露出一種精心擺設後的漫不經心；成辰穿著白T-Shirt在廚房做飯，手臂線條優美，是常年嚴格自我管理的結果。他端出來的菜，可不是扮家家酒似的可樂雞翅、番茄炒蛋，而是誘人的海鮮燴飯、鮮美的松茸雞湯、綿密的戚風蛋糕。

「你怎麼可能單身？」她問成辰。

「我只喜歡吃好東西。」成辰倒滿香檳，示意她舉杯乾了。繼續說：「可惜吃得太認真，難免食髓知味，有些味道忘不掉，就再也沒了其他胃口。妳呢？妳又怎麼可能單身？」

她苦笑，指了指自己的臉，說：「這還不明顯嗎？二十幾歲的時候也有人追，但那時候心高氣傲，忙工作拚業績，不想認真、不想定下來，主要對方也不算我的菜。然後桃花就越來越少了，現在倒好，我們行裡無論三十幾的、四十幾的，甚至五十幾的，都只想找二十幾的。」

成辰坐到她身旁，順勢摟住她的肩，說：「別胡說，妳只是和我一樣挑食而已。」

她望向成辰，心中湧起一股怪異，又眞實可觸的幸福感。像一朵白雲懸在了眼前，情不自禁想用手去捉一下。

等她意識到荒誕，已經太遲了——就在剛才，她鬼使神差地吻上了成辰，卻怎麼也頂不開他緊閉的牙關，只得尷尬地吸吮成辰的嘴唇。成辰忍了一會兒，把她推開，起身站起來，惱怒地問她：「妳在幹嘛！」

「我，我喝多了。」她感到無地自容。

「妳這樣很不好。」成辰說，「朋友做成這樣，以後還怎麼相處？」

「對不起。」她乏力地起身，不敢看成辰。「我眞的是喝多了。」

她和成辰有一陣子沒有聯繫，是她自己不好意思，也理解成辰不再主動說話。但成辰還在她的生活中，每天在社群軟體上發動態消息，若無其事地吃喝玩樂。於是她也每天發很多貼文，期待成辰能來點讚、評論，甚至私訊她說：「想不想喝酒？」

她無數次想要道歉，又覺得若去證明自己對他沒有非分之想也滿可悲的，糾結來糾結去，秋天連著冬天都過去了。

上個月父親發微信對她說：「要回河南老家探親，在北京轉機，一起吃個飯。」

她和父親約在三里屯的烤鴨店，這也是成辰之前推薦給她的餐廳，說那裡的料理比其他烤鴨店好，裝修也沒那麼用力。

幾年不見，父親確是逆齡生長了，皮膚彷彿透著光，身材緊實，他穿一件貼身的粉藍色羊毛衫、淺色牛仔褲，哪像是六十多歲的人？看上去最多四十歲出頭，正值壯年。

那個謹慎微小、總是埋著頭怕被人看見的父親，在告別的那一年，便消失了。眼前這一個父親，笑咪咪地問她，「還單身嗎？有沒有約會？要不要喝酒？」像極了成辰。

像極了成辰——一瞬間，眞相大白，所有揮之不去的不合理全部合理了起來。她直視父親，大膽地問他：「爸，你是不是……」她終究還是不敢說出那三個字。

父親亦直視著她，說：「是的，我是。」

明知道答案，雙手仍是抖了一下。她用力握緊水杯，再問：「那，媽媽知道嗎？」

父親說：「她或許知道吧。畢竟我們結婚十八年，同床不超過兩次。」

她一臉憤怒，不好發作，低聲訴斥：「那爲什麼還要結婚？你知道對於女人來說，這有多殘忍嗎？」

父親低下頭，恢復了從前的細聲細氣：「那個年代，又在我們老家，不結婚，我還有別的選擇嗎？妳媽也沒有。當時她和我一樣，三十出頭還是單身，我自己是什麼原因我清楚。那年市機關舉辦歌詠比賽，我去她們單位輔導排練，她對我有好感，我感覺到了，妳媽部門的人事大姐也感覺到了。我一開始死活不同意，人事大姐找我們市立藝文中心上上下下所有的主管，每天輪番派給我很多工作。後來，妳媽親自來問我，我跟她說我們在一起不會幸福的。妳媽個性很倔，說：『我不怕，反正我不會後悔。』」

父親說完，再抬起頭時，已是老淚縱橫，說：「倩倩，我對不起妳媽，也對不起妳，我也很努力地否定我自己、壓抑我自己，耗了我的前半輩子，才發現全是徒勞。」

「那你現在幸福了嗎？」

「幸福了，有個伴侶，我們在很穩定地在一起。澳洲很開放、很包容。」

「那就好。」她止住了淚意，說：「小時候，我總覺得是我不聽話、不懂事，你才常常不開心，現在你幸福了就好。爸，不要說對不起，我懂你。」

父親走後，她打電話給母親，說見到了父親，生活狀態很好。

母親不鹹不淡地說：「哦。」

她說：「媽，這麼多年妳也不容易。妳爲我做了這麼多，自己一個人，很辛苦吧？」

母親愕然，下意識地安慰她：「不苦啊，妳那麼懂事，是媽媽的驕傲。」

「和爸爸在一起，妳眞的沒後悔過？」

母親想了想，說：「任何感情上的錯誤，無論多離譜，其實都有美麗的時候。」

成辰終於打電話來，問她能不能出來喝一杯。

她去了成辰家，成辰有些情緒，連喝了三杯，才對她說：「我剛從成都回來，我媽進醫院了。」

她關切地問：「阿姨怎麼了？要不要緊？」

成辰鄙夷地說：「她鬧自殺，吞了一把安眠藥，送進醫院洗胃，沒事了。」

她大驚：「爲什麼！」

成辰說：「我對她出櫃了。」

「好端端的爲什麼要出櫃？」

「她老是催我結婚、逼著我相親，我煩了。」

「你媽不是從你二十多歲就一直催嗎？又不是現在才這樣。你就哄著她，有什麼關係？」

成辰拍了桌子，說：「我不想哄了！我一個人來北京闖，那麼努力，就是想堂堂正正談個戀愛，和喜歡的人大大方方地在一起。這是我的人生，我的幸福，我爲什麼要妥協？」

她問：「那你媽怎麼辦？」

成辰一下子洩了氣，說：「我要回成都一陣子了。我媽威脅我，要嘛結婚，要嘛回成都，不然她還是會自殺。我先回去陪陪她吧，等她冷靜了再說。」

「那你工作怎麼辦？」

「能怎麼辦？只能先辭了。我總不能眞的逼死我媽。」

那一刻，她意識到，她恐怕還是要重複母親的人生了。唯一不同的是，母親是糊里糊塗過下來的，她是明明白白、自覺自願地要去過。想到這裡，她對成辰說：「你別回去，我跟你形婚（形式結婚）。」

成辰驚慌失措，說：「那怎麼可以？」

她依然清醒地說：「讓我跟你形婚吧，哪怕只能看著你，和你做姐妹，也比跟那些腦滿腸肥的直男生活在一起幸福多了。結婚以後，我們可以不住在一起，你隨便談你的戀愛，需要配合的，我全力配合。」

說罷，她頓了頓，一字一句地說：「這對你好，對我也好。我不想再被同事和客戶猜測了。」

成辰一時情緒緩不過來，說：「可是，我已經出櫃了。」

她從未如此冷靜，說：「沒有用的。你媽只選擇她願意相信的。你跟我形婚，她會覺得是你的病好了。」

成辰不語，也不知是放空，還是在思考。

她最後說了一次：「跟我形婚吧。你看那些眞實婚姻最終也都是各玩各的，我們從一開始就不捆綁任何權利義務，只簡單做伴、彼此保護，也許才是幸福。」

第二天醒來，她收到成辰發來的一則很長的訊息——

「倩倩，想了一晚上，我還是決定回成都陪我媽一陣子，工作的事我都交代好了，妳不用擔心。等我媽穩定了我就回來，我相信她會接受我的選擇。

妳知道我最喜歡的電影是《甜蜜蜜》李翹對黎小軍說：『黎小軍同志，我來香港不是爲了妳，妳來香港也不是爲了我。』

所以，康倩同志啊，我來北京不是爲了妳，妳來北京也不是爲了我，但我們倆的目的是一致的——爲了愛、爲了更好的生活、爲了活成自己喜歡的模樣。

我對我媽出櫃，是因爲我始終還有這個信念，相信我還能遇到對的人，還能像從未愛過一樣再一次投入地去愛。那麼，在下一次愛情來臨之前，我要做好一切準備，然後等著他出現，牽著他的手，來對妳、對我媽、對所有我在意的人介紹說：『這是我男朋友。』

妳呢？能不能再堅持一下，再對自己多一點信心，再等一等，不要著急，妳不會失去我的陪伴，所以，也請妳放心去愛吧！

我們只有這一生，所以不要敷衍。哪怕心殘志堅，哪怕道阻且長。」

她擦乾了眼淚，起身，從衣櫃裡拿出了最漂亮的那件裙子，精心化了全妝，打扮妥當，出門上班。

今天的北京，有一種洗心革面般的湛藍。雖然東三環還是壅堵、十號線照常爆滿，一切如昨，一切又感覺可愛。

是啊，日光之下，並無新事。但希望，呵，希望總是新的。

CHAPTER 5

妳能為一場失戀吃多少

有了一時的歡愉，
便貪念一生的幸福，
所以失去的時候，
才痛苦得彷彿失去了一生，
其實，只不過失去了一時。

番茄芝麻葉佐淡乳酪比薩——這是抵達義大利後她吃的第一餐。

在羅馬機場等待轉機去巴勒莫的晚上，她和浩勳翻遍了整個航廈，只找到了這麼一家賣微波爐加熱比薩的餐廳，抱著「這裡可是義大利，能難吃到哪裡去」的執念，他們一人點了一片，然後不得不承認，即使必勝客厚而無味的餅皮，還是比這被微波爐加熱得外焦裡冷的餿疙瘩可口一些。就著冰涼的啤酒，她和他像吞藥似地一邊硬著頭皮啃比薩，一邊畫餅充饑地討論接下來到西西里要吃什麼——

「聽說陶爾米納有一家漁民夫婦開的家常菜餐廳，專賣當日現烤的海鮮，我們第一頓應該吃這個。」

「敘拉古的早市也不錯啊，有現殺的海膽與生蠔。」

「嗯，總之來都來了，什麼都要吃一遍！」

「對！我這次沒有任何計畫，就是吃，什麼都不想！」

「我也是！」

說完這話，她和浩勳相視而笑，然後又心照不宣地不再繼續這個話題，繼續埋頭吃冷掉的比薩，竟突然嘗出了幾分滋味。

這的確是一場說走就走的旅行，又俗氣又做作，可是誰的人生沒有遭遇過令自己暫時變得膽怯、感覺無助只想迅速抽離的事？而不可靠的行徑之一，便是買一張機票，有多遠就走多遠，用看似海闊天空的瀟灑掩蓋無處安放的煩躁。

這是她發現有另一個她存在的第四週。

整條的海鱸魚掏空內臟，填入鼠尾草、羅勒及蘋果，淋上橄欖油，包在錫箔紙裡用土製的火爐燜烤，上桌時由經驗老道的服務生現場去皮剔骨，片出兩塊細緻的魚肚肉，只淡淡地撒些海鹽，清新鮮甜；手擀的義式扁麵，煮到留一點硬芯，撈到炙熱的平底鍋裡與淡菜同燒，淡菜遇熱釋放出湯汁，讓每一根麵條吸足海味，調味料依然只是海鹽和風乾香草，起鍋前烹入白酒收香，是典型西西里風味的家常麵條。

從首府巴勒莫驅車兩小時，則抵達西西里島最著名的旅遊勝地陶爾米納，依山傍海的小城，一面是不時噴發的活火山埃特納，一面是如半月攬空的碧藍海岸線，一半海水，一半火焰。而居於此間的陶爾米納，真正是一座冷靜與熱情之間的小鎮。

陶爾米納並不是特別熱門的旅遊地，只有一條商業街和一個主景點，沿著小城上上下下的石板山路，或許可以走去藏在深巷之中的家庭小酒館，也可以一路走去古老的格雷科劇場——那是一處遺址，頹敗而空曠，像一道此去經年漸漸長出了姿態的舊傷口，供人憑弔。

內心不安靜的人卻最受不了無聲。

她和浩勳在露天劇場裡坐了一陣，竟有些面面相覷。千言萬語是有的，只是在這松風隱隱、海浪陣陣中反而說不出口，畢竟，花了大錢，飛過千山萬水，再坐下來傾倒心中的不甘與怨恨，顯得有些暴殄天物。

「去吃飯吧！」她和他異口同聲地說。

在劇場遺址旁的臨海餐廳，她吃白酒淡菜義大利麵，浩勳吃香草烤海鱸魚。她吃了一陣子之後，放下刀叉，緩緩地說：「還記得我爲他做的第一道菜，也是一條魚。」

她並不會做飯。鱸魚買回來，刀不知輕重地劃下去，直接把魚剁成了三截，之後她又按照食譜，用米酒、醬油之類的調味料笨拙地醃製，大火蒸了七八分鐘，魚肉還沒完全熟，就端上桌。他吃了一口，說，「滿特別的，我喜歡。」於是她滿心歡喜。

之後有段時間，她總約浩勳去菜市場，請浩勳教她買菜、做菜。浩勳是她雜誌社的同事，做生活線的編輯。乾淨孱弱的男孩，喜歡下廚、養多肉植物以及與居家生活有關的一切。他始終夢想著有一個人能和他一起過細水長流的生活，在翹首以待的日子裡，他和她成了惺惺相惜的朋友——同樣癡迷戀愛，又同樣患得患失、同樣有些許自卑，但不同的是，浩勳的自卑是因爲長相的平凡，而她的自卑卻是因爲美而不自知。

看她翻翻揀揀蘿蔔、白菜，興奮得如同挑選新款鞋履，浩勳問她：「妳從來都不是靠賢慧取勝，已經拿高分了，何必還要硬解加分題？」她笑著說：「這個人不一樣。」

似乎每一個人，都是爲了那個不一樣的人，才開始去做自己不擅長的事，不自覺想得更遠一些。彷彿要快步走到前面，早早鋪下地毯，令那個人自在又神氣地走向妳的去處。

只是，若曾自己試過錯，便會知道：即使把最不擅長的事做成了最擅長的事，也未必是做了一件令對方領情的事。

她的清蒸鱸魚做得越來越熟練——在他們交往一百天的時候，她學會把鱸魚精準地用刀片開攤平，撒上切得細細的青蔥紅椒，有了餐廳裡的賣相；在第二年的情人節，她熬了豬油，爲的是蒸魚前在魚腹內抹上一層，然後得到鮮香腴美的口感；終於在他生日那天，她不但端出了無可挑剔的清蒸鱸魚，還做了五六道有模有樣的大菜——她把不擅長的事，變成了技能。

可是他卻吃得越來越漫不經心，吃飯時玩手機，吃完以後也只不鹹不淡地說一句「還可以」。

其實她爲他學會的，遠遠不只有做飯。她滿腦子都是如廚具廣告的畫面：他下班回來，從後面抱住做飯的她，說「好香呀」。然後場景切換到一個溫馨的客廳，燈光柔和、配色完美，也許還有一個活潑的小孩。爲此，她全然無心工作，想著下班要買哪些菜，搭配什麼樣的花，他昨天穿過的襯衫要洗，他明天要穿的西裝得熨。

浩勳奚落她：「又沒登記結婚，也沒花他的錢，何必早早就當起老媽子？」她說，「總得收收心，以前我太愛玩了，現在要有點過日子的樣子了。」浩勳繼續問她，「他也是個愛玩的人，這妳在認識他的時候就知道了，妳怎麼能確定，他現在也想過日子？」她想了想，特別認真地反問：「有誰是真心愛玩的呢？」

她在不久後，透過一個極其隱蔽的線索，知道了這個問題的答案。

依然是一頓晚餐，她駕輕就熟地蒸了條魚，他回來，漫不經心地吃了一口，似乎想起什麼，突然對她說：「還是上次妳用豆瓣蒸的好吃，今天的淡了點。」

她愣了一愣，然後一切彷彿拼圖歸位——所有那些未接來電、聊個不停的微信、號稱與哥們喝酒的夜晚，乃至臨時決定的出差……全都一一關聯、拼出畫面，令她看到真相。

原來，他在默默吃著另一條魚。

從市場買來新鮮的海膽，就近找一家餐館，請老闆煮一盆義大利麵，淋上橄欖油，稍微添加一些青醬，拌進新鮮羅勒，麵上桌，才把海膽撬開，將肥美的海膽澆到熱騰騰的麵條上，讓海膽微微蒸熱、化成濃稠的醬，再就著羅勒的清香，大口大口吃下。

在敘拉古，漁夫和主婦都這麼吃。

沿著東部海岸線順勢而下，到達西西里最美的海邊小鎮敘拉古。據說搞創作的人一生至少應該來一次，因爲那些偉大的古希臘劇作家、哲學家，都在此地完成了永垂不朽的名著。然而，此地還有更引人前來的原因——電影《真愛伴我行》在此拍攝，美豔不可方物的莫妮卡．貝魯奇就是款款走過這裡的大教堂廣場，坐定下來，掏出一支菸，讓男人前仆後繼，而自己萬劫不復。

她和浩勳住在小鎮城外靠海的一棟老房子裡，數十公尺挑高的客廳、東方地毯、黃銅把手，古舊與無聲中，自有歲月流金、現世安好。房子是她在Airbnb上找到的，預定申請者衆多，房東要一一審核，後來竟然核准了他們的申請，浩勳一看她的註冊資料照片，說：「長得好看才是通向世界的護照啊！」

老房子的房東親自出來接他們，是個陽光帥氣的義大利人，叫達米安。小麥色的皮膚，黑而卷曲的頭髮梳得一絲不苟，一笑便會露出兩排潔白整齊的牙齒，正是Dolce & Gabbana廣告裡走出來的西西里美男子。房子是他奶奶的，被他改成了民宿。她和達米安在見面前有過大量的交談溝通，於是並不生分，達米安擁抱了他們兩個，然後指著浩勳問她：「這是妳男朋友？」

她笑笑，說：「好朋友。」

達米安做了個抹汗的動作，長吁一口氣，說：「那我就放心了！租給像妳這麼美的女生，結果是來度蜜月的，那我得多傷心啊！」

他們大笑，達米安在前面帶路，浩勳在後面小聲跟她說：「妳看，來西西里就對了，別說療情傷，妳就在這現找一個，把婚結了都可以啊！」

二樓的主臥室，推開窗戶眼前即是大海，她站在露台上，吹著海風，並不說話。達米安在一旁，問：「你們接下來要做什麼？」

她和浩勳相視一笑，說：「吃！」

在敘拉古的露天市場，他們吃得忘我，吃了海膽麵，吃了塞滿奶油的西西里煎餅卷，又買了幾顆紫得發亮的甜李子和本地產的冰鎮白葡萄酒一起吃，最後撐得根本走不動，只好覓得了街邊一處咖啡廳坐著晒太陽、等消化。午後陽光刺眼，晒得人渾身充滿暖意，心內的邊邊角角也開始騷動，話就開始多了起來，她說：「達米安滿有意思的。想了想，我就是喜歡那樣嘴甜的男人，達米安也好，他也好，這都不是沒有原因的，一切早已在成長中註定。」

她的母親是京劇院的青衣，高眺美麗，走路帶風，臉上一副神聖不可侵犯的神情，彷彿走到哪裡都是舞台。她姣好的面容和挺拔的身姿便是傳承於母親；而她的父親在當地經營一家頗有名氣的餐廳，長袖善舞，八面玲瓏，但難免有一股市儈之氣。母親看父親的表情總是嫌惡的，時常提醒她：「別學妳爸爸。」

就讀國中的時候，她也聽聞了父親的風流韻事。有些人說是電視台的女主持人，有些人說是她家餐廳裡的女領班，因爲母親有名、父親有錢，街坊鄰里似乎都想看她家出亂子，想看她那高傲的母親，不顧一切地哭得披頭散髮，於是種種傳聞從鄉里一路傳到了學校。母親對此置若罔聞，每天一到放學時間，母親就準時出現在校門口接她，兩人一路無言以對。有時候，她很想跟母親說說學校裡發生的新鮮事，她又因爲作文寫得好受到老師表揚。但當她望向母親，母親的眼神裡卻是一片虛空，木訥地坐在她旁邊，宛如一座泥塑像。那種虛空，毫無生氣，無法解讀。沒有任何暗湧著的情緒，亦沒有頹然困乏的跡象。母親的內心是死了。多年後，她得出這個結論。

她對父親的印象總是鮮活的。父親會買花給母親，會帶著她們母女倆逛商場，殷勤地幫母親挑衣服，問她：「媽媽穿這件好看吧？媽媽穿什麼都好看！」父親幾乎記得母親娘家每一個親眷的生日，臨到日子，他就替人張羅好，安排酒席，送女眷們足金首飾，給男人們包厚實的紅包。娘家人對父親有口皆碑，有一次她甚至聽到大姨勸媽媽：「男人對妳好就行了，妳管他那麼多？」

終於有一次，陌生女人的電話打到家裡來了，母親接完電話，坐在客廳裡一言不發地抽菸，等到晚上九點來鐘，父親回來，母親也不吵也不鬧，說：「你搬出去，還是我搬出去？我什麼都不要，我只要臉。」沒想到，父親居然「撲通」一聲跪下了，抱著母親說：「妳別胡言亂語，我離不開妳。」

母親冷冷地說：「這件事已經決定了，你別讓你女兒看笑話。」

最終是父親搬了出去，好勝要強的母親在接過判決書後做的第一件事，便是把家裡所有屬於父親的東西，分毫不落地掃地出門。

和母親一起生活，富足，卻壓抑。母親醉心於演出，丟下一疊錢給她，說，「晚上我不回來吃飯，妳自己隨便吃。」她有時候晚上也不回來，第二天才出現在家中，臉上毫無愧疚，也不解釋。母親像一個冷漠的男人，逼得她倒要小心翼翼地去溫暖、去理解。

她說她很小就會喝酒，反正母親不在家，她會買幾罐啤酒、半隻燒雞，就當作晚飯。有一次她在家裡喝到第三罐，母親突然推門進來，她一時呆住，怔怔地不知如何是好，結果母親坐了過來，開了一罐跟她一起喝，末了，對她說：「以後少喝啤酒，兩三杯差不多了。妳一個小女生，年紀輕輕喝出啤酒肚，多丟人！」

和所有同學不一樣，她很期待大學考試，很想趕緊考個大學離開家。她有時候覺得是不是因爲自己身上流著父親的血、眉眼之間有些父親的樣子，使得母親對她也很嫌惡。

她後來考上了中國傳媒大學，母親也並不十分滿意。送她去學校報到，再帶著她去東方新天地買衣服，看著她試穿一身身嬌俏可人的少女服飾，母親由衷地說了句：「還好我把妳生得漂亮。」

這句話，被她默默記下來了。她後來一直沒怎麼好好談過戀愛，總是患得患失，怕別人只是貪圖一時新鮮，長久不了，不如不開始。

直到她遇到這一位，嘴甜且無比眞誠，從認識第一天開始，他對她的讚美，從語言到物質，一刻不曾停過。他說她是他這麼多年遇到過的最美好的女孩，那麼漂亮，卻有一種平凡女孩藏匿得很深但還是會被發覺的謙卑；他送她昂貴的首飾，說曾經只送前女友們皮包，她們可以在當季炫耀，而下一季，誰又會記得呢？但首飾，好的首飾是可以天長地久的，而且可以藏在自己的胸口或者衣袖裡，敝帚自珍似的，是他想好好珍藏她的心意。她一開始誠惶誠恐，更多的是害怕，她遇到過各種大方、捨得的男孩子，但他們是笨拙、不善於表達的，爲妳花錢、取悅妳，統統有一種不由分說的霸道，妳接受了，嘴上便不會再多說一句。偏偏這一位，如此樂於表達心中感受，彷彿行吟詩人，將一切如歌的行板唱出，他不吝嗇誇耀與逗趣，漸漸令她相信：自己是值得的。過去二十多年成長中的挫敗感，被這位撫平，於是所有等待和堅持都有了意義。

她在路邊咖啡館和浩勳聊了這一陣，突然說：「去海邊喝一杯吧。要日落了。」

他倆朝敘拉古城門走去，這座小城建立在高高的峭壁之上，自給自足，如一座城堡，僅有幾條棧道朝下通往海邊，人們在碧綠如翠的水中游泳，牽著狗的戀人們三三兩兩坐在海岸巨大而光滑的石塊之上，沐浴著落日前的餘暉，看萬千雲彩變幻。

他倆換到了直對海面的觀景餐廳，兩杯香檳過後，她對浩勳說：「你知道我媽知道我跟他在一起以後說了什麼嗎？」

交往半年後，她決定帶他去見自己的母親。父親早已再婚，有了新的家庭，還有孩子。她藉著國慶帶他回老家，他在當地最好的餐廳安排了包廂，買了一條梵克雅寶的貝母項鍊給她母親，在飯桌上，他一個勁兒地陪她母親喝酒、聊天，俏皮話說個不停。她開心極了，覺得皆大歡喜。

晚上他很禮貌地去住酒店，她和母親回家。她問母親：「妳覺得怎麼樣？」母親不鹹不淡地把禮品往梳妝檯上一扔，說：「這樣的男人多半靠不住，太會揣摩女人心思了，全是套路。」

那一瞬間，她幾乎惱羞成怒，不管一切地和母親吵起來：「妳憑什麼這麼說他？妳爲什麼覺得一切都是別人有問題？如果不是妳當初那麼強勢，那麼冰冷，爸爸會走嗎？妳心裡面有恨，一直打擊我，就盼我不好！」

母親很冷靜，說：「妳爸爸和我的問題，是一回事。妳男朋友的問題，是另一回事。我這麼多年，混在五光十色的圈子，有些經驗妳不願意聽，但它依然是存在的。我什麼時候打擊過妳？我一直在提醒妳。」

她氣極，說：「我這麼久以來，最大的擔心就是害怕長成和妳一樣的人，冷漠、無情、沒有生活。就算他有問題，我也願意去面對。哪個人沒有問題？我可不像妳，半點不容人！」

第二天一大早，她氣鼓鼓地去酒店，叫醒他，改機票飛回北京了。在飛機上，她對他第一次表白：「我想和你在一起，好好生活。」

說到這，她又一飲而盡，對浩動說：「現在你知道，我那時爲什麼要學做菜了吧？」

夕陽時分，游泳的人們紛紛散去，周遭寂寞寧靜。偶有海鷗飛過，發出一聲啼鳴。他看著她，她看著他，結果是他先落淚了。

晚上回到老房子，達米安不讓他們休息，執意拉著她去城中廣場看他和朋友的樂隊演出。這個時候古城並沒有太多遊客，來的全是本地居民，大家三三兩兩聚集在露天廣場，看演出是免費的，樂手家屬們只弄了個吧檯賣酒水。達米安塞給他們兩瓶啤酒，十分自信地登台去了，他彈電子琴，第一支曲子是〈No woman, no cry〉。達米安邊彈邊往她這邊看，浩勳喝著冰冰的啤酒，對她小聲說：「這豔遇妳可別錯過。」

達米安彈了一會兒徑直走下台，邀請她跳舞。她笑笑，說：「不跳，累了，我要回去睡覺了。」

達米安很受傷，快快地說：「只是跳個舞嘛，好殘忍。」

她說：「時差來了，想早點睡，明天才有精神出去遊山玩水。」

沿著石板路往回走，浩勳責備她：「別人失戀了，往外倒貼都要給自己找個消遣的備胎，這麼好的對妳投懷送抱，妳裝什麼三貞九烈啊！」

她還是笑，靜默片刻，說：「我何嘗不想傷害他，或者忽略心中感受。只是，到底是愛得太投入，所以一切好的時候，都套上了他的樣子。今晚的月色、今晚的曲子，包括今晚的男孩，多完美，可惜，剛才我想伸手出去，那一刻心裡突然就閃出了一首歌：〈可惜不是你〉。我感到有點噁心又難受。」

聽她這麼一說，浩勳也有些難過。說：「我懂。」

「你在就好了」——這個卑微的念頭，像每一個站在原地不肯走的人，可恥、固執。

浩勳說：「有好多次我也想打個電話過去，承認自己放不下也不想放，求他再給我一個愛下去的機會；又或者隨便找個什麼人，趕緊開始，每天膩在一起過日子，總是會日久生情

的吧？可惜，自尊成了雙面刃，我既不想作賤自己，又不想欺騙自己。最終，我四處遊蕩、大吃大喝。我胖得身材走樣，於是更有理由責備自己活該；我奉勸別人別想太多、盡快重新開始，自己卻寫了無數句傷心的句子，以及那些最終不敢發送的訊息。」

他倆不再說話，各自埋著頭踩著月光走路，遠遠地，達米安從身後跑了過來，笑嘻嘻地說：「不想跳舞也沒關係，明天我開車帶你們去拉古薩吧！」

熟米飯捏成團，裡面包番茄牛肉醬和起士，用油炸得外殼酥脆。咬開是滾燙的餡料，類似江南的粢飯糕，卻是地地道道的西西里風味小吃。

開車去拉古薩，明明是西西里，卻有托斯卡尼的風貌。沿途經過村莊、丘陵、起伏的葡萄園、只剩下老人留守的小鎮，如同一部舒緩的公路電影。達米安在車裡放起了《新天堂樂園》的原聲帶，令這車裡的人，一時不知身是客。

快到拉古薩的時候，他們經過一片綠草如茵的小山坡。山頂上，有一棵巨大的榕樹，濃蔭蔽日，矗立在豔陽之下，如同一幅十七世紀荷蘭自然主義畫派的風景畫。她和浩勳交換了一下眼神，毫不猶豫地要達米安把車停下，帶著從速食店買的炸飯團和一瓶西西里本地白葡萄酒，朝榕樹走去。

「或許是不想讓我媽看笑話，或許是覺得值得原諒一次，總之，我努力了。」她說。

達米安聽不懂他們在說什麼，在旁邊坐著傻笑，十分可愛。

戀愛中的女人是傻裡傻氣的，而警覺起來的女人是無可匹敵的。

當他那一次不小心說溜嘴後，她便知曉，一定有另一個女朋友存在。而且，還不是那種露水情緣，畢竟，他是甘之若飴享用過另一種家庭烹飪的。

大家還在狂熱地玩著微博的年月，要查實何人、何地、何時開始非常簡單。她打開他的微博，把他關注的所有人都過濾了一遍：剔除名人、同事、共同朋友，剩下還有幾個身分不明的女孩，必是其一。

她一個個相簿點進去查找，都是長相精緻的女孩、都有不俗的品位與美好的生活，每一個都配得上他——想到這一點，她難免有些難過。終於，她在一個比她小四歲的女孩的相簿裡，找到了那條魚，那條讓他心心念念用豆瓣醬蒸的魚。圖片配的文字是：一起吃晚餐。

如五雷轟頂，她渾身發顫，雙手巨震，哭都哭不出來，女人都是在這一刻恨自己直覺太準。平靜下來以後，她自然想到退出，用那種體面的方式——收拾好他的一切，快遞到他的家，不解釋，不追問，只說一句：「今後不必再聯絡了。」

但她突然想像出母親輕蔑一笑的模樣：「看吧，我早說過什麼了？」

她很快就從那女孩的微博裡找到了一切資訊。令她驚訝的是，那女孩其實就住在她家附近，她們甚至去同一個菜市場。只是，她在週末才會去買下一週要吃的菜，而那個年紀小小的女孩，似乎在北京上語言學校準備出國，可以隨時去菜市場。她對照那女孩在微博晒出買菜下廚照片的那些天，他都「恰好」在出差或者在應酬。想到他是如此膽大妄為，寒意就像冰冷狡猾的蛇一樣，從腳底盤上來，在她的耳旁吐出蛇信，嘶嘶作響。

她在攤牌與放棄中自我僵持著，一天一天從微博偷窺那女孩的生活，竟然令她對她有一些憐惜。女孩是重慶人，這從她做的家常菜裡顯而易見。她時常煮豆瓣蒸魚、水煮牛肉，以及從老家帶來的自製燻腸；家境也不壞，父母要送她出國，她執意在出國前來北京一邊學習語言，一邊找工作實習，其實只是迫不及待地脫離約束、及時行樂；孤單是一定的，不然也不會在微博上通過千絲萬縷的關聯發現他、關注他，然後上了他的鉤、成了他的人，女孩屢次在微博裡形容與他的相遇是「緣分」「註定」「二十歲的第一場好運」，甜蜜而無助，蒙蔽在一廂情願的幸福與忠誠裡；女孩在北京幾乎沒有朋友，生活的樂趣只有兩面：靠買東西、晒東西支撐起一時半刻的虛榮，以及，他來陪伴的時候，那種發自內心覺得自己是獨一無二的驕傲。

是的，那女孩比她更需要他。

終於有一天，她把自己打扮得清清爽爽，一大早去了女孩學校附近的咖啡店，私訊女孩的微博：「我們都是他的女朋友，我也是最近才發現的，我沒有惡意，妳想聊聊嗎？我在妳們學校附近等妳。」

等了三個多小時，女孩來了。她自己年紀也不大，但那女孩更是青春無敵，從小被家長保護得很好，臉上一點世故都沒有，走了進來，看見她，愣了一下，怯怯地叫了一聲：「姐姐，妳好。」

女孩坐下來，兩人不說話，卻瞬間感覺到了共同分享的一些東西：曾經的快樂、幻想，與此刻的幻滅、委屈，還有同情。然後，兩個人竟同時哭了起來，女孩一面哭，一面不停地道歉：「對不起，對不起，我眞的不知道。」她也道歉：「對不起，我也不想這樣，但我覺得妳必須知道。」

兩人哭了一會兒，女孩說：「到我家裡坐坐吧。」

她跟著女孩去了她的家，一進房間，她就感覺到他在這裡生活的氣息，浴室的鬚後水是他的味道、冰箱裡存著他喝的酒、床頭櫃上擺著他沒看完的書，他彷彿隨時會走進來，在沙發上坐下，然後笑著問她或者她：「寶貝，今天過得開心嗎？」

最絕望的還不只這樣。

她們兩個人，手裡拿著各自的線索，開始拼圖。拼到最後，他還有一部分是未知、隱密的。譬如在她們倆都沒有見到他的時候，他給她的說法是去上海出差兩天，而卻隨口告訴這個女孩要陪客戶去瀋陽看活動場地。如果這其中任何一種說法是眞實的，他又何必對另一個人說謊？

所以，唯一的解釋是，腳踩兩條船也不能令他知足，他是個貪婪的職業獵人，哪裡有動靜，他就瞄準、扣下扳機，用一枚貌似幸福的子彈，擊倒另一個女孩。

得出這個結論，令她倆一陣噁心。但，問題同時也解決了：根本不是誰應該退出、誰應該成全，而是，誰都要盡早結束這一切，帶著這不可思議又眞實慘烈的人生教訓，盡快開始一清二楚的下一段人生。

她結束這段關係的方式相當精彩。

過兩天，他下班回到她家，她已經做好晚飯。他毫無察覺、百無聊賴，直到她一盤一盤地從廚房裡端出那個女孩的拿手菜：豆瓣蒸魚、水煮牛肉、四川熏腸……然後她對他說：「吃吧，今天的菜應該都是你愛吃的。」

他強裝鎮定，問：「在哪裡學的新菜？」她冷笑一聲：「吃吧。」

她幫他倒了一杯酒，自己先一飲而盡，說：「今天我打電話給我媽，對她賠禮道歉。上次你和我回去見她，那天晚上我和她吵了一架，爲了你。她說了些不好聽的話，我聽不進去。但我終究不能否認，她是對的。」

他放下筷子，開始驚慌。

「以前我總覺得，我媽是個怪物，我從小就被她打擊，尤其是我爸和她離婚後，我做的所有事情都是爲了她，我努力學習、我守規矩不過早戀愛，全是爲了讓她開心。我從來不去想做這些事情對我有什麼意義，只要她開心就好。直到我認識了你，我第一次覺得，我滿開心的。就算是爲你做飯、幫你熨衣服，都不是爲了你開心，而是，我做這些事，我本身很開心。所以，跟我媽吵完以後，我下了決心：我一定要和讓我這麼開心的人好好在一起。」

他剛想開口道歉，她制止了，和他碰一下酒杯，她又乾一杯，說：「乾了吧，我們還是有過好時光的。」

「我跟我媽道了歉，你猜我媽說什麼？我媽哭了，眞的，她離婚簽字時都沒哭，這一次，她居然爲我哭了。她說她對不起我，她太自私了，從小到大，一心想把我調教成眼界高、標準高、心氣高的女孩，結果用力過猛，反倒讓我成了標準低的女生。你的那些把戲，她一眼就看穿了，我卻看不穿，因爲我是被她苛責長大的，現在隨便一點甜頭，就足以令我什麼都不顧了。」

她越冷靜，他越害怕，眼淚都快出來了。

「吃完這頓飯就走吧，你的東西和送我的東西，我都扔了，大家都沒必要睹物思人。」

他立即起身抱住她，說：「別這樣，我只對妳是眞心的！」

「我相信，你對我、對每一個都是眞心的。你的本事就是次次眞心，好像你的一切都給不完似的。」

他又說：「我是說眞的，我給妳的，從來沒給過別人！我有時候管不住自己，但我只考慮過和妳定下來。」

「別抬舉你自己。你以爲你是誰？你跟我一樣，一個中等城市普通家庭出身的孩子，憑藉聰明，也很努力，在大企業做高階主管，多拿個百萬年薪就把自己當皇帝作威作福？我幾時輪得到你挑、你定？我難道該榮幸？說眞的，我明天起來第一件事就是去醫院驗血，你那麼髒，我怕。」

他「嗖」地跪了下來。

「你還吃不吃？不吃我收了。」

過了一陣，他見事情已經沒有轉圜，只好離開。臨出門前，她對他說：「對了，你還有一頓飯要吃，她那邊那桌，是我做的菜。」

聽她說完，油炸飯團子也吃完，酒也喝完，太陽也漸漸又隱於山巒了。

浩勳問她：「還去拉古薩嗎？」她說：「不去了，就到這就好了。我們回去吧。」

達米安起身，一把摟住她，說：「雖然剛才我什麼都沒聽懂，但感覺妳不快樂。爲什麼呢？還能有什麼人值得妳的眼淚？」

她不好意思，說：「大概是我們這些中國女生的問題吧。」

達米安說：「不對，不是中國女生的問題，是妳們這些傻女孩的問題。」

她終於笑了，踮起腳尖，親了親達米安的臉頰，說：「我，一個中國傻女孩，還需要一些時間解決自己的問題。」

達米安一攤手，看了看浩勳，浩勳逗他：「我沒問題啊，你行嗎？」

達米安驚恐地朝山下跑去，邊跑邊說：「晚上我們去吃烤烏賊和開心果海鮮麵啊！」

半途而廢，並沒有關係。人生何必給自己設那麼多非要到達的目的地。

如手鐲一般寬厚的筒麵燴入龍蝦鉗，最後以龍蝦腦熬製的紅湯調味，起鍋前先撒一把新鮮巴西里；上好的牛肋肉烤至半熟，切成薄片，什麼也不放，只佐幾粒烘乾的丁香，再用半顆現切檸檬擠出汁。小菜是油炸的起士餡南瓜花，配上清爽的白詩南葡萄酒，一個人一瓶，停不下來。

從羅馬轉機回北京，在義大利的最後一晚，他們去了Margana廣場附近的某家百年餐廳。牆上掛滿了這家店往昔夢幻般的常客：伊莉莎白．泰勒、奧黛麗．赫本、蘇菲亞．羅蘭……在她們的注視下，他倆毫不節制地暴飲暴食，如同末世狂歡。

吃完飯，他們散步回酒店，途中經過許願池，已近深夜，又在下雨，噴泉周圍已經沒有什麼遊客。浩勳掏了掏口袋，摸出幾枚硬幣，說，「來都來了。」

浩勳背對著許願池，先從左肩扔了一枚錢幣進去，「一願還有機會重回羅馬。」接著，又扔了兩枚進去，「二願我愛的那一位也能愛我。」輪到她，她先扔了一枚進去，浩勳又給了她兩枚，她怔怔站著，發呆了好幾分鐘，然後忍著眼淚，問浩勳：「我是不是滿賤的？」

浩勳明白她的意思，趕緊拉開她，把她手上的兩枚硬幣搶了回來，說：「這個願妳不能許。」

她終於忍不住，開始哭，說：「我太沒用了，我對他就是恨不起來。你說，我要是裝傻放過他這一次，這日子是不是還能過下去啊？畢竟，他瞞我瞞得滿成功的，和我在一起的時候，他還是很有趣、很貼心。」

浩勳說，「妳喝多了，明天早上起來妳就不這麼想了。」

「萬一再也遇不到合拍的人怎麼辦？」

「萬一遇不到，我們還是要自顧自地好好生活。幸福是一種多樣性，就像是橘子、蘋果、香蕉、桃子……一堆豐富的水果，而不是一個孤零零但巨大的西瓜。我們時常因為遇到一個人，全心投入，就忘了在遇到他之前，我們本身已是完整的。我們有工作、有朋友、有並未失控的生活，就算吃了龍肉，也不過是知道人生有另一種滋味，但活下去的必須，都還在妳自己手裡。」

「可是真的很痛苦！」

「誰不痛苦呢？誰不希望遇到一個人，可以放心將自己交付出去，從此少孤單一些、少操心一點，甚至還能有任性的權利，被保護的幸運。有了一時的歡愉，便貪念一生的幸福，所以失去的時候，才痛苦得彷彿失去了一生，其實，只不過失去了一時。」

「他如果回頭、痛改前非，還可以在一起嗎？」

「別傻了，別幻想人們能隨隨便便就做違背本性的事，處處留情是他的生活方式，或者是他安撫某些無法癒合的心靈創傷的唯一辦法，如果妳真的那麼重要，從一開始，他就會試著去對抗，而不是發展出二三四五六。就算他回頭，也不要同意，讓他知道，有些東西他再也得不到。妳就成爲他這一輩子最牽掛的女孩子就好了。」

「我還會好起來嗎？」

「妳不但會好起來，妳還會迅速地好起來。沒有人會眞的願意用別人犯的錯來懲罰自己。」

「你會好起來嗎？」

「我也會好起來，我沒有做錯什麼，我也沒有愛錯人，只是時間到了，有些人就要走。但我還是值得幸福。」

浩勳和她在下著小雨的街頭坐到酒意散去，兩個人狼狽地回到酒店。第二天早上醒來，出發去機場時，浩勳問她：「妳還記得妳昨晚說了什麼嗎？」

她笑笑，說：「記得，但我更記得你對我說的。」

回到北京後，她沒有再約浩勳吃飯。彼此忙著工作，以及，減掉在西西里半個多月吃出來的肥。

在一個週末，她約浩勳出來吃早午餐，對他說：「達米安要來北京了。」

浩勳大喜，問：「眞的？」

她說：「達米安一直都有寫信給我，問我的問題解決了沒。我前兩天回信給他：解決好了。」

「所以『他』後來有來找過妳嗎？」浩勳又問。

「找了，天天傳訊息，也約我吃飯，但非常沒有意義。有時候我手賤，還會去他微博看一看，我都不用刻意去翻，他的生活裡從來就沒缺過女生。」

「那妳還恨他嗎？」

「說眞的，我不恨。我現在也不是要拚命活得比他好似的。其實，那個女孩讓我觸動滿大的。她已經順利出國了，在國外讀書、打工，結交新的朋友，開始新的戀愛，像一切都沒發生過一樣，我覺得年紀小就是恢復得快。有一次我也問她：『妳還恨他嗎？』她非常爽快地說：『誰還記得他啊！自己的生活還不夠好好活著嗎？』我一想也是，誰這輩子沒受過傷、遇過詐騙，總不能因噎廢食吧？」

「那妳現在還不好好吃一頓慶祝一下？」

「不吃了，熱量沒有辦法轉化成愛，熱烈活著才會。」

CHAPTER 6

整了容
會在北京
混得好一點嗎

我們的身體，並不是武器，而是容器。
它安放著妳的過去、現在與未來，
它還要盛放妳這一生得到的愛——
不只是相互占有的愛，還有家人的愛、妳的自愛。
好好愛惜妳的容器，不要讓它千瘡百孔，
不要讓那些真正寶貴的東西，
最後像流沙一樣從妳身體裡滑走。

她當然一眼就能看出來誰整形過。

不單是技術層面，更多的是言談舉止的細節、從內而外的樣子。一個天然的美人早已習慣了讚美，並不會有特別多的小動作，她們不會對著一切能反光的東西，下意識地照鏡子，也不會過多地談及長相——無論是自己的還是他人的。如果在成長過程中沒有受過特別的傷害，她們通常很從容，亦很天真，一副被保護得很好的樣子，於是才有那種所謂的「美，而不自知」；而整形成癮或者在整形以後終於得到差別對待的那些，總有或多或少的自戀以及攻擊性。她們喜歡穿暴露身體的衣服，毫不介意在人群之中搔首弄姿——一種充滿報復意味的自信。在微信朋友圈裡，時常會看見她們藉他人之口的自誇：充滿肉麻的示愛求歡對話截圖，假意抱怨被人不斷騷擾搭訕。無一例外地，整形依賴者都是容貌決定論。她們非常喜歡以貌取人，對所有人的歧視只基於一個字：醜。在整形依賴者看來，醜，比癌更可怕。彷彿她們越是惡狠狠地嘲諷他人的穿著長相，就越能與曾經的自己惡狠狠地劃清界線。

她當然知道如何分辨——算起來，她在北京這家大型醫院的整形外科，也執刀十年了。

這十年，往門診一坐，除了就診者手裡拿的參考照片不斷在變化，每個人來就診的期許一直以來都是如出一轍：把我弄漂亮一點。

她看著那一張張臉：平庸的、欠缺的、苦難的、模糊的、飽經風霜的、尚不諳世事的臉，再替她們測算出要經過多大的工程、付出多高的代價才能讓她們與參考照片上的臉發生重疊，而坐在她對面的人絕少爲難、猶豫，無論她說什麼，哪怕是告知有生死攸關的風險，她們依然很俐落地就答應，比決定晚飯吃什麼還快。

這時常讓她好奇：從這個手術室裡走出去的每一個人，她們後來眞的過得更好了嗎？

「那當然，姿色改變命運。」

說這話的，是她的一個常客患者，叫尹娜。三十二歲，兩個男孩的母親。丈夫是某傳媒公司老總，比她大了近二十歲。

尹娜二十五歲時做了人生第一個整形手術：隆胸。那便是她主刀的。那時尹娜還是百貨公司某化妝品櫃檯的銷售人員，負擔不起其他幾家著名的私人整形醫院的費用，聽朋友介紹，才來了這家公立醫院。尹娜和所有第一次接觸整形，或者說第一次消費奢侈品的顧客一樣，免不了小市民心理：既然花了這麼多錢，那就要買一個最大的。於是，她和尹娜有了分歧：尹娜要求隆成一個不可理喻的罩杯，她極力勸阻，告訴尹娜胸部過大對健康的危害，告訴她漂亮的胸形要和身高肩寬成比例，尹娜本來怎麼也不聽，直到她說：「隆得過大，手感也不眞實，男人也都不傻。」果然，尹娜立即作罷。

大半年後，尹娜特地掛了她的號，要做隆鼻手術。她從尹娜手上的鑲鑽伯爵腕錶讀出了尹娜的近況，也才確信上一次隆胸手術做得非常成功。她問尹娜想怎麼做，尹娜說：「都聽妳的。」

自此，尹娜每隔三五個月便會來找她微調。一開始只是查漏補缺，都調得差不多了，尹娜也不收手，變成了推翻重建，像任性的豪客，買了一棟裝修精美的別墅，卻直接拆了又重新蓋。她不贊成，數次對尹娜說：「妳已經很完美了，又年輕，五年之內都不必再動。」尹娜非常固執：「怎麼動我都可以聽妳的，但動不動妳必須聽我的。」她生氣，想拒絕尹娜：「那妳何必非要找我？那麼多醫院！」尹娜笑了笑，發自肺腑地說：「不行，很多整形醫生都沒妳的審美觀好。」

幾年過去，尹娜活成了一條變色龍。看她發在社群網站上的照片，某些階段她眉眼之間有范冰冰的風情，某些階段她少女感十足如同楊冪，某些階段她不知不覺長出了李小璐的神態，某些階段她又有了 Angelababy 的同款鼻子。有人評價她：「美則美矣，過目即忘。」尹娜完全不以爲然：「美就行了。」

她漸漸和尹娜熟起來，一起吃過好幾次飯。她眞心誠意地對尹娜說：「我每天都要見大量的人，妳其實什麼都不必整，已經是一個美人了。」

尹娜說：「妳知道我和我老公是怎麼認識的嗎？」

尹娜第一次見他，那時他還是別人的老公，陪著當時的太太來尹娜的櫃上買護膚品。尹娜認識他太太，是VIP顧客。高瘦而清簡，剪一頭俐落的齊耳短髮，愛穿灰色和駝色，從來不買彩妝，只買最貴的護膚產品。說話言簡意賅又不容置疑，是一個製片人。尹娜恭維她：「太太好福氣呀，先生一表人才的，又肯陪妳逛街。」然後飛了個欲說還休的眼神過去給他——不是輕佻，是一種銷售技巧而已。

後來他單獨來了許多次，因著太太生日、丈母娘生日、女客戶生日……請尹娜幫他選禮品。稍有姿色又有經驗的櫃姐，誰不明白這是怎麼個意思？心照不宣罷了。他願意源源不斷地來買貨，她又何必跟錢過不去？

就是在那段時間，尹娜去找她做了隆胸手術。沒有什麼特別原因，只是感覺到了即將光臨的命運，而那命運恍恍惚惚提醒她：「妳得去隆胸。」尹娜不是沒想過，自己和他太太的不同——的確是完全不同。一個清淡無味，一個活色生香，彷彿生菜沙拉與八寶飯，絕對不可能同時上桌。這麼一想，她就覺得要去把胸再隆大一些，徹底與他的小胸太太區隔開來。

他果然來約她，尹娜扭捏了一下，說這麼做不合適。直到他悄聲對她說：「我離婚手續都辦完了。」然後他等到她下班，就近去了商場旁邊的飯店吃飯。在飯店裡的義大利餐廳上，他問了尹娜的出生年分，毫不猶豫地點了酒單上最貴的一瓶同年分紅酒，當著尹娜的面表演晃杯、聞香、品酒，又循循善誘地指導尹娜如何用舌尖找出藏在酒體裡的野莓、巧克力與皮革，輕描淡寫地告訴她：「這瓶酒值一個愛馬仕包，而且包包年年產，這個年分的酒卻喝一瓶少一瓶。若不是特別的人，才不捨得開。」尹娜很感動，但最主要是對即將開啓的新世界感到無限憧憬——之後她才明白，這是老男人用得最順手的標準手法。Petrus 雖珍稀，還不是要多少有多少？何況，一九八六年的 Petrus 評分並不高。

然而當時酒不醉人人自醉，飯一吃完，他們就上樓了。整個過程中，他著了魔一般地反覆念叨：「寶貝，妳的咪咪好美啊！」

他帶尹娜去見他的哥們兒，尹娜默默拿出銷售技巧，陪聊、勸酒，三兩下就賓主盡歡了。他哥們兒誇她：「妳知道嗎？老周的前妻可是我們大學時代的女神！學習好、家世好，現在事業也做得好。就是人太清高，總擺著一個架子，直到現在對我們都愛理不理的。小尹妳不錯，大大方方，甜美可人，是個好女生。」

尹娜在心裡冷笑：「我要是他前妻那樣的背景，我也會擺著架子。你們這些男的，誰又眞的懂得欣賞陽春白雪？還不都是演給別人看的。一轉身巴不得脫了褲子跳進酒池肉林，吃相要多難看就有多難看。在你們眼裡，我也就只是一塊好肉。」

錢鍾書說：「老房子著火，沒得救。」也就半年，老周就向尹娜求了婚。他們的戀愛，沒有高雅的音樂會，沒有事業上的齊頭並進，沒有兩個人際圈子的融合，最多是尹娜小女兒般的賣乖撒嬌，老周帶她無論吃什麼、喝什麼、見誰去哪，尹娜都一臉崇拜，能用一百種語氣說出「老公你好棒」，老周用前半生找到了人生的意義，現在只想從他的女人身上找到做男人的樂趣與自信。

「既然老周那麼喜歡妳，妳又何必整來整去？」她問尹娜。

尹娜說：「妳又不是不知道他是做什麼的。辦雜誌、拍影片，每天見的全是女明星。一回來就跟我說：『誰誰誰本人眞漂亮』——行啊，既然他喜歡，我就變成誰誰誰吧！」

「妳那麼在意他？」

「不，我只是在意現在的生活。」

雙眼皮、隆胸、隆鼻——這是每天重複最多的三樣手術。

還有一個熱門手術，除了整形外科醫生，誰都不相信願意做的人堪稱絡繹不絕。來做這個手術的，有一類是像尹娜那樣年輕時髦的女孩子，臉上已經整得差不多了，往她面前一坐，支吾半天，最後還是會不好意思地說：「醫生，那個，我男朋友吧，滿介意這件事的，您幫我補補吧。」

這些濃妝豔抹、衣衫撩人的女子，大多摸透了男人的心理——男人才懶得細究女人的過往，琢磨女人是否表裡如一。哪怕兩人就是在夜店、在交友軟體上認識的呢？只要看起來是那麼一回事，男人就滿足了、得意了；而她也明白這些女子的心理——和整容一樣，不過是努力爲未來的生活加個籌碼。

還有一類，是青春期的女孩子。她們當然不是自願來的，而且很奇怪，幾乎都是爸爸帶著來的。女孩子們不說話，任由爸爸說：「醫生，小孩子不懂事，騎自行車的時候太不小心了/跳鞍馬的時候不小心摔著了/練跳水的時候姿勢不對受傷了……您幫她恢復一下吧！」

她是醫生，再不理解，也要滿足患者的需求。只是，她對這個職業開始產生厭惡，也是因爲這樣一檯手術——

那是一個非常漂亮的女孩子，才十六七歲，已經可以預見她順風順水的未來。依然是父親帶來的，氣惱地說：「上體育課的時候不小心，需要盡快動手術。」

女孩抬起頭，直直地望著她，說：「不是這樣的，醫生。我不想動手術。」

「啪！」一個響亮的耳光抽過來，在女孩臉上留下清晰的指印。

她心疼極了，趕緊護住女孩，對父親說：「大哥，別爲難孩子！她眞的沒做錯什麼！而且她都這麼大了，有權利自己做選擇。」

父親指著她的鼻子罵：「妳有孩子嗎？沒孩子就別囉唆！我這是爲她好！她有什麼權利選擇？我是她的監護人！我簽字同意做，就得做！」

她氣憤極了，說：「你要是眞的爲女兒好，就不應該覺得她低人一等！」父親幾乎惱羞成怒，要衝過來打她。女孩大哭起來，說：「爸爸！我聽你的！我做！」她永遠忘不了手術檯上，那女孩羞恥而委屈的眼神。她摸了摸她的臉，說：「沒事的，沒事的。」

女孩把眼睛閉上，再也不說話。

手術結束，過了沒幾天，她聽急診室的護士講：「妳還記得前陣子來妳這做修補手術的女孩嗎？昨晚在家割腕了！天哪，那傷口深的，眞對自己下得了狠手！家人發現的時候已經晚了，失血過多，沒搶救過來。滿可憐的女孩，長得那麼漂亮。」

護士一走，她就把門診室的門關上，號啕大哭。她覺得這是她造成的一次重大醫療事故——如果她堅持說服女孩的父親，哪怕拖延著不幫忙安排手術，那女孩也許還有一線生機。她沒有修補好任何東西，反而親手弄碎了那女孩驕傲而乾淨的心。

她生平第一次責罵自己：「幹嘛非要當整形外科醫生？」

研究生階段要分方向的時候，她並沒有猶豫。

BETTER
LIFE ?

男朋友問她：「當整形醫生效益好、賺錢快嗎？」

她說：「不是。我從小就喜歡美的東西，而且整形外科是一門純粹的手藝工作，我比較有信心。」

男朋友有些失望，說：「我爸媽還以爲妳會做正經的醫生呢。」

她不悅，問：「這哪裡不正經了？」

那時他倆已經在談婚論嫁，彼此都不想發生爭執。她忍住了追問這關他爸媽什麼事，他忍住了說出他家人的眞實意圖。她認定他，是因爲實在沒有時間考慮別的可能。讀八年臨床太苦，若不是大一的時候還有閒工夫上網，因此在同個聊天室認識了男友，她說不定就單身到了現在。男友當時很誠懇，說自己就想找個學醫的女友，學醫的人務實。所以認識她以後亦很珍惜：固定聊天、見面、約會，每日訊息噓寒問暖，每週看一次電影，情人節有玫瑰，耶誕節有必勝客，談不上激情四射，卻也沒什麼不好，相處幾年就順理成章地走到了「沒有理由不結婚」的境地。某一次過年，他帶她回了河北老家，與他的父母相處幾天後，她有點感覺到他說學醫的人務實，大概是指和學醫的人過日子很實惠。」

男友出生在河北南部一個沒落的工業城市。母親早早退休了，父親是公家機關單位編制。像所有的小城家庭一樣，一家人住在九〇年代初的國宅，日子並不富裕，只得自覺地把對生活的欲望和標準壓縮至最低。全家最重要的投資，便是下一代。男友是本地少數幾個考上一流名校的文科大學生，這讓他的母親常年保有一口心氣，而不是在漫長無望的消磨中變成一顆散了蛋黃的雞蛋。

他的父母提前知道她是一流醫學院的高材生，從見面到相處，始終洋溢著一種客套的親熱。除夕夜晚上，她累了，先去睡。迷迷糊糊睡到深夜醒來，客廳裡母子倆還在看春晚重播節目守歲。摻雜著歌舞昇平，她聽見了母子的對話：

「她哪裡人？」

「蘇州的。」

「南方女人倒是滿會過日子的。她家裡還有什麼人？」

「好像就剩下她媽，她爸死得滿早的。」

「你倆準備什麼時候結婚？」

「等她讀博士吧。」

「抓緊，找她這樣的滿好的，我跟你爸老了，你倆也好照顧。」

「我知道。」

我什麼樣？

第二天起來，她站在鏡子前仔細端詳自己——個頭不高，五官稀稀疏疏的，大概像爸爸。唯獨一雙手，精緻、小巧，必然遺傳自媽媽。

要是樣子也能像媽媽該多好，媽媽以前那麼美。

一想到這裡，她又是一陣難過：「都怪我。」

「媽媽，我會治好妳的。」

媽媽曾是鎮湖最漂亮的繡娘。

從蘇州城區往西三十里，是她的家鄉。鎮不大，女人個個會針線。而她的母親，無疑是手藝最好的一位。在她童年的八〇年代，手工刺繡幾乎要被電腦繡花完全取代，繡女們紛紛轉行，唯獨母親，繡功遠近聞名，凡是來了外賓、僑商、各級長官，鎮上就會安排母親去表演蘇繡。時常有日本客人送布料來請她刺繡，然後製成和服，母親繡一件和服的收入，相當於那些工廠車間主任的兩三倍月薪，她兩歲多的時候，父親因爲心肌梗塞過世了，但母女倆的日子一直過得還算富足。

從她懂事以來，便很喜歡看母親刺繡。母親坐在繡架前，用一條手絹將頭髮鬆鬆地紮起，那手絹上也是母親繡的「踏雪尋梅」。五光十色的絲線像一道絢爛的瀑布傾瀉而下，母親手上一枚極細的繡針上下翻飛，手速極快又極靜，落針如筆，在繡面上刺出錦繡山河、鳳穿牡丹。橘色檯燈照在繡品上，漫射出迤邐的光，映得母親臉若飛霞。去繡坊表演的時候，母親更美：穿一身月白色的裙子，淡淡繡了幾朵六月雪在袖口和裙袂，仔仔細細地抹了頭油，綰了髮髻，還是坐在繡架前，心無旁騖地飛針走線，如同演奏高山流水。那時小小的她就站在人群裡，聽鄰里讚美母親：「嘖嘖，世琴人美手也巧。」

「如果不是我調皮……」每每想到曾經的畫面，她又自責了起來。

六歲的時候，她和朋友們瘋跑打鬧，母親在院子裡架了個大鍋燒著旺火煮藕。白皙的蠶藕在鍋中翻騰，幾個不懂事的孩童吵著說，那一定是在煮湯圓，要撈出來吃。她爭辯說是蠶藕，並不能吃，孩童們哪裡懂，用力地奚落她：「捨不得就捨不得，還要騙人。」她氣得漲紅了臉，拿起灶檯邊的長腳火鉗伸進鍋裡夾蠶藕。母親在屋裡看見，急忙衝出來阻攔，她一害怕，舉著火鉗繞著灶檯跑，就那麼電光石火的剎那，火鉗勾住了鍋耳，把大鍋從灶檯上拖了下來，母親飛撲過去把她推開，一聲尖叫中，整鍋滾燙的開水淋在母親身上。她眼見母親白皙的背、後頸、大半前胸及側臉迅速起泡，然後破潰、露出紅肉，觸目驚心，不知所措。

受到驚嚇的孩童們哭喊著跑開，引來了街坊鄰居前來，才將母親送到醫院。她在鄰居家瑟瑟地哭了一夜，第二天去醫院，母親被燙傷的部分變成了黑色，她「哇」地一聲跪在病床前，母親虛弱地安慰她：「沒事，瑗瑗，沒事的。」

萬事萬物也許有註定，但並沒有「如果」，發生了就是發生了。母親是容易留疤的體質，燙傷雖然漸漸癒合，卻自身體各處長出了猙獰的肉痂：粉的、紅的、紫的，蜿蜿蜒蜒爬滿了母親的身體，像笨拙的繡娘，用沒有處理過的繡線，在上好的白絹上，繡出一幅粗糙的〈萬紫千紅迎春圖〉。

母親倒是平靜如常，出院回到家裡，繼續過日子。當然從那以後，鎮長就再也沒邀請母親去繡坊表演，人們也逐漸對她從同情變成習以爲常，再變成遮遮掩掩的嫌惡。鄰居家繡了一條「彩雲追月」的面紗，送過來，勸母親：「世琴，我們女人家，出門還是得注意點體面。」

母親只是笑，收下了面紗，卻從未戴過。母親如常上街買菜、去學校接送她，抬頭挺胸、落落大方。她問母親：「爲什麼不戴阿姨送的面紗？」母親回答她：「媽媽憑手藝吃飯，媽媽覺得這樣就最體面。」

這句話她始終記著，如今醫院裡的醫生護士互相注射肉毒除皺，當作員工福利。她從不參與，心裡想的也是：「我是憑手藝吃飯的人，長了皺紋也是體面的。」

母親燙傷之後，她一夜之間長大。母親越不責難，她越是愧疚，唯有自動自發地求上進、爭上游。許多個晚上，她寫完作業，也不看電視，就陪母親刺繡。母親問她：「妳想學嗎？」她下意識地奮力點頭，母親便握著她的手，教她以針線遊走：「瑗瑗，妳看，這叫齊針，繡慢一點沒關係，但一定要整整齊齊，不出邊緣……這叫打籽針，起針、落針的力道要一致，否則一些籽大、一些籽小，繡出來的花蕊就不好看了。那些挑剔的日本客人，看到這樣的繡品，是不會付工錢的……這叫刻鱗針，用來繡龍的鱗片或鳥的羽毛，這個複雜一點，要用到三種以上針法，還要空出水路，才會羽翼生動、栩栩如生。還有，這是羼針……這是施針……」

很多年後，她站在手術檯前，第一次被主任醫師要求獨立實施傷口縫合。她萬般緊張，閉起眼睛努力回想醫學院教授的操作手法，然而那一刻想起來的，竟全是母親傳授的針法：齊針要整整齊齊、不出邊緣，搶針要留出水路、行距清晰……她夾著手術針，像繡花瓣一樣，駕輕就熟、穩穩當當，最後打出一個完美的手術結。主任醫師看得目瞪口呆，問她：「妳是已經實際操作過許多檯手術了嗎？縫得這麼漂亮！」她開心地笑，彷彿當年獨立繡出第一朵花時被母親誇讚：「瑗瑗，妳的手也很巧啊！」

她從小到大成績一直很好，大學塡志願時想都沒想就塡了醫學院，冥冥中早已認定。分科時選擇整形外科，自然也是爲了母親——爲了母親天生的美，爲了恢復母親的美，以及，醫院那麼多科室，唯獨整形外科幾乎不用藥，全靠醫生的手藝。而這門手藝，和母親的那門手藝，可以說一脈相承。

她最終成爲科室裡最年輕的主任醫師，除了學術成果，重要的是她能做吻合血管皮瓣移植，而且做得極好。必須在顯微鏡下精細操作的血管或神經縫接，令多少醫生敗下陣來，而她覺得手術用的 10-0 尼龍線，比起單根劈成十六絲的刺繡線，其實也細不了多少，於是自信而從容，輕鬆完成同行們想都不敢想的連續縫合。

可是後來她無數次提議給母親做疤痕切除再游離植皮，母親都拒絕了。她說：「媽媽，我保證做完手術之後妳會跟從前一樣。」而母親說：「瑗瑗，現在就很好了。」

「妳前幾天是去我們公司找我嗎？」尹娜問她。尹娜剛打完半年一次的玻尿酸，坐在她辦公室裡閒聊，臉部晶瑩飽滿得像食品廣告裡的果凍。尹娜在老周的公司掛著閒職——一個人可以完全不做事，但絕對不能沒有社交。

「沒有啊，我去你們公司幹嘛？」

「我在我們公司樓下看到妳的車了，寶馬X6，車牌號PL945，漂亮就是我。我絕對不會記錯。」

車的確是她的，但她只是偶爾開開，大多數時候是她老公在開。既然不是她，那肯定是她老公。問題是：他上班在海澱，家在光熙門，跑去國貿做什麼？

興許是有什麼應酬吧？不然還能怎樣？

沒想到才過了兩週，尹娜鄭重其事地來約她：「晚上我們一起吃飯，我有事情跟妳說。」

剛在咖啡廳坐下，尹娜便開門見山說：「我又在我們公司看到妳的車了，我留意了一下，應該是妳老公開的車。」

她端著咖啡的手輕微顫了顫：「然後呢？」

尹娜難爲了一下，又說：「妳算是我最知根知底的朋友，這件事我必須要跟妳說。妳老公是來接我們一個櫃檯小女生下班的，他倆都不知道我和妳的關係，一點也沒躲藏著。小女生臨走時還跟另一個櫃檯人員說男朋友來接她去過節。」

「過節？過什麼節？」

「昨天五月二十日啊！我們這歲數的女人是沒什麼概念，年紀輕輕的小丫頭們可在乎了——又有理由花男人錢了吧。也多虧是這日子才讓我一下子就抓到了，要是情人節、七夕什麼的，妳老公恐怕也不敢來。」

「妳確定是我老公？」

「我不是看過妳手機裡的照片嗎？」

她半晌不說話，想努力消化這個事實。尹娜很擔心，又不敢打擾她，只能陪她安靜地坐著。

她回過神，抬起頭問了尹娜最後一個問題：「她……漂亮嗎？」

尹娜輕蔑地笑了笑，說：「跟我一樣，整的。」

終於還是來了。

難過以後，憤怒以後，她竟然感覺如釋重負——他們的交往與婚姻都是基於「務實」，而愛情是虛的，或許他們從來就沒有。

他畢業以後去了一家互聯網公司工作，而她繼續讀研讀博。她承認那幾年的確是他照顧她多一些。他有收入，使她清苦的學醫生涯多了些許甜。有很長一段時間，他鬥志昂揚地往公司中層攀爬，她勤奮積極地搞研究寫課題，兩個人因爲願景一致而惺惺相惜、情投意合，因此在她讀博的時候，他們結了婚。房子買在光熙家園，方便他去中關村上班，頭期款是她母親執意替他們付的，說是做爲她的嫁妝，又繡了一幅〈百子圖〉賀喜。她婆婆來參觀新房時，對著這雍容華貴的繡品，嘖嘖讚嘆：「南方女人，不簡單。」

終於她畢業、順利留院，他們婚姻「務實」的一面亦漸漸顯現——她母親兩三年都不來一次北京，而她婆婆時不時就來，因爲離得近，因爲她就職的醫院在全國赫赫有名，他的父母連同所有親戚，全都跟著沾了光，一生病就來北京她家裡住下，再由她去託內部關係幫忙掛號、住院。

「現實」是一盞強光燈，能照穿生活的一切齟齬。最一開始他倆都不想要孩子，她一天幾檯大手術做下來，躺著都嫌累，他又常值大夜班或大早班，家不過是個宿舍。等她過了三十四歲，他倒是急了，說：「我們得趕快替劉家留後啊！」她推託，說自己正在申請主任醫師，寫論文、開課題、做手術，沒有一刻得閒，等當上主任醫師再說，反正自己是醫生，並不害怕做高齡孕婦。實際上她那時根本不想和他生孩子，他的母親把她的家乃至於她都視爲他們劉家理所當然的財產，要是再生個孩子，恐怕他父母就要搬來同住了。她並不軟弱，只是又忙又累，她邪惡地想：「寧願下班對著空無一人、丈夫不知所終的家，也勝過去過公公不聞不問成天看電視，婆婆指使她挑菜洗碗的群居生活。」

丈夫也振作了起來，成爲網站的大頻道總監，應酬連綿不絕，見識突飛猛進。做公關的甜美小女生們一口一個「老師」叫著，請吃香喝辣、請遊山玩水，起初他還有點拘謹、不適應，習慣以後卻也認定那才是自己的階層與生活方式，每次出去吃飯或喝東西，他一坐下，便要亮明身分似地說：「給我一杯威士忌，泥煤味兒的。」

她都懶得去探究丈夫是如何跟尹娜公司的櫃檯小姐認識的，總不外乎是媒體公司之間的相互走動，你介紹我我介紹你，都是不安於室，飄飄然的人，一句「久仰」然後互換聯繫方式，一聲「老師，我是您的粉絲」就往下寫了劇情。

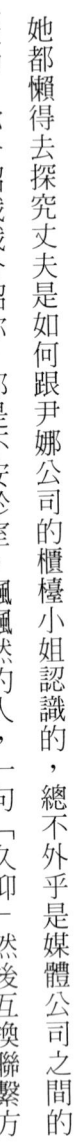

她一個人在外面流連，沒什麼情緒，就是不想回家。她就近去了東方新天地看了場電影，又去華爾道夫扒房吃了牛排，獨自喝完一整瓶紅酒，走出門被風一吹，清醒過來：「憑什麼我要不好意思？」

到家近深夜，丈夫已熟睡，她更衣時看見了他的手提袋和昨天穿的衣服，酒精作祟之下，她決定求證一個推測——翻開他的包包，輕鬆找到了他於五月二十日消費的單據和發票：他在SKP買了一個Tiffany的小號玫瑰金鑲鑽T手鐲送她，發票開的卻是辦公用品（注：中國二〇一七年七月稅改之前，還可以開辦公用品發票）。然後他帶她去吃日本料理，也開了發票。這兩筆錢他大概是想以維護客戶關係的名義去向公司報銷。

她「噗」地笑出聲：「即便如今 Armani 加身，這男人，還是那麼會算計。或者按他自己的話說：嗯，『務實』。」

但她不可遏制地好奇那個女孩的長相。畢竟，那女孩才二十歲出頭，在公司當櫃檯，她有的學歷、身分、地位、資產那女孩都沒有。能讓這個「務實」的男人變得不老實，那女孩一定擁有她沒有的——美貌。

想來想去，她決定找尹娜幫忙，讓尹娜去打聽櫃檯小姐在哪裡整形，下一次準備做什麼項目，然後一定要貌似不經意地推薦一家診所給她。

尹娜不解，問：「妳要做什麼？」

她不回答，說：「妳做就對了。」

她請尹娜推薦給小女生的診所，頗有名氣，人人出來皆是一張韓國女團的臉。她的大學同學在那裡當副院長，賺得荷包滿滿。

她打電話給同學，說：「有個患者，想在你們那裡預約隆胸，麻煩你給她個最低折扣，這檯手術我以特約專家的身分去做，分文不取。」

同學問：「什麼患者值得勞您大駕啊？」

她說：「對我很重要的一個人，你理不理解無所謂，但希望你答應我。出了什麼問題，我自己擔著。」

當她在門診室看到那女孩時，還是有些失望——那女孩滿臉都是糟糕的手藝與粗暴的審美。無端高聳堪比阿凡達的鼻梁，開得不太對稱的眼角與比例失調的雙眼皮，塡充過量的額頭、嘴唇與下巴，活像一個充氣娃娃。可是她知道男人吃這一套，女人能一眼鑒定出來的人工美女，無論如何被恥笑是蛇精、假臉，事實上，她們的男人緣都相當好。這不是聽說與猜測，這是她這麼多年掌握的一手病歷與回診檔案。

她戴著口罩、壓抑著怒火，問女孩：「這次想動哪？」

女孩說：「隆胸啊。」

「爲什麼要隆胸？」

女孩愣了愣，笑得無比眞誠，說：「爲了過上好日子吧！」

她看著那張幾乎認不出原裝痕跡，可是仍是稚氣未脫、充滿期待的臉，十分想哭。她找了個理由，走出門外，走到樓下，拐到診所的背後，淚已是忍不住——

誰來北京不是爲了過上好日子？一年又一年，無數的人來到這裡，想拚一個出頭天。

有些人，比如她，寒窗苦讀十餘載，千軍萬馬過獨木，不停學本事，不停換取資格與人競爭，不言愛不說苦，冷暖自知，才勉強扎下了根，然後緩慢生長，等待花開，等待蔭涼。

有些人，比如尹娜，比如這女孩，揣著欲望與野心就來了。也拚搏，也工作，不過是一點一點地賺出一副新的面孔，從卑微的塵土裡開出極致妖豔的花、長出向上攀緣的藤，牢牢攫取，一步登天。

最可悲的是，走如此不同的兩條路，卻仍有可能殊途同歸。她曾經認爲的好日子，和這女孩想像中將來的好日子，包括同一個不可靠的男人。

她迅速擦了眼淚，回到門診室，臉上恢復冷漠。對那女孩說：「隆胸手術是有風險的。」

女孩說：「我知道。」

她說：「有各種可能導致手術失敗，以及術後併發感染。」

女孩爽快地說：「我不怕。」

「那妳簽名吧。」

執刀十年，從未失誤。但這一次，她準備操作一檯完敗的手術。

自體脂肪隆胸，她做過無數次，將提純後的脂肪顆粒，準確適量地分別注射進多個隧道，便能塑造出優美且自然的乳房。但如果將脂肪一次性過量注射進單個隧道，術後短時間內看不出任何差別，只需要半年或一年，那乳房內的脂肪一定會液化甚至壞死，最嚴重的是必須切乳治療。且到那時，根本無從判定是手術不當操作，只能怪病患出現術後不良反應。

她站在手術檯前，想盡快實施這個完美的復仇計畫。躺在床上的女孩在全麻昏迷之際，輕輕扯了扯她的衣角，笑著說了句：「拜託了，醫生。」

她的興奮瞬間變成了難受：「就算這女孩有一對完美的乳房，跟那種男人在一起，真的會有好日子過嗎？」

恍恍惚惚間，她又看見母親，穿著表演時的月白色長裙，淺淺笑著站在對面。歪歪扭扭的疤痕像毛毛蟲一樣趴在母親的脖子上，但母親毫不介意，依然淺淺笑著，對她說：「瑗瑗，靠手藝吃飯的人，要體面。」

女孩再睜眼時，已經躺在休息區的病床上。她坐在女孩身邊，靜靜看著這女孩。

「手術成功了嗎？」

「非常成功。」她說。她小心翼翼地、精益求精地，爲這女孩雕琢出了一對漂亮、健康的乳房，三個月之後，丈夫一定也會捧著這女孩的胸，囈語般讚歎：「寶貝，妳的咪咪好美。」

女孩笑了笑，又不好意思地說：「對不起。」

她有些吃驚，以爲女孩拆穿了她的身分，連忙問：「幹嘛說對不起？」

女孩說：「您一定覺得我很虛榮。」

她長嘆一口氣，說：「不會的。我們來北京，都是爲了努力過上好日子。」

「謝謝醫生，謝謝。」

她起身離開前，想起了一些話，眼睛濕潤起來，她摸著女孩的頭髮，說：「答應我，不管以後妳有沒有過上好日子，都要好好珍惜自己的身體。我們的身體，並不是武器，而是容器。它安放著妳的過去、現在與未來，它還要盛放妳這一生得到的愛——不只是相互占有的愛，還有家人的愛、妳的自愛。好好愛惜妳的容器，不要讓它千瘡百孔，不要讓那些眞正寶貴的東西，最後像流沙一樣從妳身體裡滑走。」

回到家，她坐在沙發上等著，等丈夫下班推門進來。

「老劉，我要離婚。」

「妳這是在鬧什麼？」丈夫大吃一驚。

「你聽好了，這不是和你討論，這是一個決定。我給你半個月時間，你搬出去，這房子歸我，家裡的存款與投資也歸我，車子你可以拿走。」

「妳有病吧？」

「你在外面做了什麼你自己清楚，不要吼了，聽著太累。」

丈夫沉默了五分鐘，臉色從紅轉白，然後換上一副陰陽怪氣：「離婚可以，財產按法律規定平分。」

她冷笑：「你好意思給我提法律？你知道什麼叫過錯方嗎？你以為我在提離婚之前沒有把你那些破事的證據收集好？」

丈夫不語。

她繼續嚇唬他：「就算你能恬不知恥地和我鬧上法院，沒關係，我之後會去你們公司舉報你虛假報銷，你給情人買珠寶、睡五星級酒店，然後拿著發票去公司報帳的時候，沒有想過那麼大的金額已經構成了職務侵占罪嗎？還不是一兩筆吧？」

丈夫這時被嚇到了，對於這樣習慣了狐假虎威的男人，離婚算什麼？丟工作如丟命。他虛弱地回應：「行，都按妳說的，離吧。」

她拿出準備好的協議，讓丈夫當場簽了字。丈夫癱坐在沙發上，恍惚如隻喪家之犬。她拖出行李箱，說：「我回老家，陪陪我媽。兩週後回來，你趁這段時間給我搬走。」

走到門邊時，丈夫對她說：「夫妻一場，到頭來被妳趕盡殺絕。」

她冷笑，說：「我就不祝你幸福了。你要的從來就不是幸福，是自利自足。」

過了長江，車窗外就像換了人間。

天藍了，水綠了，影影綽綽，映出灰瓦白牆——家就要到了。

蘇州城往西三十裡，是她的家鄉。鎮子臨湖，家家繡花。母親站在家門口等她，她放下行李，一把抱住母親，親吻在母親的傷疤上。

她喃喃低語：「妳眞美，媽媽。」

CHAPTER 7

那個從地下室
住進了御金台的
北漂女人

我在北京那麼孤獨，又很膽小。
但遇到妳之後，我覺得自己並不是一個廢物，
我是一個堂堂正正的男人，
我也有能力照顧喜歡的女人，
無論她高興、難過、生氣還是倔強，我都陪著她。
我也許給不了她想要的一切，
但她需要我的時候，我都會在場。

寬敞的客廳灑滿了陽光，超過三公尺的挑高彰顯了民宅和一般公寓無法比擬的氣派，雖然是樣品屋，但楓木地板、天然大理石流理檯、十八頭雙系統按摩浴缸以及全屋實木護牆板，卻帶給人現代的、精緻的、昂貴的感覺，最引人注意的還是房間裡那一面兩百多度大視野落地窗，站在窗口遠眺，遠處是綿延的西山，近處的世貿天階、時尚大廈、新城國際就服服帖帖地在眼皮底下，頗有一種一覽衆山小的派勢——畢竟，這是北京頂級的房子之一。

但她還是不甚滿意，在窗前站了一會兒，自言自語，也是說給仲介聽：「這兒都看不到褲衩（中央電視台新辦公大樓）。」

仲介賠著笑說：「朝西的戶型比朝東的戶型好，朝西的全天有採光，朝東的只有早上有採光，而且高樓層又朝向好的三居很少有在銷售，您這間已經相當好了。御金台裡能看到大褲衩，採光又好的，要嘛是一層東南向的一百二十坪房型，要嘛是一百五十坪的三面採光樓中樓。都比您這間再大出一間房子來，嘿嘿。」

她輕哼了一聲：「先住著吧，遲早都得換。」

仲介離開後，她又把房子細細地檢查了一遍，然後從手提包裡拿出剛到手的房屋產權證書，一字一字端詳：單獨所有。七十坪。已設抵押——這四個字讓她心裡「咯噔」了一下。這是老戴的伎倆，他有能力全款支付，但故意讓她貸款買了房，只是爲了牽制住她，要她踏踏實實地伺候著，否則誰幫她償還所費不貲的房貸？

「眞幼稚。」她心想。

這時窗外正是落日。黃澄澄的斜陽，漸漸隱於山巒之間，整個北京城，被染上了一層迤邐的金黃。那是一種令人心生溫暖的景象，遠處森嚴肅穆的紫禁城，近處熙熙攘攘地擁向金台夕照地鐵站的下班人潮，在這一刻，被統一在了同一時空裡——這是偉大的北京，也是每個人的北京。

她也有些感動與感慨：「這確實比我剛來北京的時候好多了。」

她剛來北京的時候，是二〇〇九年。住在蘋果園一棟首鋼集團的員工宿舍半地下室裡。沒別的原因，就是便宜。那棟半地下的房子有二十七坪，三房一廳。她和四個人合租，每個月租金只要兩千八百元。

她的房間最小，放了一張折疊單人床、一個帆布做的簡易衣櫃、一張書桌，空間已滿。關上門以後，只能直接上床。房間高處有一扇三十公分高的氣窗，站在床上往外看，看不到北京，只能看得到來來往往的鞋子，而且，那些鞋子也沒什麼看頭——山西麵館年輕女服務生鑲著水鑽的白色短靴、打掃街道的清潔隊老頭的灰舊運動鞋，房屋仲介的黑色繫帶皮鞋，趕一號線地鐵上下班的基層女行政人員的淺粉色平底鞋，快遞男孩的白球鞋，社區退休大媽的鋪棉花布鞋……都是風塵僕僕、來去匆匆，她從不打開窗戶，生怕那些鞋子把塵土、疲憊、奔波、艱難、無力帶進她的房間。

她的四個室友，有兩個女孩是附近烤鴨店的服務生，合租一間；另外一對是年輕的情侶，在社區裡開了間寵物美容店，於是連帶他們共同居住的這棟房子裡也有一些貓狗味。室友們都很忙，忙得回了房都很少說話，也不關注她在做什麼。當然，事實上她什麼也沒做，她沒有工作。也找過，不太好找。

她來北京一心想去時尚雜誌或者廣告公司，商務英文的專業度倒是符合要求，但畢業學校卻沒有競爭力——她想進的公司，基本上都要求有海外留學背景，最差也得是眾人皆知的中國一流名校，而光憑她履歷上的「吉首大學」四個字，大多時候，連面試的機會都沒有。

北京不是沒有機會。恰恰相反，北京，有的是機會。問題在於妳願不願意接受。曾有一些公司準備錄取她，當然是那些小規模的、草創的、不知名的，其中有一家戶外廣告代理公司，請她來當銷售員，底薪八千五百元，成功一筆交易就會有百分之三的抽成。她算了算帳：一個月上班二十天，交通費四百元，房租三千元，電話費四百元，每天在公司吃午飯怎麼也得一千元，再加上晚飯也在外面吃的話，就更沒剩下什麼了，這還沒算別的日常開銷。如此一想，這班還有什麼可上的？

其他來北京討生活的人，大概永遠也想不出：如果不上班，怎麼活下去？

但是她想到了。

不上班的時候，她在家裡最重要的事情有兩件：收看北京電視台生活頻道的徵婚節目《生活秀》，打電話去節目組索取每一個男性徵婚者的聯繫方式；註冊了幾乎所有交友網站的會員，每天給看起來可靠的男性大量發群組郵件。

是的，她的生存之道是相親。不只是爲結婚，爲一頓飯、一場電影、一次郊遊也可以去相親。在北京，大部分的人一直在尋找：先是找工作，同時找對象，接著找房子，然後找學校。找工作要看履歷，找房子要看財力，找學校要看人力，唯獨找對象，只看外表也可以。所以，在相親市場，只要把標準放低到「不小氣、會主動買單的男人」，做爲一個姿色尚可，又特別會聊天的年輕女子，就永遠不會餓到。

她並不著急透過相親找到穩定的婚姻，只是藉此在舉目無親的北京，迅速結識人脈打開社交——更何況，女人和男人的友誼比女人和女人之間的友誼好用。她當然也不打算賤賣自己的身體，只是陪他們聊，像一個有耐心的人力資源經理一樣，友善地問幾個問題，感興趣就多聊一下，不感興趣就禮貌地換下一位。

年輕的男生鮮少有上網相親的。如果他有一份體面的工作，又沒什麼人格障礙，多的是認識女生的管道。透過登記速配相親的年輕男生，一般都是啃老族，有強勢的父母和他們共同居住，生活瑣事和人生大事都被父母包辦，多數害羞，從事一份不太需要與人打交道的工作，父母急於讓他們四處相親，都出於一種無法言說的目的：替孩子找個伴，爲自己減少負擔。這樣的男孩，連見面的程式都被父母設定好了：不能去太貴的餐廳。一定要反覆確認女孩是否守本分、勤快、孝順，有了這些前提，才能繼續約下一次見面。這些男孩她也是看不上的，但有時候很無聊，甚至快要山窮水盡時，爲了一頓必勝客、迴轉壽司，她也是願意和他們約的。反正是爲了吃，不說話也不覺得尷尬。

三十多歲到四十多歲，中關村上班的ＩＴ技術男，是她重點關注的群體。最好是一次婚都沒結過，那意味著這樣的男人對待女人沒有任何經驗，在女人面前還會害羞。她可以循序漸進地開採他們。第一次約會，她一口東西也不吃，只溫婉地笑著，幫男人倒茶夾菜，男人不好意思，問她怎麼不吃，她害羞地說：「家裡從小就不給我吃重口味的東西，說女孩子不能不顧吃相。」結束後，若男人沒有即時傳訊息問候，自然是不了了之。若問候「到家了嗎？」「今天開不開心？」「下一次什麼時候見面？」她一定會回覆他：「今天很開心。對你的印象很好，你是那種能讓女孩子心安的男人。」第二次約會，男人便會約她在松子、蘇浙匯這種好一點的日本餐廳或上海菜餐廳，顯得更有誠意一點，她依然只會吃得少少的，偶爾評論一句：「這個雞湯還是有點油，沒有我自己燉的好喝。有機會燉給你吃。」第三次約會，她提議逛街，去那些合情合理、不會讓三十多歲的技術男望而卻步的百貨公司。她說要爲一個重要商務會議準備一件連身裙，有時候又說是要準備一對耳環，她穿來試去，故意當著櫃姐面前一而再再而三地詢問陪同的男人：「好不好看？你喜不喜歡？」櫃姐又怎麼會不懂？她故意在更衣室或洗手間拖時間的時候，櫃姐已經自動自發地把帳單遞給了那些男人，說：「先生，您現金還是刷卡？」

來北京的第二年，她在一家淘寶店當客服人員，就在家裡用電腦辦公，賺得當然不多，但依靠著相親，爲自己累積了不少衣服、鞋子、首飾，還有兩個名牌包包，一個是LV、一個是Coach，都是一眼就能被認出來的款式。就像升級一樣，當她有了更時髦的衣服、更精緻的首飾、更高級的包，就會匹配到更好的相親對象。

就這樣，她遇到了小郝。

小郝是個年輕男生，但他有體面的工作，在一家大型入口網站工作，江西人，大學畢業後留在北京，自己賺錢自己花，不跟父母同住。小郝上交友網站登記相親，源於對身高的自卑，他長得濃眉大眼，身高卻只有一百六十五公分，像一個半途而廢的體操選手。正經想要談婚論嫁的女生，一旦考慮到下一代，便實在不敢讓自己的孩子遺傳小郝的身高。

但她不是想要談婚論嫁的女生，小郝只是另一條被隨機釣上來的魚，一條更爲多肉而少刺的魚。她才不在乎小郝是一百六十五還是一百五十六，只要哄得她開心就好。她的相親招數越來越熟練，才五六次約會，小郝已是一副虔誠地躺在砧板上的樣子，她有時想趕緊一刀剁了，落肚爲安，但看著小郝，難免有些惻隱之心——她知道這個男人動了眞情，他看她的神情，可憐兮兮、小心翼翼、亦步亦趨。那是很愛一個人時才會不自覺流露出的不安感。

有一次她患了重感冒，躺在床上自怨自艾：「住在這樣的地下室裡，跟被埋了有什麼區別？」想著想著，眼淚都掉下來了，可是有什麼辦法？永州回不去，也不想回去。正難受著，小郝打電話來，問她要不要一起吃飯。她「哇」一下地哭出聲來，一邊咳一邊吼：「我不舒服，你別煩我。」小郝急了，問她怎麼了，要不要去醫院。結果她把電話直接掛斷。

她暈暈地睡了一覺，醒來一看才晚上十點不到，她冷靜了不少，小郝又打電話來了。她接起來，剛想道歉，畢竟還沒有到把他趕跑的時候，結果小郝先說：「我在妳家門口，妳穿厚一點，出來一下，我有東西要給妳。」

她大吃一驚，心想：「他怎麼會知道我住哪裡？是不是找錯了？」趕緊出去看，的確是小郝，捧著一個玻璃罐，站在空地上等她。

她是慍怒的，小郝是不是已經知道她住地下室了？他一個月薪水八、九萬的高級白領，怎麼看得起住地下室的外地人？她躊躇著不願上前，小郝看到她，一個箭步衝上來，把玻璃罐交到她手裡，緊緊地捂著她的手，她感覺到他的手心裡，彷彿有個太陽。

「我剛剛在家裡幫妳熬了罐蜂蜜柚子茶，止咳很有用，妳喝了會舒服很多。」小郝說。

晶瑩剔透的蜜餞柚子肉，滿滿一罐，夾雜著切得極細的柚子皮絲，一點白絲都沒有，刮得乾乾淨淨，這不只是費時，主要是費心。親生媽媽都未必能細心到這個程度，這個認識還不到半年的男人卻做到了。他像剝柚子一樣，把自己三十年的過往和防備，剝得一乾二淨，只捧著一顆浸了蜜的心，請她收下。

小郝似乎看出她的疑惑，說：「有一次我送妳回家，妳只要我送妳到蘋果園地鐵站口。那天太晚了，我擔心妳一個人走夜路，就一直遠遠地跟在妳後面，看妳到了，我才回家。希望妳不要怪我。」

她內心有些東西正在瓦解，她害怕極了。

小郝比她先流淚了，說：「我在北京那麼孤獨，又很膽小。但遇到妳之後，我覺得自己並不是一個廢物，我是一個堂堂正正的男人，我也有能力照顧喜歡的女人，無論她高興、難過、生氣還是倔強，我都會陪著她。我也許給不了她想要的一切，但她需要我的時候，我都在場。」

她終於也哭了，說：「我想和你好好的。」

生活不是靠著感動就能過下去的，尤其這還不是妳想要的生活。

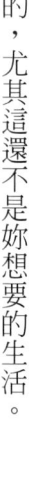

在她把自己交付給小郝後，小郝把結婚的事也一起規畫進去了——他比她更看重她的身體。小郝說他這幾年存下了三百萬，可以去看房子了，而且要在結婚前就買，放在她的名下。一開始她也很積極、很憧憬，但看了一圈房子，就知道三百萬之於二〇一一年的北京房市，根本是杯水車薪、不值一提。她想像過住東三環、住北三環，最不濟也是住西北三環，但，即使用三百萬做最低頭期款，踮起腳尖用力搆，也才搆得到燕郊、沙河、北七家，甚至極有可能她還是會住進另一個半地下室裡，區別只是那個地下室的房本上寫著她的名字。

洩氣之後，她有了一個盤算：與其用這三百萬買一個不甘不願、被迫廝守的蝸居，還不如想辦法爲自己買一個未來。

與小郝交往的期間，她並沒有停止與人相親。期間有一個五十八歲、喪偶的大型國營企業主管相中了她，這讓她非常雀躍，也沒著急著見面，風含情水含笑的訊息傳了一陣，在文字往來間，她把自己塑造成一個出身於大學教授家庭、在北京追求文學夢的溫婉女孩，她說她最羨慕孫中山與宋慶齡的愛情，舉案齊眉，爲一個共同的心願廝守一生，不離不棄。她說女人是果，男人是酒，男人是因爲歲月才更爲迷人，老主管心蕩神搖，約她在中國大飯店的夏宮喝早茶。

她穿得頗深思熟慮：白色削肩連身裙，只顯露一點點腰身和白皙的小腿，罩了一件粉紅色的羊毛罩衫，配了一雙同色小羊皮平底鞋，長髮束成了馬尾，一副青春乖巧又宜嫁的樣子。她坐地鐵到國貿，出來要穿過一大堆精品店，每一家她都認識，但每一家她都沒有進去過，就連櫥窗也不敢逗留太久，她害怕精品店的監視器有掃描功能，一掃便知她身無分文，然後打開廣播對她冷冰冰地喊話：「閒雜人等，請速離開。」一個滿身脂粉香的女人提著滿滿五六袋戰利品從愛馬仕出來，這令她止不住地好奇：「這麼多錢到底從哪裡來的？爲什麼不是我？」

老主管見到她本人以後，比兩人傳訊息時冷淡了不少。只禮貌地笑著，要她隨便點吃的喝的，也不怎麼問她話。她知道出了什麼問題，但不知道問題出在哪裡，快結束時，老主管如同指點迷津似地對她說：「小女孩，妳要抓緊時間去整理一下牙齒，高級知識分子家庭的孩子不應該是這樣的。」

她簡直無地自容——五十八歲見多識廣的男人什麼看不出來？哪個大學教授家的女兒會長一口參差不齊並有色素沉澱的爛牙？好像擦了蠟還貼了名牌產地標籤的蘋果，有經驗的人一揭開那標籤，下面便是赫然的蟲眼。

連續看了一個多月的房，然而看上的都買不起，她開始在小郝面前嚶嚶地哭，小郝也很難過，說都怪自己沒用。她握住小郝的手，邊哭邊說：「不是的，我不是怪你買不起房，和你在一起，租房住也可以。我只是很難過最近有幾個重要的面試我都沒通過，都是很好的廣告公司和雜誌社，總是在最後一輪被刷下來，人家說，我各方面都不錯，就是外表欠缺了點。」

小郝不解，問：「怎麼可能？妳長那麼好看！面試的是瞎了嗎？」

她把嘴張開，讓小郝看：「都是因爲我的牙齒！」

小郝說：「妳的牙齒怎麼了？不是滿好的嗎？」

她哭：「好什麼啊？都怪我爸媽在我小的時候總是出差，沒有好好督促我刷牙，我又愛吃糖，所以牙齒全長壞了。大公司那麼講究細節，我一張嘴，就什麼都完了。」

小郝問：「那怎麼辦？」

她說：「我打聽過了，可以把不好的牙拔了，然後再去植牙，又整齊又美觀，你看那些女明星的牙齒都特別白、特別漂亮，其實都是做的。」

「得花多少錢？」

「找好的診所，用好的材料，做一顆八萬左右吧。我諮詢過，我最少得做十二顆。笑起來的時候，就會露出這麼多牙。也有便宜的，但……這是要用一輩子的東西，我不想將就。」

說完這話，她看小郝面露難色，馬上順勢一倒，依偎在小郝的懷裡，又動情又懇切地說：「老公，就用我們一部分的，買房資金讓我去做手術吧，我們晚一年再買房好不好？你想，等我植了牙，找到好工作，我們一起賺錢，買房就更快了啊。你已經給了我一個家，如果再幫助我，給我一份工作，你就是天底下最好的男人了。」

小郝撫摸著她的頭髮，說：「都聽妳的。」

八個月。

她感覺自己重生了一次。在某家隱密而昂貴的私人牙科診所裡，花了近一百三十萬元，得到了和一線女明星同樣的待遇：依照她的臉龐、她的骨骼、她的氣質，牙醫精心爲她設計了一口漂亮而自然的植牙。耐心等待八個月，她的臉將會更小巧、輪廓更精緻，尤其笑起來，將不輸給任何女明星。

這八個月裡，她也有計畫地在疏遠小郝。一開始說手術期間不想見面，然後又說自己報了英文補習班，每個週末都得上課，和小郝從一週見一次，拉長到兩週見一次，最後一個月見一次，以及，整整八個月，和小郝不接吻、不親熱。

這期間，她迷上了各類手機交友軟體，隨時隨地，搖一搖，晃一晃，就有無窮無盡的男人隨意看、隨意挑選。電視徵婚、網路相親，頓時就跟上輩子的事一樣了。

八個月到了尾聲，她站在鏡子前，怔怔地盯著自己看了許久：牙膏廣告般的明眸皓齒是她的，和諧生動的眼角眉梢是她的。她感覺自己終於把原生家庭最深刻的烙印去除了，現在，她可以是任何人。對著鏡頭，她粲然一笑，自拍了一張，更新成自己社交軟體帳號的大頭貼。一小時內，她收到了將近兩百則陌生人的私訊。她知道，是時候和小郝分手了。

「小郝，我們分手吧。」

「爲什麼？我做錯了什麼？」

「你對我很好，只是這段時間，我感覺我們越走越遠，以及，我想把心思全部放在事業上，不想現在就進入家庭生活、生兒育女，我們都還年輕，應該再闖闖。」

小郝不說話，眼睛望向別處。

她又哭了：「小郝，你能理解嗎？」

小郝看著她，眼神裡依然有許多的不安，他到底還是愛她，連痛苦都透露著關切，失望都帶著祝福。

「我理解。」

「那我先走了。」

她討厭被遺棄，她知道決定離開的那個人一瞬間只有解脫，並不會將心比心。

父親被逮捕的時候，她才九歲。下課的時候，幾個男同學嘻嘻哈哈地從校門外跑進來，對她喊：「張世雅，妳爸爸被抓了！公安局好多人去妳們家，把妳爸爸用手銬銬走的！」

她罵回去：「亂說！你們爸爸才被抓了！」

男同學笑：「眞的，我剛才聽我媽媽說的，妳爸爸吸白粉，被抓了！」

中午午休，她慌忙跑回家，母親正在做午飯，家裡的確一片凌亂：被褥都在地上，兩張凳子翻倒著，垃圾桶裡是打碎的保溫瓶，角落一攤水漬還沒乾。

她問：「媽媽，爸爸呢？」

母親不答，說，「吃飯吧。」

母女二人相對無言吃完飯，她心神不寧地又去上學，等下午放學回來，才發現母親下午根本沒去上班，坐在沙發上發呆，不知道在等什麼。很晚的時候，在當地人事局上班的大舅來了，那時她已在床上躺著，但根本睡不著，依稀聽見大舅和媽媽的對話——

「怎麼樣？什麼時候放？」

「我幫妳找人問清楚了，但這回沒辦法。他不但自己吸，還長期收留別人在他開的撞球館裡吸，這就是犯罪，肯定會被重判。」

「那我怎麼辦？」

「還能怎麼辦？趕緊離婚，帶娃兒好好過。」

大舅走了好一會兒，她聽見客廳傳來母親啜泣的聲音。她剛想起身去安慰母親，哭泣已經停止，母親重重地擤了兩下鼻涕，便把燈關了，回房睡了。

過了幾天，母親對她說：「走，和我一起去看看妳爸爸。」

父親在看守所裡被關了幾天，頓時老了似的，灰黑而消瘦的臉透著一股蠟黃，上下眼皮又黑又腫，好像剛剛被人打過一樣，又無精打采、失魂落魄、哈欠連天，止不住地流眼淚鼻涕，母親對他說話，也不知道他有沒有聽見，她哭著喊了幾聲「爸爸」，父親才費力地抬起頭來，對她笑笑。

「那我先走了。」母親最後對他說。

父親被重判了八年。自那次起，她就再也沒見過父親。後來聽舅舅說，父親出獄後，去永州找過她們母女，但也許是被母親攔下了。總之，她和父親的緣分，終止在了老家的看守所，終止在父親最後虛弱無力的笑容裡。

她想起父親，心裡都是恨。父親被判刑後，她就想：「爲什麼爸爸犯罪，卻是我和媽媽要受懲罰？」

先是在學校，她開始被同學叫作「白粉妹」，連老師們對這種行徑都睜一隻眼閉一隻眼，她哭著跟主任告狀，主任只冷冷地說：「管好妳自己。」母親本來在火柴廠當會計，廠裡效益不好，母親果然出現在第一批資遣人員名單中，母親去廠裡鬧過幾次，主管說：「妳是犯罪分子家屬。不能留妳當害群之馬。」

資遣之後，母親沒有一天放棄過。但在郴州這樣的小城市，壞名聲傳得比什麼都還快。沒有單位願意接收母親，她想去別人家裡當家政阿姨，也總有什麼人暗地裡對雇主提醒一句：「你要小心哦，她老公可是吸毒犯。」走投無路的母親求人事局裡的哥哥為她打通關，哪怕去當清潔隊員掃街道也行——除了子女，做母親的真的什麼都可以放下。

後來母親的國中好友徐姐打電話來，也是輾轉聽別人說了母親的近況。徐姐說：「我和我老公現在在永州開了一個娛樂城，妳帶孩子一起搬來嘛，幫我管帳。」

離開郴州的時候，年幼的她已暗暗發願：「我再也不要回到這裡來。」

到了永州，徐姐幫母女倆租了房子，又幫忙將她安排進了當地學校，不過不算太好。

她升上國中以後變得叛逆起來，不愛說話，偷偷抽菸，但也有兼顧課業，母親看她成績一直穩定維持中等，便沒有多費心。

每天放學以後，她會先去徐姐的店裡，娛樂城開門營業以前，有員工餐，她和母親吃完以後再一起回家。那幾年，她見過不少在徐姐店裡做事的酒促小姐，盡是些從外地來的女生，有些比她年紀大不了多少，但閱歷極深，小姐們圍坐在一起吃員工餐的時候，嘰嘰喳喳聊的不是化妝技術，就是陪客人聊天的技巧。她們大多是有男友的，來娛樂城就是賺個酒水抽成，全靠嘴上哄男人高興，不停開酒。她一邊吃飯，一邊默默聽著，全往心裡去了。

她越來越不愛讀書，臨近大學入學考試，母親看她的墊底的成績，嘆氣道：「要是考不上大學妳該怎麼辦？」她笑了，說：「考不上就考不上吧，去徐姐店裡工作不也滿好的？」「啪！」母親突如其來地甩了她一記耳光。打完她，自己倒先哭了——當年得知父親要被判重刑時，母親都沒有哭出聲。母親對她說：「妳和妳爸有什麼差別？」

她考上了省內的大學，並在大二的時候開始了一場認真的戀愛。男孩子就是永州人，大三升大四的暑假，男孩帶她回家見了父母，男孩父親在當地頗有實權和人脈，而他的母親則貌似不經意地問她：「小雅，妳不是永州本地人吧？」她毫無防備，問什麼便答什麼：「不是，我是郴州人。上國中時才搬來永州的。」

「全家人都搬來了嗎？」

「就我和我媽媽。」

「爸爸呢？」

「他們離婚了，爸爸還在郴州。」

「媽媽在永州做什麼啊？」

「在她朋友的公司裡當會計。」

「妳媽媽姓什麼呀？」

「她姓吳。」

本來計畫大四畢業後，兩人一起去北京，結果開學沒多久，男孩就來跟她提分手。她問爲什麼，男孩死活不說，就是執意要分。

過了兩個月，她還在療情傷時，男孩已經和另一個女孩出雙入對了，有一晚她實在受不了了，約了男孩出來，要問個清楚：「分手的時候你幹嘛不承認你有新歡？」

男孩說：「我沒有。我們分手不是因爲這個。」

她追問：「那是爲什麼？」

男孩冷冷地對她說：「妳不清楚嗎？」

她不解，說：「我不清楚。你說吧，既然都把我給甩了，還怕什麼傷害我的？」

男孩輕蔑地吐出幾個字：「妳爸是吸毒犯，妳媽是雞。」

每個人一生中總會遭遇幾個恨不能立即死去的時刻，她氣得心悸手震，漲紅了臉還要強忍：「首先，我媽不是雞，她只是在娛樂城做會計。其次，我能選擇我的出身嗎？我的出身影響了什麼？」

男孩說：「當然有影響。婚姻不是兩人的結合，而是兩個家庭的結合，妳懂嗎？」

她坐在學校操場的看台上斷斷續續哭了一整晚，天色濛濛亮的時候，她做了決定：要去一個沒有人認識她的地方，無論如何都要過上令人羨慕的生活。

從十二顆植牙手術中徹底恢復後，她感覺自己的確轉運了。

她在某大型女性網站企畫部找到了工作，也把家搬到了東三環邊上，有兩三個能夠幫忙買單的固定約會對象，最重要的是，她認識了老戴。

她先是手機搖一搖，搖到了老戴的一個手下，兩人見了面，彼此並不來電，他嫌她裝腔作勢，她看穿他外表花俏實則窮酸。但因爲彼時她已有了美貌，手下覺得當個玩伴也不錯，帶出去有面子。就這樣，他帶她去了老戴的一個局，就在老戴麾下的一家夜店。

在北京城最高端的夜店裡，她一下子就不出眾了，尤其圍繞在大哥身邊的，個個都比她年輕、精緻、露得多、放得開。一開始她坐在最邊邊，也沒人招呼她，但她就那麼沉穩地坐著，遠遠打量坐在中心位置的老戴，看他身邊貼過去敬酒的女生一個換了一個，而老戴只是喝，並不和誰特別親密。過了凌晨兩點，老戴身邊喝暈的女生們被手下一個一個帶去了舞池，或者帶去了酒店，她像一條蟄伏在草叢中一動也不動，窺探獵物許久的青蛇，此刻才準確地游向了老戴。

老戴見她坐過來，條件反射地舉起了酒杯，她順勢摸著老戴的手，將老戴杯中的酒一飲而盡，然後害羞地笑了笑，說：「你就別喝了。」

老戴並沒有太在意，「哈哈」笑了兩聲，又開始跟別人喝，而她就乖巧地坐在老戴身邊幫他倒酒。又過了一陣，老戴有些喝開了，也不知是喃喃自語還是說給她聽：「妳們女人怎麼這麼麻煩，怎麼什麼都想要？」

她把話接了過來：「大概是因爲太愛你，愛得已經找不到自己，才會想牢牢抱緊你。」

老戴略微吃驚了一下，說：「妳這個小女生眞有意思。」沒過一會兒，老戴的手便自然而然地搭在她的膝蓋上。

凌晨四點，她對老戴說：「我要回家了。」

老戴想了想，問：「我能跟妳一起回家嗎？」

她說：「可以。但只是讓你借宿，不許做別的事。」

老戴嘿嘿笑了。

事實上，那一晚的確什麼也沒發生。

老戴到了她家鞋子都來不及脫，倒在床上就睡著了。等再醒過來的時候，老戴看見自己的外衣外褲都整整齊齊地疊在床邊，而她則坐在書桌前練書法。

老戴穿好衣服起來，走進浴室，又發現洗手檯上放了一把新的牙刷和一條新的毛巾，非常貼心。洗漱完畢，老戴對她說：「妳今天沒別的事吧？不然我帶妳去逛逛街？」

她笑了，說：「眞的不用這樣，你就是在我家睡了個覺，不用買單的。」

老戴又笑了：「妳太有意思了，那一起吃個午飯總可以吧？」

她記得以前徐姐娛樂城裡業績最好的小姐曾說過一句話：「男人成功到一定的份上，傾訴欲就會蓋過性欲。」

這句話在老戴身上得到了的印證。他早就結婚了，對他老婆似乎又愛又恨，言語間有諸多抱怨。但一個男人若是一直抱怨著一個女人又不肯離開，那他要嘛是恨而無能，要嘛是愛到習慣。若是對別的女生喋喋不休地聊自己的婚姻和妻子，女生們常會誤以爲老戴是在委婉地勸自己不要往他身上貼。但她不會，她不但聽得下去，還能頭頭是道地勸慰老戴。老戴時常深夜喝醉了一通電話和她聊到早上五六點，她全程甜美，絕聽不出一絲倦意和敷衍。末了，她總會總結一句：「你不可能只從一個人身上得到所有想要的東西。」

就這樣吃過幾次飯，斷斷續續聊了兩三個月通宵，老戴不好意思了，覺得要給她點什麼，便邀請她：「下下週在香港有個遊艇會的活動，要不妳和我一起去吧？」她沉吟了一下，說：「我先跟公司請假看看，不保證一定能去。」

在香港，一切該發生的都發生了。老戴畢竟四十八歲了，還有脂肪肝。上個床跟被迫上台發言似的，吞吞吐吐、詞不達意、草草結束。但老戴看她倒眞的很享受，臉色潮紅、大汗淋漓、渾身發抖。老戴心想：「小女生果然見識少。」

第二天老戴執意要帶她去買東西。進了愛馬仕，熟識的櫃姐一看是他，喜笑顏開地說：「戴先生，特地幫你留了一些好東西。」櫃姐從倉庫迅速拿出三個大盒子，打開來全是柏金包，分別是寶藍色牛皮金扣、淺灰色鱷魚皮金扣、粉紅色鴕鳥皮銀扣。老戴對她說：「喜歡哪一個？還是都要？」那一刻她突然覺得身臨某個猥瑣版的民間傳說裡，一個腦滿腸肥的神仙問她：「小女孩，妳掉進河裡的斧頭是哪一把？金斧頭、銀斧頭，還是鐵斧頭？」而她的確知道選什麼最終才能同時得到三把斧頭——她只選了一個東方馬術系列的馬克杯。老戴說：「妳是看不起我嗎？」她笑，說：「我眞的就想要這個。」

晚上吃飯的時候，她主動說起了緣由：「以前我爸的書桌上就有一個這樣的杯子……」

老戴果然問：「妳爸是做生意的，還是當官的？」

她說：「都不重要了，反正被身邊的人陷害，後來入獄了。」

老戴心生憐惜，問：「現在放出來了嗎？」

她說：「爸爸身體不好，我讀大學的時候，他在裡面突然心肌梗塞，說沒就沒了。」

說到這裡，她流淚了，老戴立即坐過去抱住她。

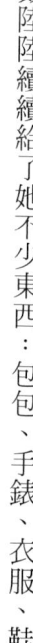

她淚眼迷濛地望著老戴，說：「以前我爸爸還在工作時，來我家求他辦事的人每天從樓上排到樓下，我家裡什麼好東西都有。後來他出事了，人人立即換了另一副嘴臉，家也被抄了，包括書桌上那個杯子。爸爸下葬的時候，沒有一個人來送他，我在他墳前立過誓，要永遠離開老家，再也不要看到那些人的嘴臉。哪怕我一個人在北京一輩子受窮、一輩子孤獨，都沒關係！」

老戴心疼極了，動情地說：「我會照顧妳的，傻丫頭。」

跟老戴在一起的這四五年，老戴陸陸續續給了她不少東西：包包、手錶、衣服、鞋子，直到去年幫她貸款買了御金台的房子。

她從不主動跟老戴要東西，她曾經對老戴說的那句話，其實也是對她自己說的：「妳不可能只從一個人身上得到所有想要的東西。」

所以，當她想要別的東西時，她會找別人要。例如，今年她突然想要一部瑪莎拉蒂。某天路過展售中心時，就直接進去了，選了一部四百多萬的紅色Levante，銷售人員問她要全額付清還是貸款，她說：「你先等等。」然後走到一個角落開始打電話。

她先撥了通電話，對方一接聽就開始撒嬌：「老公，嗚嗚嗚嗚，人家不開心，今天把我那部小破車給撞壞了……我人沒事啦，但那部車子得報廢了……我想買部瑪莎拉蒂，貴是貴了一點點，但人家想自我安慰一下嘛……老公幫人家付頭期款啦，也就一百三十萬，我保證以後不亂花錢了……好不好啦，老公，我已經在店裡坐著了，你就快點把頭期款匯過來嘛，剩下的我自己貸款，然後努力工作還，你就當安慰人家一下嘛……」

接著撥第二通電話，一樣是撒嬌：「老公，嗚嗚嗚嗚，人家不開心，今天把我那台小破車撞了……我人沒事啦，但那台車子肯定報廢了……我想買個瑪莎拉蒂，貴是貴一點點，但人家想自我激勵一下嘛……老公幫人家出一個頭期款啦，也就一百三十萬，我保證以後不亂花錢了……好不好啦，老公，我已經在店裡坐著了，你就快點把頭期款匯過來嘛，剩下的我自己貸款，然後努力工作還，你就當安慰人家一下嘛……」

然後撥了第三通電話。

三個電話都打完以後，她回到店裡，對銷售人員說：「全額付清。」

這三個肯買單的男人都是她用交友軟體搖出來的，當然並不是隨便亂搖，她很有自己的一套策略——她會專程開車到北京幾棟知名豪宅附近，打開手機開始搖，從西搖到東、從南搖到北，這些豪宅社區裡，有的是小心翼翼又欲求不滿的中年富貴無聊男子，她把他們搖出來以後，便發群組訊息問候：「你好，鄰居！」

附近的男人一聽是鄰居，多半會放鬆戒心地跟她聊幾句，加了微信以後，再一看她在社群軟體裡上傳的自拍照，又願意再多聊幾句。這時她會說：「其實我是你的準鄰居啦，打算在你們社區買房，最近一直在看，你有不錯的房子可以介紹給我嗎？」

這樣搖，命中率並不高。但就像客戶開發一樣，脫靶九百九十九次沒關係，命中一次就可以。對於命中的那個男人，她會約出來先喝個咖啡，然後裝模作樣地一起在社區看幾間二手房子，讓男人出點主意，最後種種原因沒買成也會請男人吃飯答謝。老戴送給她的行頭足以令這些男人相信她的出身和階層，一來二去，總有願意和這個漂亮溫婉的「白富美」搞搞曖昧。比如，分別爲她支付了瑪莎拉蒂頭期款的那三位。

她的社群網站有數十個分身，每個和她保持固定關係的男人，以及透過這個男人拓展開來的社交圈，嚴格地被分在一個群組裡。在公開的社群網站裡，除了自拍，她把自己塑造成一個純植物護膚品的聯合創始人，有自己的銷售團隊，業績不錯，月入百萬。不過這全是虛構的，產品、廣告、銷售都是網路盜圖，然後找人PS的。目的不過是做戲給老戴以及別的男人看：她開的名車、戴的珠寶、坐的頭等艙，全部是自己辛苦創業掙來的——可以理解爲另一種形式的「洗錢」。她在社群網站的數十個分身裡，平行扮演著不同男人的女友、玩伴、紅顏知己，她從男女關係裡發現了一個眞知灼見的祕密：任何男人其實都不想要全天候的伴侶，所以她可以把自己的全天劈成數個時段，用於經營不同的男人。

來北京八年，她覺得自己終於成了「城中名媛」。

御金台的房子還沒住熱，老戴的妻子就找上門來了。

戴太太一點都不客氣，透過門禁畫面對她說：「我是老戴的老婆，放心，不是來揍妳的，有事情要和妳當面溝通，妳躲不掉的。」

她誠惶誠恐，乖乖地打開門，見到老戴太太以後大吃一驚：她看起來感覺比自己還小，身材凹凸有致，穿一件皮製內搭褲，腳踩一雙十公分高的紅底Pigalle（Christian Louboutin經典款式尖頭細跟鞋），披著一件香奈兒的呢絨外套，也是長頭髮，束成了高高的馬尾，顯得臉更加緊繃。她仔細觀察了她的臉：玻尿酸的注射手法、妝容的重點，幾乎和自己如出一轍——她們根本是同一種女人。

這讓她立即洩了氣，想像中她應該和戴太太相比，是多麼不同的女人。以前聽老戴抱怨、嘮叨，總覺得戴太太彪悍、老氣、不講究，而自己溫柔、可人、會打扮，沒想到，男人果眞只愛吃同一種食物，說不定老戴還是因爲她有幾分像戴太太才肯垂青的。

戴太太看出了她的沮喪，笑了笑，說：「老戴二十年前在澳門混的時候，我就跟了他了，那時我也才十七歲，後來我們一起從澳門搬來了北京，估計我們應該差不多大。」

戴太太在她的公寓裡繞了一圈，最後站定在客廳的落地窗前，對她說：「妳千萬別以爲我是來要求妳離開老戴的，哈哈哈哈，我可管不了他！」

她怯怯地問：「那妳來幹什麼？」

戴太太說：「妳花了我的錢，現在請還給我。」

她惱怒：「我花了妳什麼錢？」

戴太太指了指這房子：「喏！這就是花我的錢買的。老戴膽大包天到挪用公司帳上的錢替妳付頭期款，每個月還給妳錢，公司是我和他共有的，所以，這不是花我的錢是什麼？」

她還想否認，戴太太又說：「妳知道老戴爲什麼不敢離婚嗎？因爲一離婚，財產立即就會對半劈。這就是法定配偶的權利。他在婚內花的每一分錢，都有一半是我的，我可沒同意替妳買房！」

「那妳想怎麼樣？」

「我不管這房子現在値多少錢，連著頭期款和每個月已經拿過的錢，妳給我四千萬，我一分錢都沒有訛妳，我都有算過的。」

「要是我不同意呢？」

戴太太說：「誰會主動同意呢？要是手裡沒東西，我拿什麼來跟妳談？」

戴太太打開自己的微信，翻出兩個連絡人給她看：「這兩個男的妳都認識吧？妳要是敢說不認識，我立刻把他們兩個叫到妳家來。」

她一看，的確是分別活在她設置的平行時空中的「男友」，兩個人都分別爲她的瑪莎拉蒂掏了一百三十萬頭期款。

戴太太嗤笑了一下：「不是我在說，妳們現在這一掛出來混的女生，也太貪了！竟然學會募資了！但北京這個圈子說大也不大，愛玩又大方的男的，來來去去就那些，我們老戴也是其中一個。人家肯爲妳花錢，是用了眞心，但並不代表這些男的蠢、膽小、無能，他們都是社會上有頭有臉的人物，妳這樣自作聰明地把他們當凱子，妳知道後果是什麼嗎？」

她立刻害怕了起來，用並不眞誠的哭腔求饒。

戴太太說：「妳呀，趁早把這房子賣了，把錢還給我。否則，我讓妳在北京、上海、廣州連同香港、澳門、台灣都混不下去。」

「姐，妳能不能高抬貴手放過我？我家裡環境不好！我窮怕了！」

「我也是苦出身的呢，所以才那麼看重我口袋裡的錢，妳說是吧？」

御金台的房子雖然貴，但只要肯比市價低百分之十，還是很好出售的。

她惹不起戴太太——人家已經把男人的資源轉換成了自己的資源，而她所有賴以生存並從中獲利的關係卻是基於欺騙，她賠不起。

拿到賣房的款項，匯給戴太太以後，就所剩無幾。她難過得想找個人說說話，一翻開通訊錄，卻發現沒有什麼朋友。她突然覺得，恐怕是時候離開北京了。

鬼使神差地，她撥了通電話給小郝。

「小雅，好久不見！妳還好嗎？找我有什麼事？」聽聲音，小郝從未忘記她，也沒有記恨她。

她眼淚流了下來：「沒什麼，就是突然想你了。」這一次，她是真心的。

「哦，呵呵。」小郝倒不知所措了。

「對了——」她剛想說「你最近有沒有時間，要不要見個面」，卻聽到電話那頭傳出小孩子的啼哭聲。

「你，當爸爸了？」

「嗯，老大三歲了。老二還在肚子裡。」

她把手機移開，怕小郝聽到她的啜泣。

「沒什麼，」她收拾好情緒，對小郝說，「我要離開北京了，成都那邊有個很好的機會。想來想去，還是要跟你說一聲。」

「呀！這麼突然！」小郝問，「什麼時候走，要不要一起吃個飯？」

「不了，你好好保重。代我向小朋友和太太問好。」

「小雅，妳也要保重。在成都好好的，實現妳的夢。」

掛了電話，她在國貿大飯店的房間裡對著北京城燈火輝煌的東三環痛哭失聲，如同許多年前在大學校園操場裡痛哭的那一次——那時她羞恥於被遺棄，而這一次，她羞恥於現在的自己。

離開北京前，她把瑪莎拉蒂也變賣了。賣車所得的三百多萬存進了小郝的銀行帳戶。當年她刷過那張卡太多次，帳號到現在都背的起來。

成都的房子，她來之前就租好了，就在高尚社區林立的桐梓林。她放下行李，下意識地打開了社交軟體。立刻就有了一則陌生訊息提醒——

「喲，美女，錦繡花園？」

「嗯。」

「加個微信？」

「好呀。」

CHAPTER 8

北京安得下妳的原生家庭嗎

她在北京想的，
全是那些瑣碎的、五花八門的、
可有可無的消遣與閒念，
而正是這些閒念，
令她感覺自在、特別，毫不孤單。

和前夫離婚，還是三年前的夏天。

八月初的北京，熱得像個烤箱，低矮的積雨雲把整個城市覆蓋得不見光、不透氣，男的女的、胖的瘦的，統統像掛進爐子裡的烤鴨，才三五分鐘，已然逼出了周身的汗水。

往通州區區公所的路上，她走得很快，不是急躁，而是雀躍。「走快點，」她催促前夫，「你是不知道現在離婚的比結婚的多，區公所人員還得按程序先調解，去晚了不知道又得等多久。」她不停解釋著，害怕被前夫看出她對這段婚姻的深重厭惡——畢竟還是有過好時光的。

直到辦完離婚手續，她才如釋重負，心裡被壓制許久的情緒頃刻全化成了快感：「我終於和這個男人的母親解除法律關係了！」

前夫似懂非懂、略有愧疚，問她：「妳一個人行嗎？」

她笑：「有什麼不行的？」

前夫又小心翼翼地問：「那，家裡妳的東西，什麼時候來收拾？」

她本來想說下個週末，轉念一想，乾脆說：「也沒什麼好收拾的了。打包好的，麻煩你叫個快遞送給我貨到付款，其他的，用得上的你就用，用不上的就都替我扔了吧。」

前夫被刺痛了一下，說：「那總得和媽一起吃頓飯，也算好聚好散吧……」

她望向前夫那對依然明亮、尚有幾分稚氣的大眼睛，情不自禁地替他撥開額頭上的幾縷亂髮，一絲難過、十分堅定，最後說：「什麼好聚好散？我們各自好好地活著，比什麼都好。」

事實是，她根本不想再看到前夫的母親，一次也不要。

不是恨。恨，說白了，是一種對恥辱的無力感，是被動的，是被施予的。她對前夫母親的感覺，是厭惡，是鄙夷，是絕對不想產生關係的無視。

和大多數上一代中國女人一樣，前夫的母親勤勞、守本分、節儉、隱忍，以及，即使吃過男人的苦，還是會本能地維護男人。即便如今她們已被大量的當代婆媳電視劇衝擊並教育著，在大是大非的問題上再也不敢僭越，但在所有日常相處的生活細節中，她們依然會不自覺地敗露出骨子裡根深蒂固的依附——無論如何，一定要牢牢依附一生中唯一一個不會背棄她們的男人，也就是，她們的兒子。

某一次前夫母親問她：「晚上想吃什麼？」她說：「就想吃個炒花椰菜。」前夫聽見了，也隨口附和：「對對，我也想吃。」

那天下班回到家，前夫並不在。聽他母親說，是公司臨時有個應酬，晚上就她們兩個吃飯。她餓極了，直到她坐到飯桌前才發現桌上只有兩碗菜：一碗青椒燒茄子，一碗不知道是什麼，看起來像炒馬鈴薯。

她問：「媽，沒炒花椰菜啊？」

前夫母親指了指那碗菜，說：「那不是嗎？」

她仔細一看，才發現那是一碗花椰菜梗。花椰菜削下來的梗切成條，再用醬油炒了炒。

她哭笑不得，問：「花椰菜本人呢？」

前夫母親扒了一口飯，慢悠悠地說：「我們兩個人一頓吃不了一個花椰菜，剩下的留著等明天家慶也在的時候再炒一頓。」

她拿筷子的手都在抖，分不清是因爲餓還是氣，她強忍著怒火，輕聲細語又不容質疑地說：「媽，這個家，我也在賺錢，一棵花椰菜而已，一頓吃不完會怎麼樣？我們吃得起。」

前夫母親自顧自地吃著，像沒聽見。

她把碗筷一擱，去廚房把冰箱裡那碗擇得乾乾淨淨的花椰菜拿了出來，下進鍋裡一陣快炒，然後端到飯桌上大搖大擺地吃得一乾二淨。

「媽，妳看，誰說吃不了？我一個人也能吃完。」

前夫母親鐵青著臉，說：「妳吃吧，我先睡了。」便回房間裡把門關上，再也沒出來。

自那次以後，前夫不在的場合，前夫母親幾乎不會和她講話。前夫母親甚至在洗衣服的時候，會特地把她的衣服一件件挑出來，放在一旁，告訴她：「妳自己洗吧。妳的衣服都不便宜，我怕我給妳洗壞了。」

奇怪的是，她們互相並不覺得尷尬，反而各自都更加放鬆、自然。前夫不在家的時候，她和前夫母親非常有默契地在不同時段走出自己的房門，去客廳看電視、去廚房煮飯、去浴室洗漱，沒有任何交疊，不會製造難堪。她想起來不知道是誰說過這麼一句話：「窮人的婚姻就是一場合租。」

公司裡的已婚大姐們聽她聊起這種種，都咯咯地笑，後來又安慰她：「雖然喊的也是媽，但婆婆也就是個後媽。尤其妳這種長期和後媽一起生活的，如果日子想往下過，就得趕緊生個孩子。生了孩子，別說婆婆，連老公妳都無所謂了。」

她跟著笑，卻忍不住反問她們：「日子幹嘛非得往下過？這種日子眞有過的必要嗎？」

大姐們猶豫了一下，語重心長地教育她：「不往下過，妳還能離呀？妳多大年紀了？三十一還是三十二了？是，妳長得還行，但長得還行、工作還行而且二十多歲一次婚都沒結過的女生，全北京有一大堆，妳離過一次婚的，拿什麼跟人比？妳老公我們也都見過，濃眉大眼、一表人才，還在公家單位上班，妳要是跟他離婚了，人家轉身就能再找一個更年輕、更漂亮的爲他生二胎，跟妳說，男的只要沒孩子，結多少次婚，一旦離了都算未婚。妳呢？妳要是離婚了，房子若給妳還好，房子若不是妳的，基本上，這些年，妳在北京就算白混

了，又得重頭再來一輪：找房子、找老公，妳經得起嗎妳？」

她不再說話，心裡卻嘀咕：「當初來北京，又不是搶著當家庭主婦才來的。」

那時候前夫大概也想和她繼續把日子過下去，很直接地用行動表達過好幾次——

一個夜裡，她洗漱完剛上床躺著，前夫就壓了上來，蠻狠地吻她、揉她、嚙她，她不舒服，翻過身說：「你幹嘛啊？」

前夫一邊喘著粗氣，一邊用手把她的臉撥了過來，看著她，頗有幾分動情：「想要妳啊。」

她看著前夫長長的睫毛、挺拔的鼻梁、稜角分明的下巴，也動情了——她還是愛他的。於是，她將身子迎了上去。

前夫三兩下就脫了內褲，要往裡送。她趕緊推開，說：「等等。」然後伸出一隻手，拉開了床頭櫃的抽屜摸索著。

「別找了。」前夫壓住她，「前兩天媽收拾房間的時候，全部都收走了。」

「什麼？」她被嚇到了，用力掙扎地坐了起來，問，「你媽憑什麼亂動我房間裡的東西？」

前夫看她生氣了，也不敢輕舉妄動，說：「媽沒動妳的東西，只把保險套拿走了。她說：『明媒正娶的兩個人，也沒孩子，還用這個幹嘛？』」

「那就別做了。」她說。

「爲什麼呀？」前夫惱怒，「婚都結了好幾年，妳還怕懷孕嗎？」

「反正現在不是時候。」

「那什麼時候才是時候？」前夫敗了性致，和她吵了起來，「我們有房，還跟我媽一起住，生了孩子都不用妳帶。長大了，上幼稚園、上小學，全是我們單位上的重點學校，你一點都不用操心。別家夫妻拚死拚活做試管、買學區房都要把孩子生下來，而我已經把一條大路鋪開來了讓妳生，妳是在矯情什麼？」

「你別逼我。」她冷冷地說，「等我想好了，不用你和你媽催。」

過了兩天，前夫又出差了，她坐在沙發上看電視，前夫母親主動湊了上來，跟她聊天：

「聽家慶說，妳不打算要孩子？」

「不是不要，是現在條件還不成熟。」

「怎麼不成熟？」前夫母親急了，「女的過了十八歲，就成熟了。其他的全是藉口。當年我生家慶，妳媽生妳，還不是說生就生了？我們這一代當媽的，當年懷你們的時候連根香蕉都吃不起，哪有你們現在這麼好的條件？妳別怪我說句難聽的，妳現在就是占著茅坑不拉屎！」

她看著前夫母親，覺得意料之外、情理之中，既然對方敢說得這麼直白，她也沒什麼好忍著的：「生？生了住哪裡？就這麼個二十四坪大小的房子，妳不覺得現在這個家已經很擠了嗎？」

前夫母親消化了一下這句話，總算收斂了些，快快地說：「我明白了。妳放心，妳要是生了，我就搬出去，我請家慶在附近幫我租一個房子，妳願意讓我照顧孩子，我就過來，不願意呢，你們一家人就安安心心地過自己的日子。」

結果還沒等她懷孕，沒過多久，哥哥打電話來，說：「爸中風了。」

她匆匆忙忙地趕回老家，父親在病床上半臥著，口眼歪斜，一動不動，只能發出「咿咿呀呀」的無意義音節。嫂嫂坐在旁邊，玩著手機遊戲，頭也不抬一下。

「我哥呢？」

「在店裡，沒人不行。」

一百八十二公分高、虎背熊腰的父親，像矮了半顆頭。印象裡，父親一直是紅光滿面、忙前跑後的掌勺大廚——「喝！」「這個也來一份！」「這點酒算什麼！」……來來回回這幾句口頭禪，父親彷彿昨天還在說。

一想到這裡，她難過到不行，哽咽著問嫂嫂：「上週打電話還好端端的，能吃能喝，怎麼說中風就中風了？」

嫂嫂說：「誰知道？別說妳爸那麼愛吃肉愛喝酒，好多菸酒不沾、天天鍛鍊身體的老人，還不是說中就中了，反正這種事，碰上了只能自認倒楣。」
她在父親身旁坐下，想摸摸父親的腿，父親突然「哇啦哇啦」地喊了起來，眼珠來回轉個不停，一臉驚恐。她伸手一摸，被褥是濕的——父親尿床了。
就那麼一瞬間，她的心被擊穿，哭著責問嫂嫂：「妳怎麼都不照顧他！」
嫂子「嗤」了一下，反問她：「我剛從收費站下了大夜班回來，還沒睡呢，就來守著。再說，妳這個親生女兒平時也沒在照顧，出事了倒知道挑我們這些外人的不是！」
她羞愧難當，鄭重地說：「我會想辦法的。」
父親住了幾天院，病情穩定後便出院回家了，她亦帶著一個堅定的想法回了北京。
「家慶、媽，有件事想和你們商量一下。」
前夫和母親直直地看著她，她直直地看著他們，三方都知道，有些什麼事即將無法挽回。「我爸中風了，半邊身體不能動，我嫂嫂在高速公路的收費站上班，我哥要管理我爸的餐廳，都是需要耗時間的事情。我想把我爸接到北京來，一起陪他做復健。」
「住多久？」前夫問了最關鍵的問題。
「不好說，他這樣的情況，要恢復到生活可以自理，可能要兩到三年。」
「那妳有什麼打算？」
她看了一眼前夫母親，說：「這段時間，我爸一定得和我住在一起。我想的是，我們出錢，替媽在我們社區另外租一間房子，媽自己住，這樣也不用天天伺候我們吃喝拉撒了。等我爸好一點了，再把媽接回來。」

她話才剛說完，前夫母親的眼淚算準了節奏，精準地落了下來，說：「好，我懂。妳也別浪費家慶的錢，我可以回老家。」

前夫母親轉身回到了房間，把門關上，弄出翻箱倒櫃的聲響。前夫急了，拉她下樓，在社區的廣場上拉開嗓子和她吵：「妳這是在趕我媽走嗎？」

「這怎麼會是趕你媽走？我爸的困難就很明顯地擺在這裡！」她已然受傷了。

「那不行！」前夫嘶吼，「我媽得和我一起過！」

「那我爸怎麼辦？你難道要讓我搬出去跟我爸租房子住？」

「我管妳爸怎麼樣！」說完這句話，前夫也意識到風度全無，話說得太超過了，立即換了一副受傷、委屈的模樣，含淚地說：「妳爸還有妳哥、妳嫂嫂，我媽卻只有我。妳又不是知道，我媽以前受過多大的苦……」

她冷眼看著前夫，看著這個確實從原生困境中走出來的男人，意識到他絕對不可能掙脫他曾賴以爲生的母愛，於是淡漠。

「我們離婚吧。」

家慶母親確實吃過特別多苦。

在家慶小一點的時候，只是受貧窮之苦。等家慶上了國中，家慶的父親硬要離婚，跟人去了深圳後，從此杳無音信，那時家慶的母親就不只是受貧窮之苦，她還要受怕、受累、受冷眼旁觀、受閒言閒語。

訥河這個地方，只要是產業工人家庭，九〇年代普遍被資遣，家家戶戶都困難。家慶母親，一個被資遣的失婚婦女，在走投無路之下，被迫在家裡開起了麻將館，靠一個人三十元的台位費，把日子撐了下去。

家慶母親自顧不暇，每天能把三餐張羅到位，已是要賠盡笑臉與力氣。她沒有什麼教育方法，只是一遍一遍地對家慶灌輸：「你要好好學習，你唯一能依靠的，只有成績。不然你長大了，就跟來我們家打麻將的這些叔叔一樣，菸要蹭、茶要蹭，牌桌上還不忘跟人吹牛，像是誰誰誰是他的哥兒們，誰誰誰是他戰友——他要是眞的認識這些人，還會在這裡坐著打幾十塊錢的小麻將？輸個幾百塊簡直要去殺人。家慶，生在我們這樣的家庭、這樣的街道，是命。但命，也是可以改的。」

家慶很爭氣，成績從未跌出前五名。讀高中的時候，他有一天深夜裡醒來，聽見母親在屋外對常來打麻將的張四哥說：「四哥，我早已沒了這份心，只巴望著家慶能順利讀到大學畢業，我一輩子苦，眼看著家慶要有出息了，我可不敢在這時候再幫他找個爹。」

四哥說：「孩子會理解的，我平時和家慶也處得不錯。」

母親說：「四哥，我謝謝你這麼多年來，明裡暗裡地幫忙。我都記著呢，往後我只能請家慶來孝敬你了。我們的事，就別再提了。」

考大學之前，北京國際關係學校來學校挑學生，一眼就看中了家慶：成績好，人又長得出色。老師提醒家慶，以他的成績，努力一點，清華、北大也十拿九穩。國際關係學校是提前錄取院校，要是填了，考上了就得去。

國關的招生老師笑了，說：「清華、北大好是好，但在我們學校，優秀畢業生基本上都能分配去國家當官員。」

聽到這裡，家慶說：「那好。我就考國關。」

老師攔住他：「你不用再跟你媽商量一下嗎？」

「不用，我媽懂。」

家慶考上國際關係學校那天，母親拿著他的錄取通知書在麻將館裡當著牌友們的面，又哭又笑：「總算要熬出頭了！」

家慶也哭，說：「媽！等我在北京買了房子，立刻接妳來和我一起住！」

家慶沒有食言，大學畢業後，他輕鬆通過國考，進了公家單位。又熬了七年，趕上國家釋出員工購房的時機，那一批房子全在通州北苑（注：位在北京市中心的東邊市郊），許多同事不願意去，家慶當時也準備要結婚了，很順利地拿到了員工購房的名額，買了一間兩房一廳的房子。二〇一二年的夏天，家慶帶著她回訥河補辦婚宴，順便接母親來京。

家慶在中央機關當主管，早被他母親在訥河傳開了。他們的婚宴眞的辦出了范進中舉的架勢——不是親的也來認親，就連當地政府也來了幾個不大不小的官員到場恭賀他。酒席上，家慶母親喝多了，滿場跑、滿場打包票：「以後我們在北京也有人了，有什麼事，您直接說，家慶一定可以幫得上忙！」

回北京以後，眞的陸陸續續有不少人透過家慶母親找他幫忙，許多是想來北京看病，託家慶去很難掛得到號的醫院幫忙掛號。捎來的話全是：「我們家慶可是中央的官員，別說出去讓老家人笑話，去醫院掛個號還得耗費心力。」他母親一聽到這話，當然全應承下來：「不費力！家慶一句話就可以完成了！」

家慶苦不堪言，爲了母親的顏面，最初他只能親自徹夜去醫院門口排隊等發號碼牌，後來他認識了幾個專門賣號碼牌的人，發現只要稍微花點錢，也能買到號碼，這才輕鬆了起來。但這還不算什麼，老家來找他辦事的人越來越多，求的事也越來越離奇，很多老家來的人眞以爲家慶無所不能，什麼口都敢開：「你侄兒高中畢業沒書讀了，你幫他找個大學上。」「我們老家要修高速公路了，你想想辦法發個路段讓叔叔來承包。」「你佳佳姐老在家混著也不是辦法，你在北京幫她安插一個單位，讓她跟著你過去吧，市郊也可以！」……

家慶終於受不了了，對母親說：「媽，以後別替老家人張羅事情了，本來就沒多熟，我也沒那個能力，我們都搬到北京了，關起門來開開心心地過好自己的日子，不行嗎？」

母親苦笑，說：「當年我開麻將館的時候，來打牌的那些男的，都沒安好心，給了茶水費還要諷刺我，說你是吃他們的飯長大的，個個都算你爹。現在他們還不是孫子似的來求你辦這辦那？我就是想讓他們知道，究竟誰是誰爹！」

家慶母親說這話時，她就在旁邊，聽得目瞪口呆，她心想：「不就是來了北京嗎？這媽媽怎麼弄得跟大仇得報似的？」

其實她早就來過北京，又離開過北京。

她大學讀經濟系，二〇〇八年畢業的時候，就業的大環境已經相當嚴峻了，應屆畢業生工作不好找，夾到碗裡的都是菜，最後她去一家物流公司當會計，房子租在舊宮新苑。上班一個禮拜後，她突然意識到：「我從這裡再往南走也可以到保定！」

所以，那時候，她並不覺得北京有多好。物流公司現金流大，帳務多，週末經常加班。從舊宮去王府井，坐直達公車最快也得一個半小時。閒暇時，她最遠去一趟方莊，看電影、逛購物中心、吃吃飯，否則待在舊宮，會感覺周遭一切與保定別無二致。

最終令她放棄北京的，是不講信用的房東。某個週日她正在家裡休息，房東突然開門進來，帶人看房。

她又羞又怒，說：「妳怎麼沒有經過我的同意就進來了？」

身材豐腴的中年女房東根本不把她放在眼裡，罵她：「這是我的房子，還要妳同意？」

她說：「妳懂不懂法律啊？租房合約上面明明白白地寫著，房東不得擅自干擾房客的生活。我付了租金，是受法律保護的！」

女房東皮笑肉不笑：「哎喲喂，嚇到我了。妳們這些外地來的，問題還真不少。好，那我也正好提前通知妳，這房子我要賣了，妳下週搬走吧。」

她被嚇得語無倫次，說話都結巴：「明明還……還……還有三個月才到期，妳憑什麼趕我走？」

女房東說：「剩下三個月的房租我還給妳，妳明天就給我搬！」

「講不講法律？講不講信用？」

女房東丟了最後一句話給她：「我跟妳沒什麼可廢話的。」

房東走後，她生了一會兒悶氣，最後還是無奈地開始打包東西。收拾到一半，她打電話給父親：「爸，我想回保定了，北京眞沒意思。」

「哦。」父親淡淡地說，「想清楚了就回來吧。」

父親其實是一個驕傲的人。

他的驕傲源於他的自信——他是個廚師，在人民廣播電台的員工餐廳工作。因爲菜燒得太好，廣播電台的主管們就連請客都不願意去外面的餐廳，而是客客氣氣地請他去家裡或者在食堂開伙。

「我憑本事吃飯的，我不會求人。」這是父親常掛在嘴邊的話，「你看，有本事，主管倒要求你。」

上小學五年級的時候，在長途客運擔任售票員的母親在一場車禍中去世，回保定的夜裡，司機因爲疲勞駕駛，高速行駛中發生側翻，司機繫著安全帶，逃過死劫。而在客座上熟睡的母親被猛烈甩出窗外，連搶救的機會都沒有。母親的遺體運到殯儀館時，禮儀師花了好幾個小時才勉強整理出一副完整的儀容，她和哥哥哭得聲嘶力竭，喊著要看媽媽，父親攔住他們，問：「媽媽漂不漂亮？」
小兄妹倆泣不成聲，不停點頭。
「那就記住媽媽漂亮的樣子，媽媽已經走了，裡面躺著的，不是媽媽，不要看了。」
處理完母親的後事，父親提出了辭呈，主管攔住他，問：「做得好好的，爲什麼要辭職？你是悲痛過度了吧？」
父親笑，說：「咳！什麼悲痛過度啊！就這麼點薪水我一個人養不活兩個小的呀！您要是還看得起我，以後多來照顧我生意就行。」
就這樣，父親拿著母親的撫恤金，頂下了廣播電台附近的一個小門面，開了間餐廳，一個人又當老闆又當大廚，做了十幾年，不敢生病、不敢懶散，像棵挺拔的老樹，憋著一口氣，在保定買了棟大房子，供她念完大學，沒有張口求過任何人的施捨，一個人完成了一個家庭的使命。

回了保定，她才發現在本地找工作比在北京難。
這樣的城市機會本來就不多，金飯碗、好工作，統統要靠關係，可以直接上工的要嘛是銷售員，要嘛是服務生，她越來越灰心，卻不肯絕望。

在家賦閒了一個月，父親輕描淡寫地說：「以前廣播電台的姚台長，聽說妳回來了，想見見妳。妳去吧。」

姚台長見到她，非常親切，直接切入主題：「亞南，來台裡上班吧，我們這裡正缺一名財務。薪水比不了北京，但滿輕鬆的，最重要的是，妳現在能多陪陪妳爸爸了。」

一萬一千元，這是電台給她開的薪水。之前在北京，她的薪水是兩萬六千元。住在家裡，的確花不了什麼錢，但一萬一千元的生活，即使在保定，也是沒有任何想像空間的。以及，可以預見，留在這裡，恐怕十年以後，一萬一千元也不會漲到兩萬六千元。

在電台工作了半年，那種猶豫、心悶、無力、困惑，比沒有工作的時候還多。

期間電台做了一集節目，採訪一個住在郊區每天坐火車去北京上下班的年輕男人。

主持人問他：「幹嘛不在北京租個房子呢？」

年輕男人說：「我搭火車，每天七點四十分上車，八點五十分到北京西，我上班的公司就在蓮花橋附近，九點半上班，下了班，再搭個火車就可以回家了，每天往返才一百三十元不到，我還能在火車上吃早飯和晚飯。」

主持人問：「你能堅持多久呢？」

年輕男人答：「堅持到有能力徹底搬到北京爲止吧。」

主持人笑了，問：「北京就那麼好嗎？」

年輕男人停了一下，眞誠地回答：「好。不是賺錢機會多，哪怕就一個小時的路程，但是在北京和在老家，人想的事情完全不一樣。」

她在直播間外面，一字不漏地聽完了這集節目，淚意滿眶。是啊，就是想的事情不一樣。想起之前在北京讀大學、短暫工作，她也並不是在想發財、買房子、結婚、生孩子，她想的是，週末要不要去參觀新的展覽，三里屯太古里新開的那幾家店要不要逛一下，網路論壇的版聚要不要去參加，北大光華的MBA公開講座要不要去聽一下……她在北京想的，全是那些瑣碎的、五花八門的、可有可無的消遣與閒念，而正是這些閒念，令她感覺自在、特別，毫不孤單。

在保定，想來想去，才發現其實沒有什麼可以想的。

「爸，我還是想回北京。」

「這邊的工作不要了？」

「我已經辭了。」她感覺非常輕鬆。

「哦。」父親又是淡淡地說，「妳這次就在北京老實待著吧，別老是往家裡跑了。」

哥哥開車送她進京，中途還是逮了個機會，埋怨了她一下：「妳把爸弄得滿難過的。」

她不解，問：「他難過什麼？我又沒幹嘛！」

哥哥嘆了口氣，幽幽地說：「妳以爲廣播電台的工作是白給的？那是爸拿了飯館百分之二十的股份去和姚台長換的。」說罷，又意味深長地看了她一眼，「爸之前從來沒有開口求過人。」

她羞愧地低下頭，說：「我對不起爸……」

而她心裡還有後半句話沒有說出口：「可是我也不想對不起自己。」

二〇一〇年夏天，她決定重新和北京認眞而持續地相處。

她在中關村找到了工作，住在北沙灘，像回到了學生時代，一個人，喜悅地過起了微小的日子。

第二年的北京大學生電影節，她想去看《到阜陽六百里》，到處找不到票。她搜了搜微博，發現有個人在轉讓北師大放映場的票，她留言聯繫上了對方，兩人約定直接在北師大門口面交。

就這樣，她認識了家慶。她永遠記得在那個滿城飛絮的深春，穿著合身高領衫，理了清爽短髮的家慶朝她走來的樣子，彷彿不偏不倚的一束斜陽，並不刺眼卻很溫暖，讓她忍不住想更靠近一些。

「是妳訂了我的票嗎？」家慶問。

「是我，」她無端端羞澀起來，「我要給你多少錢？」

家慶端端地看了看她，說：「不用了，反正我也用不上。就送給妳看了。」

「那怎麼行？」她知道自己接下來要說什麼，「除非改天你讓我請你吃飯。」

家慶笑得很開心，說：「好啊。」

她接過電影票，目送家慶去公車站，沒想到家慶才走了五十公尺，就折返回來，訕訕地說：「我想了想，晚上的同學聚會一定又是大吃大喝，我還是和妳一起去看電影吧，可以嗎？」

最後，家慶又說：「這樣的話，妳就不用請我吃飯了。我請妳。」

再齷齪的婚姻最初也可能始於一份靜好的愛情。

她驚訝於家慶不是無趣的公務員，家慶驚訝於她不是物質的北漂女。他們圓滿了彼此在校園時期沒有機會或能力擁有的純情。因為家慶的工作，她和他約會不是去看藝術展，就是去聽音樂會，而她從父親那裡學來的幾道拿手小菜正好也用來回報家慶。

他苦過，她寂寞過，負隅堅守的樂趣，就在於終有一天，能以自己的雙手撥開過往的愁苦，看見觸手可及的希望和幸福。

家慶鄭重地問她：「如果我們結婚了，妳會介意我媽和我們一起住嗎？」

她想了想，說：「我很小就沒媽了，家裡只有爸爸和哥哥，我感覺我從小生活裡就缺失一個女性角色，所以你看我也不會化妝、打扮，女孩子會做的事情我很多都不會。說不定，我以後也不會做母親。你那麼優秀，你媽一定也是個出色的女人，我也希望當她的女兒。」

家慶深深地吻了她，說：「我好幸福。」

當然，她也不放心地問了一句：「如果以後我和你媽有了衝突，你會幫著誰？」

「永遠向著妳。」家慶不假思索，志在必得。

結局大家都看見了——家慶最後選了媽。

她氣過之後，慢慢理解：他是被他母親塑造並成就的人，而她的好和他們曾有過的愛情，對於家慶來說，都是身外之物，甚至顯得不夠真實。他的母親早已將母子倆共同受過的苦難反覆確鑿地刻進了他的生命裡，若有一刻忘記，便是忘本，便是背棄。

離婚的時候，家慶有些自責，說：「抱歉，雖然房子妳出了一半的錢，但房子沒辦法給妳，公家單位的房子，是沒有產權的。」

她故意說：「沒事，就當我爸替我交了房租。」

家慶臉上紅一陣白一陣，說：「別這麼說，那些錢，當作是我借的。我會想辦法盡快還妳。」

離婚之後，她在梨園附近租了一棟公寓，又去公司提離職，公司的大姐說：「妳瘋了？剛離婚又沒房子，還把工作扔了！妳這是要幹嘛！」

她笑了，說：「就這麼點薪水養不活我跟我爸呀！」

愛情，或者工作，其實都是機會的一種。大城市的好，不只是提供許多現成的機會，更會不斷地啓發妳、升級妳，讓妳看到新的途徑、新的思路、新的領域，然後，妳可以親手爲自己創造機會。

有一次，因爲公司的幾筆帳務，她被國稅局的人員約去面談，都是一些小問題。結果等她到了稅務所，在她之前被約來面談的企業法人和會計糾纏了一個多小時，還解釋不清楚公司往來的帳目，國稅局的人員也死活不給通過，她就在旁邊乾等著，聽都聽明白了。

原來那個妖嬈嬌媚的企業法人是一個淘寶網紅，在微博發廣告、在網拍店當模特兒、和品牌合作分銷……都是有收入的。而這些收入的數額又大，合作方要求開發票，她不得不成立了公司跑帳。因爲不懂財務，她胡亂找了個剛畢業的小女生替她記帳，小女生傻乎乎的，入一筆就記一筆，網紅又沒什麼經營成本，於是整個公司的帳面就只有巨額收入沒有分文支出，報稅的時候，負責該業務的國稅局人員一看就嚇到了，立刻叫過來面談。

網紅著急得要哭了，說：「我憑什麼要繳那麼多稅？我有成本啊，你看我有這麼多購物發票！」

國稅局人員說：「妳那些都是個人支出，不能用來沖公司帳。」

雙方就這麼來來回回地吵鬧個沒完沒了。

她最後等得不耐煩，乾脆親自去調解。

她對網紅說：「把妳的微博、淘寶頁面給我打開，妳發票上買的這些東西，全在網上拍照晒過吧？」

網紅不解，又看她胸有成竹的樣子，就趕緊把晒過的照片全找了出來。

她拿著那些照片和發票，對國稅局人員說：「她的公司業務就是她自己。她透過在網路展示個人衣著來產出內容、展開商業合作，所以她買衣服和包包都是爲公司推廣業務、經營。你看，她買的這些都用於商業露出了，確實屬於公司成本。這是現在新興的行銷方式，以後這種公司會越來越多。」

國稅局人員聽懂了，又來回核查了幾遍，就通過網紅的審查了。

等她辦完自己的業務，準備回公司時，發現網紅還在大廳等她。

網紅拉住她，殷切地說：「姐，剛才真的謝謝妳。我什麼都不懂，在裡面都要哭了！妳能不能來幫我做帳？不用全職，看妳方便，做兼職就可以。我的業務反正妳也知道就那些，妳都摸清了。」

她想了想，說：「可以啊，一個月三萬四，我幫妳處理公司的一切帳務。包括做帳、報稅、代開發票、公司年檢。我不坐辦公室，妳把帳交給我，事情我幫妳都辦好。」

網紅簡直千恩萬謝，根本不和她討價還價。

三萬四千元，快趕上她在前公司一個月的薪水了。而且還不用坐辦公室，意味著，一些必要支出減少，可支配時間變多，這正是她需要的。況且，暗暗幫網紅做了幾個月兼職財務以後，網紅又介紹了其他網紅朋友來找她做帳，固定了四五個客戶，已是一筆可觀的收入。

一切就緒後，她包了輛車，去保定接父親。

她說：「爸，以後你就跟著我過了。」

即使做好了所有準備與心理建設，她還是低估了獨自照料中風病人的壓力——和所有突然中風的老人一樣，父親覺得自己喪失的不是說話和行動的能力，而是他這一輩子最看重的自尊。

他變得很暴躁，一開始不肯配合，不願意坐輪椅，不願意讓她扶著大小便，他用半邊還能動的身體砸東西、推她，衝著她哇哇亂喊。她若無其事地忍下來，一遍又一遍對父親溫柔地說：「爸，我是你的女兒。你要相信我。」

有一段時間情況變得很糟，她外出辦事回來，發現父親總是跌坐在地板上，或者頭撞破了，或者膝蓋破皮了，或者嘴唇咬破了——父親趁她不在的時候，焦躁地嘗試像從前那樣正常走路，然後，一遍又一遍地，狠狠摔在地上。

某次她回來，看見父親又倒在地上，滿嘴是血，門牙撞掉半截，她又心疼又氣急，終於崩潰，坐在地上號啕大哭：「爸！求你別折磨我了！你聽我的話可不可以！」

爸爸癱在地上，眼睛閃動了幾下，像個不會說話的幼兒，不顧一切地，「嗚嗚呀呀」地慟哭。她從未見過父親落淚，而這一刻，父親哭得那麼用力、那麼傷心，半邊有知覺的臉和半邊歪斜的臉擠在一起顯得特別面目猙獰，他動不了，就任由眼淚流過嘴角，掛上血沫，再滴到地上——那一幕她終生難忘。

她連忙收拾情緒，打電話給救護車，送父親去醫院。一路上，她不停地在父親耳邊道

歉：「爸，我錯了，我錯了。」

父親再一次出院後，兩人相安無事了兩星期，她以為父親終於放棄了掙扎。等她某天再度外出歸來，打開門看見的，令她倒吸一口涼氣——父親摔倒在窗台下，而一張椅子歪倒在一邊，那場面十分明顯，父親想踩著椅子從窗台跳下去，但他根本沒有平衡能力，剛勉強爬上了椅子，就摔了下來。

父親與她面面相覷，知道她看穿了他的意圖，又狼狽地哭了。他張嘴想說話，一個字都說不清楚。最後，他用左手，蘸著自己的鼻涕和眼淚，在地板上艱難地寫下三個字——

我。沒。用。

「不能哭，不能哭，不能哭！」她在心裡提醒自己，這個時候不能哭，再也不能讓父親看出自己的軟弱和無奈，再也不能讓父親知道自己也很害怕和痛苦。她掐紅了自己的大腿，才把眼淚硬生生地忍了回去，然後走到父親身邊，把他扶上了床，又輕輕整理好他的頭髮和衣裳，對他說：「爸，你不要著急，我都不急，醫生說了，像你這樣半邊身子不聽使喚的，慢慢鍛鍊，能徹底恢復過來。我有計畫呀，也有時間，你不要擔心，不要怕。我來北京，是為了有個家，別的我不知道，但這家裡必須要有你。你不是我必須盡的義務、必須背的責任，你就是我的家。我知道你最要面子，又喜歡逞強，但沒關係，我們還有大半輩子可以學會相互妥協。你說是不是？爸，我是你的女兒，我長大了，你在我面前示弱，讓我照顧，你也還是我爸，特別厲害的爸爸！」

父親咧了咧嘴，笑了。

這三年，除了工作，她把所有精力都用於幫父親復健。她每天帶他散步，幫他按摩，帶著他一字一字地讀報，效果非常顯著——除了語言表達還很困難，父親的身體已經算行動自如了，他甚至可以慢跑，做簡單的家務。

前陣子，父親堅持要替她做自己拿手的炒花椰菜，他的手並不穩，鹽放多了，翻炒慢了，一碗花椰菜又鹹又爛，她大口大口地吃：「哎呀，真香！」父親硬要她餵自己一口嘗嘗，吃進嘴裡，父親便知道是什麼滋味了。他把花椰菜吐了出來，對著她傻呵呵地笑，笑著笑著，眼淚又下來了。

「你看你，年紀越大，反倒是越來越愛哭了。」她一邊笑父親，一邊又夾了一筷子花椰菜吃。

幾乎三年未見，家慶發福了。

下巴多了好幾層，肚子圓滾滾的，連帶著手腳看起來都短了不少。除了那對明亮的黑眼睛還能認出來，家慶現在無異於任何一個被炮轟的油膩中年男子。

「看樣子過得不錯呀。」她說。

家慶苦笑不已。他跟她離婚不到一年就再婚了。像她以前公司大姐說的，男人只要沒孩子，離多少次都算未婚。那時一表人才的家慶被部裡某個長官相中，介紹給自己姐姐的女兒。交往了半年，對方家裡就催促著結婚——那女子比家慶大四歲，再不抓緊時間辦事，恐怕就快沒有能力自己懷孕當媽了。

岳父是做影視傳媒公司的，非常一脈相承。女兒嬌生慣養、成年無能，選家慶自然是選來做家族事業的繼承者、女兒下半生的監護人。結婚後，家慶乖乖地從公家機關辭職，去岳父公司擔任副總。從類似象牙塔的衙門，一下滾進花花世界，夜夜喝酒談案子，很快就把家慶皮球似的吹脹了。

「你媽呢？還好嗎？」

「我媽回老家了。」家慶哀怨地說，「她說在北京太孤單了。」

「有你陪著，怎麼會孤單？」

家慶聽出了她的戲謔，說：「別取笑我了。她一開始跟我住別墅就不習慣，家裡有三個阿姨，什麼都不讓她碰，她做的飯，我太太也不吃，說口味太重，吃不慣。她說自己越住越像個客人，處處不自在。」

家慶喝了一口酒，接著說：「孩子出生以後，她跟我太太就更不對盤了。我岳父、岳母也不讓她碰孩子，說已經請了專業的保姆，這是爲了孩子好，讓她理解。有一次我太太看見她私下不知道餵什麼給孩子吃，衝過去奪了下來，對她嚷嚷：『不懂帶孩子別亂餵。』我媽當場就哭了，說：『我怎麼不懂？家慶不就是我帶大的嗎？要是帶得不好，你們一家人怎麼看得上！』」

「後來我媽就搬出了別墅，住在太太家的另一棟房子裡。我岳父岳母有自己的生活，兩老沒事就去美國住，我太太和我出去旅遊的時候，帶我媽也不適合。平時忙起來也沒時間去看她。她一個人住了半年，就死活要回老家。我只好替她在老家買了棟房子，讓她回去。」

聽家慶說著，她難受極了，以前只是覺得家慶母親可悲，現在覺得家慶母親異常可憐。

「值得嗎？家慶，這一切值得嗎？」

家慶淚水在眼眶裡打轉，哽咽著說：「亞南，妳知道我不是那樣的人。但妳知道，我媽在回老家之前，對我說了什麼嗎？她說，『如果你眞孝順媽，就不准再離婚。』」

家慶想起去年冬天下第一場雪時，他送母親去機場。臨別前，母親對他說的遠遠不只一句。母親說，「像我們這樣的出身，如今你能住在那樣的大房子裡、在那麼大的公司當老總，一定要惜福。當媽的享福未必眞要和兒子同吃同住，只要回到老家，在任何人面前說起自己在北京有個那樣的兒子，才眞的是有面子、有福。」母親還說，「媽這輩子最大的私心，就是怕你被欺負、被人看不起。以前擔心你前妻照顧你不周到，才硬要和你們住在一起，逼得前妻和你離婚。現在你倒在這樣的富貴人家裡，自己再不走，惹得你岳父岳母不開心，萬一他們要女兒和你離婚怎麼辦？他們現在給你的一切，他們還來得及收回去。我們兩個相依爲命這麼多年，應當知道，我們從來就沒資格鬧脾氣。」

母親最後說：「媽盡力了，護了你上半輩子，搭上媽自己的名聲、幸福、顏面，落了無數的口舌，擔了許多人的恨，換你一個榮華富貴的下半輩子，可以了。」

她不想再看家慶這副模樣，便問：「你約我出來什麼事？」

家慶收拾了情緒，從口袋裡掏出一張支票，說：「這是當年買房時妳掏的錢，拿著妳的身分證去銀行兌現就行。」

她接過支票一看，不多不少，正是當年她出的那個數字。想必他還未被妻子的家族信任，經手的每一筆款項都會被追溯。這樣也好，她不需要他表達任何抱歉和補償，不拖不欠，她可以心安理得地收下。

兩人走到路邊，家慶說要送她，她說自己已經叫了車。

家慶欲言又止，說：「亞南，我……唉，是北京改變了我。」

她說：「別鬧了，北京才沒有改變你，北京是給了你機會，讓你淋漓盡致地成爲原本的你。」

她兼職的業務越做越大，甚至應徵了六七個助理來一起服務二三十個客戶。一個腦筋動得很快的小男生說：「乾脆成立個公司吧，再註冊一個微信帳號，就叫『快手財務』，提供各種財務方面的服務，用微信就能下單。現在創業的人那麼多，這是必須的。」

她說：「好啊！說做就做！」

今年過年前，嫂嫂一個人不請自來，去她家裡，說來看看爸。

「我哥呢？他怎麼沒來？」

「妳哥走不開。」

她想了想，說：「嫂嫂，妳來有什麼事就明說吧。」

嫂嫂支吾了一陣，說：「我是看爸現在恢復得不錯，不如趁他清醒的時候，讓他對老家的事都做好交代，免得之後出了亂子說不清楚。」

她大概知道嫂嫂的意圖了。

嫂嫂拿出一份律師起草的協議，上面約定父親在老家的房子和餐廳的股份，全部轉給哥哥。

她看完冷哼一聲，說：「嫂嫂妳急什麼？妳覺得我會和妳爭這些嗎？看到爸剛好轉了一點，妳就來逼他簽遺囑？」

嫂嫂惱怒，跟她吵：「妳裝什麼清高！妳爸什麼都向著妳！妳想回老家，他拿餐廳的股份去替妳換來一份工作，妳結婚的時候他掏錢替妳買房子，他爲妳哥做過什麼？我和妳哥現在雖然住在爸的房子裡，但萬一妳哪天在北京混不下去，或者把爸又踢了回來，我和妳哥帶著孩子要去住哪？」

「嫂嫂妳放心，」她說，「這樣的事我做不出來。」

嫂嫂拿起合約，哭哭啼啼地朝父親走去，說：「爸，你都聽見了吧？來把協議簽了吧。我跟你說，我肚子裡懷著的可是你們老袁家的二孫子，你不心疼你兒子，也得心疼心疼兩個孫子吧？」

父親怒眼圓睜地看著嫂子，在突然昏迷之前，她聽見父親口裡罵出了一個清晰的「滾」字。

父親是被氣得二次中風了。
但因爲這次她就在一旁，又搶救得及時，基本上沒什麼大礙。
父親在醫院醒來，看見只有她一個人守在旁邊，開心地笑了笑。
「爸，」她在父親耳畔輕聲說，「我已經把嫂嫂打發回去了。我找律師重新起草了份協議，是我和哥哥之間的，我主動放棄對你一切財產的繼承權，你就安心養病吧，嫂嫂不會再來煩你了。」
父親生氣了，用左手使勁拍床沿。
「爸，我們就別和過去較勁了，我們的好日子還在後頭呢。」

那之後，人們偶爾會在北京各區國稅局辦事大廳裡看見一個推著輪椅來辦業務的女子，輪椅上坐著一個行動不便的老人，那就是她。如果你也遇見她，不妨走上前去，對她說一句：「亞南，後頭全是好日子。」

Coffee
AMERICANO 20
LATTE 30
CAPPUCCINO 30
CHAI LATTE 25
CHAI 20
MILK TEA 25
GREEN TEA 15
SANDWICH
EGG TOAST
EGG BACON
BEEF
CHEESE/W
BLT TOAST 90
※ 2 for 150
BEER
ASK DESK!
Special TODAY
ICE CREAM MADE BY HAND!
SHAWN
BEST COFFEE
CAFÉ + BAR
TODAY
CHEESE CAKE COMBO
Americano
Cafe Latte
coffee
coffee

MOVIE
TICKET
COFFEE

CHAPTER 9

那個在北京
從事神祕職業的
上海女人

小牧想了想，說：

「北京很大，

我總覺得可以在這做出點什麼來。

妳呢？」

她也想了想，說：

「和你相反，在北京，我無論做成什麼樣，

或者什麼也做不出來，都沒關係，

它很大，容得下我。」

母親打電話來的時候，她正在做咖哩豬排。

咖哩比較好做，馬鈴薯和胡蘿蔔均勻切成塊，加橄欖油炒一炒，倒入一些水，再放兩塊調味過的日式咖哩塊，慢慢燉到湯汁濃稠。和每個主婦一樣，她也會在咖哩中加一些祕而不宣的調味料，比如，一罐椰漿。這使得她的咖哩更爲香滑。

就是豬排不太好做，她做了那麼多次，依然沒有完美掌握兩次油炸的關鍵：第一次下鍋若沒算好時間，豬排會失去肉汁，變得柴而無味；即使第一次炸得恰到好處，若不能控制好第二次的火候，豬排要不直接炸焦，要不就是失去脆度。總之，要做出令人讚嘆的炸豬排，除了專心，還得靠一點運氣。

而母親繪聲繪色地控訴，已經開始令她分心：「哦呦，那個鄉下女人，精的哩！」母親口中的鄉下女人，是她的嫂嫂，安徽黃山人，父母在屯溪老街開了小店專賣土產，做得頗有聲色，說起來，家境比他們要好得多。

「她天天在我和妳爸爸面前唉聲嘆氣，說這個房子劃分的學區不好，小孩子送去讀書是讀不出來的。爲了小孩子的將來，趁早把這房子賣了，添點錢去好學區重新買個房。喏，妳爸爸就問她：『哪裡還拿得出鈔票？』這個鄉下女人喔，早把一切都想好了，她說錢嘛，她父母可以幫忙出，搬了家我們也還是一起住，但新房要寫妳哥哥的名字。妳聽聽，我和妳爸爸還沒死，她就著急地改戶主啦！」

她按了擴音鍵，任由母親在電話裡「哇啦哇啦」——像是上海本地電台的家庭糾紛調解節目廣播。她用刀背均勻而有力地拍打豬排，依然無法蓋過母親的嗓門：「我一聽就發飆了呀！幫幫忙好不好，妳看看妳自己，再看看我兒子的德性，你們倆生出來的小孩長大了多半也還是個普通人！書嘛，有得念就好了呀！有多少能力就辦多少事，妳現在要搞得雞飛狗跳、家破人亡地去換學區房子，妳以爲小毛頭將來就能當市長、當馬雲啦？我也很想小毛頭有出息呀，可是做人嘛，總要有自知，基因懂不懂？出身懂不懂？這些都是現實啊！小毛頭要有出息，讀什麼學校都能好好讀，要是沒那本事，學區房換到天上都沒用！」

裹在豬排外面的麵包粉已經變得潮濕，可以下鍋炸了。母親並沒有掛電話的意思，仍在喋喋不休：「我就拿妳給鄉下女人舉例子：『妳看我們家囡囡，讀的就是這附近的小學、中學，那她怎麼就考上了好大學，怎麼就進了外企？都是靠自己呀！』」

豬排下到鍋裡，迅速變色，發出誘人的「滋滋」聲。她無法再分出耳朵和心思聽母親的抱怨，便打斷了母親：「媽，我在煮飯啊，等等再和妳說好不好？」

母親這才意猶未盡地停止，剛要掛電話，母親突然想起了什麼，說：「妳知道嗎？楊家阿婆死了。就是以前住樓上亭子間（注：上海舊式樓房後的小房，通常在房子後面的樓梯中間，比較狹小黑暗。）裡的那個老太婆。」

「啪！」分不清是鍋裡的聲音，還是她心底有什麼墜下的聲音：「死了？怎麼死的？」

母親閒話似的，說：「還能怎麼死？老死的呀！就前兩天，上廁所滑了一跤就走了，一個在她家兼差的人中午上門才發現的。」

她的喉嚨和心越揪越緊，又不能讓母親察覺，又小心地問：「那後事辦好了嗎？」

「老太婆無兒無女，還不是我們這些街坊鄰居和社區委員會的人幫忙送走的。妳知道嗎？她有不少布料很好的旗袍哩！哦喲，果真是個老妖精！」母親言語中毫無憐憫，倒是有幾分洞悉一切的洋洋得意。

一股焦香在廚房裡瀰漫開來，轉頭一看，鍋裡那塊豬排已經炸過頭了。

「媽，我正在炸東西，先不說了！」

她把火關掉，撈起那塊豬排想扔進垃圾桶裡，結果豬排掉在地上，濺得地板上全是油。她撕了幾張紙巾，跪在地上擦。

一滴眼淚鬼鬼祟祟地掉落下來，然後第二滴、第三滴……她最後還是不管一切地癱坐在地上，開始痛哭失聲。

炸豬排配咖哩飯，切成細絲的高麗菜拌柚子醋，就這麼簡單的東西，亮馬橋一帶任何一家日式料理店都做得不錯，桐生浩司偏偏要吃她做的，也不知道這是溺愛式的撒嬌還是丈夫般的占有。

她不想吃，埋著頭來回撥弄右手食指上戴的一枚戒指：四克拉多的鮮綠色祖母綠，鑲了一圈碎鑽，很古樸的樣式，卻有一種年代之美——正是楊家阿婆給她的。

「菲菲，妳怎麼不吃？」吃得津津有味的浩司突然問她。

「對不起，浩司，我……我沒有胃口。」

「沒事吧？」

她抬起頭，眼中噙淚，一種自然而然的柔軟，輕聲說：「我的外婆，去世了。」

浩司立刻坐直，抱住她：「對不起，要不要我幫妳買機票回上海？」

「不必了。」她說。「後事都處理完了。」

浩司又確認了一遍：「真的沒關係嗎？」

她擦了擦淚，露出溫柔笑容，說：「真的沒關係，你快吃吧。」

浩司很快地將飯菜一掃而空，連同她的那一份。「真好吃啊！」浩司說，「明天想吃上海餛飩，可以嗎？」

「對不起，明天我不過來了。」她依然笑著，臉上閃過一絲稍縱即逝的冷漠。

桐生浩司是被她包的上海餛飩征服的。

看似很家常的芥菜鮮肉大餛飩，只用最費工夫清洗的野芥菜，再加入些許青江菜，快速汆燙後一起細細切碎，拌入微微炒過的香菇、五花肉餡，用一丁點不易察覺的榨菜提出鮮味。這絕不是母親傳授的手藝。母親偶爾也包大餛飩，但母親的餛飩裡能吃出剁不碎的肉筋，以及大量味精、雞粉調味引起的口乾舌燥——彷彿吃下去的不是餛飩，而是母親長年的焦慮和急躁。

楊家阿婆教她用這個方法包餛飩時，她剛滿十二歲。

童年時，家裡沒有地方，她常在弄堂口拿兩把凳子當作桌子和椅子寫作業，有一陣子楊家阿婆踩空樓梯扭傷了腳，要買什麼東西便打開窗戶央求她：「菲菲，去幫阿婆跑跑腿好不好？」而她總是爽快地答應，去幫楊阿婆把東西買好，楊阿婆把找回的零錢給她，她從來都沒有拿。小時候她沒想過爲什麼這麼聽楊阿婆的吩咐，後來長大一點她明白了：身邊所有人都長著一張提防的、算計的、令人望而生畏的臉，唯獨楊阿婆的臉，是舒緩的、平和的、令人如沐春風的。

某次楊阿婆囑咐她買仁昌醬園的母子醬油，她幾乎從楊樹浦跑到了外白渡，找了十幾家醬貨鋪才買到。楊阿婆問她怎麼去了這麼久，她一五一十地說：「有別的醬油或別的牌子，但我不敢買，因爲楊阿婆是樣樣有規矩的人。」楊阿婆非常感動，對她說：「菲菲，以後下午妳就到我房間裡寫作業吧，阿婆弄點心給妳吃。但別讓妳家大人知道，尤其妳媽媽，她要是問起，妳就說去同學家寫作業了，千萬別說在我這裡，她會發火的。」

她知道媽媽爲什麼要發火，別說他們這棟石庫門房子上上下下住著的二三十口人，就連整個新康里都嫌楊阿婆以前是清潔人員。

即使生活在無望之境，即使已經一無所有，只要相信自己不在鄙視鏈的最底端，人會有繼續活下去的心氣。

等她去了楊阿婆的家裡，竟覺得這是天堂呀！兩坪不到的亭子間，收拾得纖塵不染、井井有條。西牆放著一張單人床，北窗下是一張梳妝檯，泛著紅木特有的瑩潤之光，檯上擺著梳子、乳液等日用品和一部收音機，東牆則是一個五斗櫃，門後面靠著一張摺疊桌和兩把折疊凳，除此之外，再無其他。房間小，卻不覺得狹窄，更令她印象深刻的是，楊阿婆的房子裡，始終有一股淡淡的玉蘭花香氣。

在她寫作業、看書的時候，楊阿婆就在房間裡準備點心。有時是大餛飩，有時是酒釀湯圓，有時是三絲春捲，前置作業都準備妥當了，楊阿婆才會拿去樓下的公共廚房裡煮。認眞想想，她的確沒有見過楊阿婆在午餐或晚餐時候與其他主婦一同擠在廚房裡煮飯，主婦們只認爲是身爲清潔工的楊阿婆自卑作祟，卻未曾想過阿婆根本是不屑。

到了她稍微大一點，做完作業以後，楊阿婆會讓她幫忙做點心——其實是教她。「女孩子一定要有一技之長。」楊阿婆笑咪咪地說。

她學得很快，當然是有天賦在的，但更多的是她已經嚮往楊阿婆的生活：素淨、淡然、不急不慢、不爭不搶。這些看似虛無飄渺的感覺，在一個個安寧的上海午後，在有白光或李麗華歌聲漫溢的房間裡，在白瓷碗中撒的那一把金黃桂花上，顯現出了具體的樣子。

等她也能熟練包出漂亮的餛飩，阿婆又對她講：「這些手藝，都是雕蟲小技，討自己開心的。如果妳開心，就順便煮給人家吃吃看，不能當眞做的。」

她十六歲的時候，阿婆又教她化妝。拉開梳妝檯的抽屜，赫然發現是蘭蔻的口紅。她有看過女同學的時尚雜誌才認得，換做這弄堂裡的任何人，誰會相信老太婆買得起這麼貴的進口唇膏？阿婆一邊爲她描唇，一邊語重心長地說：「菲菲，不要學妳媽媽，一點女人的樣子都沒有，妳以後遲早是要離開這裡的。」

她看著鏡子中自己的模樣一點一點地變得生動起來，忍不住問：「阿婆，妳年輕的時候很美吧？」

楊家阿婆給自己也沾了點唇膏，抿了抿，笑了笑，又很認眞地說：「阿婆當年可是上海灘最上得了檯面的女人。」

楊阿婆說，六十年前，她叫做莎莉，是響噹噹的當紅舞女。一根小黃魚（金條）才能換她一張舞票。那個年代，悲苦出身卻長得漂亮的女子，運氣好的，去做電影明星；運氣不好的，便是去做舞女——畢竟，在上海這樣的大城市，生存永遠是第一位。莎莉的眞名、籍貫、出身，都是無人知曉的祕密，反正她兜售的只是美貌，就像東西好吃又何必非要去看大廚是一樣的道理。

莎莉很快就賺到足夠的錢爲自己在榮康里買了一棟兩開間三層樓的房，她身邊不乏追求者，但一直沒有結婚。旁人問她，她說：「我絕對不要倒貼任何人，也不給任何人做小老婆。」

後來莎莉愛上了一個軍官，只是對方在老家鄉下已有老婆。軍官許諾她，等戰爭結束就回鄉下辦理離婚，然後迎娶她。莎莉滿懷信心地等著，直到一九四九年，軍官隨大部隊撤離去了台灣，從此杳無音信。

「然後呢？」她問阿婆。

「沒有然後了。」

她似懂非懂地聽完這些，總覺得有些難過。那繁華太短，而那遺憾太長。不免設想，這樣的人生若發生在自己身上，能不能忍受得了？

楊阿婆看穿了少女這淺顯的哀愁，於是對她說：「我這輩子，是按著自己的心意、自己的規矩過下來的，很值得了。等妳長大成了女人，妳會懂我的。」

她第一次與桐生浩司去家裡約會，彼時他已在她工作的店裡喝了三瓶香檳。「很餓呢！」浩司壞笑著，順勢把臉埋進她的胸脯，她把他推開，說：「有更好吃的。」

親手包的菜肉大餛飩煎得金黃焦脆，冰箱常備的雞高湯盛出一碗，熱得滾燙再撒一把碧綠的蔥花，浩司狼吞虎嚥地吃完，鄭重地對她說：「十分感謝，這是我來中國這麼久，吃得最美味的一餐。」

那一夜之後，浩司幾乎每晚都去她工作的店裡喝酒，有時候是自己，有時候帶著同事。就這樣，他們自然而然地談起了戀愛，在休息的時候她也會買些食材去浩司家裡爲他做飯。

浩司住的小區有不少日本人，但和住在望京的韓國人喜歡團體行動不同，住在北京的日本人極其低調而分散，無論男女，並不願意在北京的任何公共場所暴露自己的國籍。只有在主打定食的家庭食堂和隱蔽在亮馬橋個個辦公大樓裡的會員制酒吧裡，才有可能見到攜家帶眷、竊竊耳語的日本主婦，或者在全是同胞的環境裡，放下戒備的日本男人們。

而她所在的那家店，則是全北京最負盛名的一家斯納庫（注：Snack，即提供陪酒服務的小型酒吧。）多年來，從這裡走出去的女公關，許多變成了老闆，也在亮馬橋擁有了自己的斯納庫，招待著一波又一波像桐生浩司這樣被日本企業派來北京工作的外國人。

這家斯納庫的老闆彩香本身亦是傳奇。彩香是上海人，出國前，在幼稚園當老師。二十世紀八〇年代末離了婚，也變賣了一切，破釜沉舟東渡日本。到了東京，她被同鄉介紹去新宿歌舞伎町的華人餐廳當服務生。因爲長得漂亮，時常有人挖角她去俱樂部裡當女公關。那時她並不知道女公關是什麼，直到某次她在新宿的高級百貨公司裡，目睹了幾個年輕女孩子揮金如土的場面——同行的人說，她們就是歌舞伎町裡的女公關。她立即跑去俱樂部應徵，媽媽桑見她只是個粗通語言的中國人，嘆息搖頭：「再漂亮，無法聊天是不行的。女公關，提供的不是肉體服務，而是精神服務。」之後一年，她一邊打工一邊苦學日語，跟著電視新聞一個字一個字地發音，口說硬生生地練得比許多日本人還字正腔圓。一切準備就緒後，她正式從新宿一家小規模的斯納庫以「彩香」這個名字出道，只用了兩年，便成爲新宿歌舞伎町的女帝，並被挖角到銀座的頂尖俱樂部。同行嘖嘖稱奇，驚訝於一個中國女人能在日本女人都很難立足的地方拚出一片天。每每被問及怎麼做到的，彩香莞爾一笑，說：「這有什麼難的？哄男人就跟哄小孩一樣容易。」

在東京打拚七年，親身經歷了八〇年代的紙醉金迷，再走到了九〇年代的蕭條肅殺。一九九六年，彩香帶著工作存下來的兩千六百萬元回國，在亮馬橋開了這間斯納庫，曾經的日本熟客們來北京出差時必會光顧，年復一年，口耳相傳，招牌越做越響亮。

二〇〇九年，她偶然在社群軟體上看到了彩香公布的招聘貼文：北京最爲悠久正規的酒吧，誠徵女公關。要求：年輕女性、端莊優雅、懂品酒，精通日語者優先。薪水視業績每月兩萬元到二十萬元不等。

那時她剛從一家日本時尚雜誌社辭職，畢業就去做了版權編輯，說起來都是時尚編輯，但根本比不上能賺外快、有油水可撈的時裝編輯、美容編輯。做了三年，還是賺著一兩萬的薪水，跟人在郊區合租，風雨無阻、朝九晚五。她煩了，什麼都還好，只是不願跟人合租。她想換一份負擔得起四環內獨立居住的工作，很簡單，也很迫切。

去面試時，彩香用日語問她：「知不知道女公關是什麼？」

她說：「知道，我查過斯納庫的意思。」

彩香又問：「爲什麼來應徵？」

她毫不避諱地說：「我需要錢。」

彩香說：「很好，女人一定要有欲望。但是，我們這裡不是賺快錢、髒錢的地方，妳賺的錢是透過妳的能力賣出去的酒，妳懂嗎？」

她笑了笑，說：「全憑您教誨。」

彩香這才將她細看一番：妝容精緻、說話得體、坐姿端正、無懈可擊。彩香暗中讚嘆，說：「妳一定能做得很好。」

面試結束時，彩香用中文問她：「妳是哪裡人？」

「上海人。」

「很好，上海女生，腦子清爽。」

彩香的斯納庫只對日本客人開放。若不小心有中國客人直接走了進來，彩香會滿懷歉意地把他們請出去，說：「對不起，我們這裡是私人會所，不對外營業。」

在彩香這裡上班的女孩子都很安心，因爲完全不會碰到熟人，唯一需要小心應對的是形形色色的日本男客人。但這也和個人能力有關係，若是日語流利，情商又高，就常常能得到日本企業高級商務人士指名，那樣的客人出手闊綽，又頗有涵養；若是語言能力差，跟人聊不下去，那只能在客人面前扮嬌憨、扮性感，無論如何，總少不了要被客人揩揩油。

浩司第一次來，是被老闆高橋帶著。高橋指名了她，又讓彩香安排了一個打扮性感的女孩子招待浩司。她坐在浩司對面，偷偷打量這個頗似瀧澤秀明的中年男子，竟有幾分侷促不安，手腳和目光都不知道往哪裡擱。她暗生好感，對高橋說：「高橋先生，桐生先生似乎很緊張呢，一定是我沒有招待好，請您原諒！」

高橋哈哈大笑，示意她的同事坐到自己身邊來，讓她坐到浩司旁邊，又對浩司說：「桐生君，這可是北京最好的品酒師，開心點！」

她爲浩司斟酒的時候，瞥見浩司左手無名指上的戒指，無端端有些失落，輕聲問：「桐生先生，一個人在北京，很寂寞吧？」

浩司有點不好意思，說：「有一點……但，主要是不習慣。這裡的氣候、食物、人與人之間打交道的方式，都很不一樣。但我在積極適應中。」

「那……桐生先生，一定很想家吧？」

桐生喝了兩杯威士忌，稍微放鬆了一點，擺擺手說：「那倒不是，其實我是主動向公司申請來北京工作的。」

「哦？桐生先生爲什麼來北京？」

浩司下意識地轉了轉左手的婚戒，意味深長地說：「因爲，我的家，太吵了。」

她不再提問。轉而樂呵呵地看著高橋，他已經有點醉了，手舞足蹈地和身邊的女孩子合唱AKB48的歌曲。

「菲菲，妳是哪裡人？」浩司主動問她。

「我是上海人。」

「哦？那妳爲什麼來北京？」

她也意味深長地笑了笑，說：「因爲，我的家，太擠了。」

她的家，確實太擠了。

五坪不到的房間，被母親用布簾和簡易隔板隔成了三個房間：一個客廳、一個臥室和一個閣樓。她和母親擠在臥室裡的單人床，爺爺睡在臥室上方硬加出來的半人高閣樓裡，爸爸和哥哥睡客廳。客廳裡有一座雙人小沙發，晚上用幾張方凳拼一拼把沙發加長，再鋪上木板墊上被褥，就變成一張簡易雙人床。屋子裡，除了母親當年跟著她嫁過來的一個對開門大衣櫃、現在用來放電視的縫紉機，沒有別的家具了。衣櫃裡放不下的衣物和家當，全都用塑膠袋裝，綁緊之後往床下塞、衣櫃上方塞、沙發縫隙塞……五顏六色的塑膠袋塞得到處都是，彷彿垃圾場。白天把客廳裡的被褥撤走後，方凳依然拼著便是桌子，一家人坐的坐、蹲的蹲，就著隔壁廚房長年不斷的油煙味和吵鬧聲，習以爲常地吃飯、睡覺、活著。

房子是製皂工廠分給爺爺的，早年住著爺爺、奶奶、父親及姑姑們。幸好家裡只有一個兒子，姑姑們紛紛嫁人搬出去後，父親才開始四處相親。出身低的女人，無論有沒有姿色、門路，拚死拚活也要嫁出去，否則就是從這一個鴿子籠，住進另一個鴿子籠裡，還得倒貼養活別人全家。所以像父親這種出身不高的男人，最後找到的，通常是從阜陽這樣的地方招聘而來的紡織女工，比如母親。

母親是愛她的，否則不會把她生下來。八〇年代管得最嚴的是女人的肚皮。城市工人家庭一旦被發現超生，夫妻會被雙雙開除。母親意識到自己再次懷孕時已經三個多月了，工廠裡太忙，忙得讓她忽略了一切妊娠反應。等意識到肚子裡的小人在動時，母親嚇壞了，請了病假便慌慌張張地逃回阜陽老家，找了在婦產科工作的一位熟人檢查。

「還好，是女的。」照完超音波後，醫生笑嘻嘻地告訴她，以爲她知道了性別，就不會那麼心疼。

母親摸著肚子，默不作聲。

「那準備一下就進行手術了吧？」醫生作勢推她去手術室。

母親突然從床上坐起來，慌慌張張地往外走：「我，我……今天先不做了，我再想想別的辦法。」

母親應是藏著肚子，懷到足月才去找工廠裡的幹事報告。她聲淚俱下、苦苦哀求，說自己父母早早雙亡，兄弟姐妹也不來往，她渴望有一個大家庭，還想生個女兒將來陪在身旁等話語。父親和母親兩人待的工廠幹事經過一番討論後，覺得他們只是覺悟不高的普通工人，還是難得的老員工，就免予開除，只重重罰了款，為此，爺爺賣掉了心愛的上海牌手錶。

自懂事以來，母親總是焦躁不安。著急煮飯、著急上班、著急說話、著急排隊，似乎只要一慢下來，她就會立即失去所剩無幾的什麼，比如一條賤賣的黃魚、一張電冰箱的折價券、一絲能令生活稍稍起色的希望。

而一九九五年，被工廠遣散走這件事，徹底擊穿了母親——她更加焦躁不安，並且變得凶狠刻薄。因為成天無所事事，母親把所有的心思都用於提防左鄰右舍，哪怕被占了一點便宜，母親也會把別人罵得狗血淋頭，這讓她對母親越來越害怕且嫌惡。

高中時的某一天，她如常在楊阿婆家玩耍，樓下的廚房突然爆發出激烈的叫罵聲，開始占上風的是母親，她流利地說著各種髒話，一邊辱罵三樓鄰居，一邊講事件的過程：「妳偷轉我家的水龍頭，偷用我們的水！確切的證據就在這裡！」

三樓的鄰居罵了回去：「什麼證據？」

母親指了一下剛貼上牆的水費繳費單：「喏！白紙黑字！我家每個月的水費不超過一百二十元，結果這個月變成一百三十元！妳家的水費我每個月都有看，之前都是一百五十元，這個月居然只有一百四十元！怎麼就有這麼巧的事？我多了十元，妳恰恰好少了十元？上次我水龍頭忘了鎖，一轉身就看見妳偷偷轉開放水，妳當時揩了油還不承認，覅（注：上海方言，「不要」二字的縮音）臉！把水還我！」

三樓鄰居氣得發了瘋，端起洗菜盆就往母親臉上潑過去：「還妳！還妳！神經病！」

母親發出淒厲的尖叫聲：「要殺人啦！」

她在樓上聽得一清二楚，打開門就要衝去廚房幫忙，楊阿婆攔住她，說：「菲菲，不要下去！」

她著急，說：「但我媽就是被欺負了啊！」

「妳不要下去，妳要是下去，學妳媽那樣，罵了、動手了，妳便是把自己往低處又多放了些，最後，放得跟妳媽一樣低。」

「菲菲，妳想變成那樣嗎？」阿婆鬆開了她，讓她自己決定。

她號啕大哭，懂了阿婆的意思。「我不要！我不要啊！我只想離開這裡！越遠越好！」

阿婆抱住她，輕輕拍著她的背，說：「這就對了，菲菲，離開這裡吧，再也不要回來。」

廚房的吵罵聲終於停止，精疲力盡的兩個女人各自回家，也許三天，最多一週，她們便會若無其事地和對方講話——揩油也好，打罵也好，都是弄堂生活的常態，記仇？記不起來的。

而哭累了的她，問出了盤旋在心中許久的問題：「阿婆，妳以前那麼風光，怎麼從上層掉到底層來了？」

阿婆逗她笑，說：「我沒有掉下來啊，我的心和生活都還在上層。」

事實上，一九六六年動亂一開始，當年住在花園洋房、做過就上海舞女的莎莉，就立即被趕了出去。她也不知道是何方神聖，反正一群人把她從大屋子裡抓了出來，對她宣判：「花園洋房讓勞動人民住，妳這個又髒又臭的寄生蟲只配刷馬桶！」

她收拾了隨身的細軟，住進了新康里這個亭子間，然後被勒令去做清潔工的工作。很多人等著看她發瘋，甚至揣測她連一個冬天都熬不過。沒想到，她一點掙扎也沒有地接受了這突如其來的命運轉折。

但苦難其實才剛降臨。另一些和她有過同樣經歷的女人也被趕到了楊樹浦、被剃了頭、被每天拉到人民廣場去接受廣大群眾的批鬥，日復一日，如同上班。大多數被批鬥的，無論男人、女人，時間一長都再也忍受不了，瘋的瘋、死的死。楊阿婆倒像是習慣了一樣，每天清晨她就自覺地幫自己掛上「破鞋」的牌子，再沿街清掃。一開始有人罵她、推她、對她吐口水，她都無動於衷，漸漸地，人們也不再爲難她。

後來「破鞋」們不斷被送去各地的農場接受勞動改造，某個住在楊樹浦、說得上話的人，替莎莉說話：「大改改於市，爲工人階級清掃也是改造，讓她留在城裡吧！」

就這樣，她在新康里清掃，一清就是二十年，一直到動亂結束、改革開放……曾經的當紅舞女莎莉也變成了清潔工楊阿婆。後來，政府替楊阿婆在環衛處批准了編制，享受「退休工人」待遇——果眞被改造成了工人階級中的一員。

講完自己下半場的故事，阿婆對她說：「菲菲，女人一定要給自己一個身分，不要別人給的。認定自己的身分，一輩子都不會亂。」

之後，她考上了北京第二外國語言學校，全家人都喜出望外，這家庭竟有能踏出底層社會的了。

楊阿婆尤其高興，偷偷把一只祖母綠戒指塞給她：「以後的日子聚少離多，把戒指戴在手上，就不會忘了阿婆對妳說過的話。」

母親執意送她去學校報到，進了宿舍發現床位都已提前安排了。她的床位被安排在靠門邊，隨時都有人來回走動，母親不管三七二十一，把她的床組自作主張地鋪在了靠窗最好的上鋪。

過了一會兒，另一個室友和家長走了進來，對了一圈床位，小心翼翼地問她：「同學，妳的床位不是在那裡吧？」

母親打馬虎眼回道：「哦喲！沒事的呀！那個名單不算數的，床鋪嘛，就是先到先挑！」

室友和家長面面相覷，又不敢回嘴。她覺得難堪急了，推門走出宿舍。母親在後面叫她，她也不理。

「妳回去吧，我這邊沒事了。」她冷冷地對母親說。

母親在學校附近的小旅館住了兩天，幫她把所有大大小小的入學事宜都打點清楚後，要回上海。臨行前，她陪母親去坐地鐵，母女倆肩並肩地走在路上，她一句話也不想說。

在地鐵站裡，母親躊躇了一下，還是對她說：「菲菲，我知道妳看不起媽媽，覺得媽媽愛計較、窮酸，不是這兩天而已，是一直以來。妳不會懂的，像媽媽這代的人、像我們這種家庭，如果不去爭、不去搶，很多東西都是沒有的。很多時候，拚命爭了搶了也還是沒有。生活太難了，什麼都缺、什麼都輪不到。所以，我體面不了，講究不起。但只要能讓妳過得稍微容易一點，多難看的事，我都會去做。」

她怔怔地望著地鐵駛離的方向，因爲終於懂得，而淚流成河。

和浩司交往越久，她越是感覺浩司非常依戀她。

浩司和她多次聊過自己的婚姻：妻子是大學同學，畢業以後他進了廣告公司，而妻子想當小說家，天天在家寫作，家務幾乎不做。而且，她經常陷在自己的情緒裡出不來，要嘛跟浩司大吵大鬧，要嘛和浩司幾天不說一句話。妻子拒絕生小孩，說沒有寫出動人作品之前絕不分心。浩司本來想提離婚，正好公司那時有一個外派北京三年的機會，他想了想，決定先分居一陣子再說。

後來，浩司希望她辭去工作。「我可以照顧妳。」浩司既溫柔又不容質疑地說。

「對不起，我辦不到。」她也溫柔且更爲堅決，「我喜歡這份工作，彩香老闆對於我來說，也是很重要的人。」

再後來，浩司提出同居，她搬過來，或者他搬過去。

「對不起，我更喜歡一個人住。我曾經住過的家太擠了，你不記得了嗎？」

轉眼到了二〇一三年，浩司在北京的外派期即將結束。計畫返回東京前，浩司向她求婚，也可以說是最後通牒：「菲菲，跟我一起走吧！回到東京，我就離婚，我要娶妳，和妳生一堆孩子！」

她看著浩司情眞意切的臉，最終還是說了句：「對不起。」

「對不起，浩司，我不想離鄉背井，去一個只能依附於你的地方。在那裡，我是誰、我來自何處、我有什麼夢想，都無人關心，也不再重要。我存活在那個世界的唯一身分，只可以是桐生浩司的妻子。

對不起，浩司，我不想過圍著你轉的生活。你愛吃上海餛飩、豬排咖哩飯，但我愛吃什麼，你知道嗎？我不要做那種每天提心吊膽，等待丈夫對飯菜和家務給出評語的妻子。我不想把原本屬於我自己的愛好、能力，統統變成取悅你的手段。然後對我曾喜愛的一切漸漸失去熱情。

對不起，浩司，我不想守在原地，等待你告訴我何時搬家、何時生孩子，更不想成爲你下一次外派時，對另一個女朋友懊惱提起的，那不盡如人意的麻煩妻子。我知道我只要稍微努力一點，就能讓婚姻維持一輩子，但我拴住的其實不是你，而是我自己。」

聽到這些，浩司臉上從震驚變成了震怒，他控制不住地咆哮：「那妳爲什麼要和我約會、爲我做飯，無論我說什麼妳都會附和地說我說得都對？」

「因爲……你是我的客人啊！」說完這一句，她知道足以徹底摧毀浩司的自信和熱情。這樣最好，不要留下任何牽掛在這異國他鄉。

浩司沮喪地坐了下來，雙手撐著臉，不甘又不解地自問：「安穩不好嗎？」

「對不起，浩司，」她最後說，「男人說的安穩，是要女人犧牲。」

不夠愛，而只是習慣於某人，告別之後，你並不會懷念他，但會繼承他的習慣。

浩司回國後，她有了晚睡的習慣。精力充沛的日本男人，吃完晚飯喝了第一場，在斯納庫喝了第二場，還能去深夜居酒屋裡喝個第三場。她通常在爲浩司做了宵夜後，也會陪著他再喝一杯啤酒。這是浩司的習慣，如今變成了她的習慣——不再需要那個男人，但胃卻需要那一杯睡前的冰涼啤酒。

每晚下了班，她會去好運街的一家地下小酒館。沒什麼特別，營業結束得晚而已。她每次只點一杯啤酒，不需要食物，一個人靜默地喝完。不說話、不滑手機，這是她靈魂歸位的時刻。每一晚微笑著、陪聊著，她意識到每一個來斯納庫的男人其實都是浩司——不過有的是老一點、胖一點、粗鄙一點、油膩一點，但他們是一樣的，內心寂寞、無人傾聽，而最可笑的是，他們幾乎都抱怨著婚姻、嫌棄著妻子，但另一方面，他們又總想和她發展成在北京的「妻子」，繼續或長或短的家庭生活。

小酒館去得多了，又常常是最後一個顧客，她認識了酒保，比她小兩歲，叫作小牧的男孩。小牧從不和她攀談，最多問她一句：「還是老樣子？」她若默許，小牧便拿出她要喝的那款啤酒，熟練地倒進杯中，打出剛剛好的細膩泡沫。之後，她專注地喝啤酒，而他則在吧檯的另一端算帳或點貨，偶爾兩人無意間對到眼，小牧會對著她淺淺地笑，像夜空中淡淡的半盞月亮。

那一次她心血來潮，在小牧問她是否還是老樣子時，她說：「今天胃不舒服，不想喝啤酒，你隨便幫我到一杯別的吧！」

小牧笑笑，說：「那妳要稍等一下哦！」

等他再從廚房後場出來時，手上端著一碗熱氣騰騰的湯麵，放到她面前，對她說：「就喝這個吧！」

她仔細觀察了那碗麵，是那種只有一包調味料的簡易泡麵。但麵是用煮的，而不是泡開的，煮好以後又換了開水，才放調味粉包進去，所以湯色很清。麵上撒了一把新鮮的蔥花，還臥了一顆煎得兩面微焦的荷包蛋，看起來就是一碗賣相很好的陽春麵。

她很感動，做為女人，她自然知道這是男人在表達「我喜歡妳，而且是很喜歡的那種」。而更擊中她的是，這是她很喜歡吃的東西──在童年的無數個早晨，焦躁的母親就是煮一包差不多意思的美味肉末麵，再煎一顆荷包蛋給她當早餐。她後來當然吃過不少好東西，和楊阿婆學會做菜，又離開上海以後，再也沒吃過泡麵。但兒時的味道是根深蒂固的，在很多個困頓、厭倦、消極乏味的時候，只有這麼一碗鮮得很刻意，但煮得很用心的廉價泡麵，還能令她想吃上一口。

小牧看她遲遲不動筷子，以爲她嫌棄，有些不好意思地說：「我自己常這麼吃，也不會弄別的。妳剛才說妳胃不舒服，我想這個時間點，吃飯的地方基本上都關門了，所以只能請妳吃這個了。」

她二話不說，拿起筷子，三兩下就吃完了麵和蛋，再端起碗把湯也喝得乾乾淨淨，才對小牧說：「眞的很好吃，眞想每個晚上都來吃一碗。」

和小牧漸漸熟悉起來，她才從他的隻字片語裡拼湊出了他的經歷：宜昌人，大專畢業後來了北京，從服務生開始做起，慢慢轉成了酒保。小牧話很少，混合著少年的羞澀以及尋常男人的溫和，其實他是個面容俊朗的男子，眼睛深邃、鼻梁高挺、下巴有個迷人的小窩。如果他願意，一定可以擁有踩著女人的愛慕，獲得遊戲人間的資格，但他偏偏如此安靜，對任何人都不設立場、很少對人感到好奇，這麼一想，他對她的那點心意就顯得更爲寶貴。

二〇一四年跨年夜，她送走最後幾個吵鬧而寂寞的中年男客，已是二〇一五年第一天的凌晨三點多。她說了一整晚的話，臉都僵硬了，但她依然有一種不知從何而起又格外堅定的念頭，想見見小牧，那怕不說話，就坐在吧檯看他像料理珍貴的魚一樣專注地調一杯old fashioned。她發微信問他：「你打烊了嗎？」他回：「還沒有，想說妳今天會忙到很晚，但也許還會過來吃麵。」

她聽見一個細微的聲音從心底傳來，那是一根火柴被劃亮了。

小牧的酒吧打烊時，已快五點。他鎖上門，突然問她：「要不要去天安門看升旗？」

她很意外，卻毫不猶豫，說：「好啊，來北京這麼多年，還眞的從來沒看過。」

冬日清晨的空氣裡，聞起來有一種冷而脆的味道，他和她坐在勞動人民文化宮的路邊，等待路燈漸滅、天色亮起，國旗班的戰士從護城河的另一端莊嚴踏出。

那一刻，她無比強烈地感覺到：「這就是北京，是我決定來此生活的北京。」

她轉頭問小牧：「你爲什麼來北京？」

小牧想了想，說：「北京很大，我覺得可以在這做出點什麼來，妳呢？」

她也想了想，說：「和你相反，在北京，我無論做成什麼樣，或者什麼也做不出來，都沒關係，它很大，容得下我。」

小牧笑了笑，說：「上海也很大，容不下妳嗎？」

她說：「上海很大，圈子很小。在上海一開口說話，本地人就知道妳出身在上位圈還是下位圈。妳得要穿指定的牌子、做指定的工作、嫁指定的男人、住指定區域的房子，做到這些，妳才能被妳的母親認可，以及，不被圈子裡的人暗暗嘲笑『鄉下人』——至少，在我成長的環境裡，上海是這樣的。但在北京，沒人在乎我是不是外地人，沒人打聽我做著什麼樣的工作，我在五環外或者市中心，總能見到同一批女孩，她們臉上有一種被北方的大風磨出來的堅強，她們去太古里時髦的餐廳吃大餐，也在天橋下吃麻辣燙，每次在地鐵裡、在菜市場，看到這些女孩，我就覺得自己很安全。無論我們從何而來，我們就是生活在這裡、扎根在這裡，充滿底氣的北京女人。」

說完這些，她看見小牧的眼睛裡有瑩瑩的光在流轉，還沒看得真切，小牧的唇輕輕地吻了上來，她遲疑了一秒，然後閉上眼睛，緊緊抱住這個男人。

朝霞變換，日升月落，前門上空有鴿群掠過，這城市如此溫柔。

二〇一五年夏天，她回了一趟上海。起因是楊阿婆的一個舊友，要被兒子接去美國，臨走前想起楊阿婆有一些遺物說要給她，於是聯繫了她，要她抽空去拿。她和楊阿婆關係的深厚程度，家人至今也不知道，所以她決定還是親自回去見面。

楊樹浦的老弄堂早已拆了，她家搬到了眉州路的因爲拆遷，政府安排的安置房，足足有二十七坪。當時還需要補四百多萬元的差價，東拼西湊，家人再也拿不出來，是她掏了一百七十多萬給母親。母親非常開心，逢人就說自己這一輩子命苦，做過唯一正確的事，便是硬把她生了下來。

老弄堂拆掉時，楊阿婆沒有要安置房，她對負責拆遷工程的人說：「自己一個孤寡老太婆，房子將來也不知道留給誰，況且也拿不出錢來補差價。」所以只要了現金，之後她便回到了當年住過的新康里，租了一間單人公寓，一直住到去世。

楊阿婆的舊友是一位九十多歲、異常矍鑠的老阿姨。已經不多的頭髮還是燙得很好看，並染成了時髦的深栗色。

「老成這個鬼樣子嘛，說走就能走的呀，兒子嘛，不肯回國，又怕被人說話，不然美國我是完全不想去的！去了嘛，連個舞伴都沒有！」老阿姨拿出一個大信封，對她說：「妳楊阿婆留給妳的東西在這裡。」

她打開信封，裡面有一條金項鍊、一枚水滴狀的翡翠掛墜、一只不足三克拉的鑽戒。還有一張照片：照片裡的女子一頭濃密的黑卷髮，媚眼如絲、巧笑倩兮，穿一件新式旗袍，外面罩著一件銀狐毛製的披肩，胸前一枚水滴翡翠掛墜，正是信封裡這枚。

她情不自禁地感嘆：「阿婆年輕時這麼漂亮啊！」

老阿姨「噗哧」一笑，說：「這又不是她！」

她問：「這不是楊莎莉，楊阿婆嗎？」

老阿姨說：「這是楊莎莉沒錯，但不是妳的楊阿婆。阿婆也不姓楊，她姓吳，叫吳頌蘭。是楊莎莉的娘姨，就是小保姆啦！」

她困惑不已，問：「怎麼可能？阿婆說她當年是上海灘的當紅舞女啊？否則這些東西從哪裡來的？」

老阿姨嘆了一口氣：「唉，頌蘭的歲數，怎麼可能趕得上那個年代？楊莎莉紅的時候，頌蘭才十四、十五歲，娘家嫂子介紹到上海的小娘姨，哪裡見過世面？」

她整個人都傻了，坐在沙發上半天不出聲，整理好所有線索，才問老阿姨：「那，楊莎莉去了哪裡？」

楊莎莉，一九四九年跟著一個國民黨軍官跑去台灣了。走得很倉促，下午出去吃個飯，晚上就坐船跑了。房子、珠寶一樣都沒帶走。

所有線索在那一刻縫出了眞相：楊莎莉逃跑後，她的小保姆，吳頌蘭，頂替了她的身分，活完了整個人生。

這是爲什麼？她其實隱隱約約已經想到了答案。

「這是她想要的身分呀！」老阿姨說，「頌蘭跟我說，楊莎莉逃去台灣的時候，她也二十多歲了，跟著當紅舞女見了世面，習慣了大都市的生活，再也不想回老家。既然楊莎莉不要上海的生活了，她撿起來繼續過，又沒什麼。那個年代，動盪不安的，誰會關心一個舞女的眞假？」

可是她後來過的是什麼日子呢？變成被人嫌棄的清潔工老太婆。

老阿姨苦笑，說：「我才是眞正的下九流，一九六八年和頌蘭一起被批鬥，差點沒把我倆整死！也是好久以後，她才對我講，她不是舞女，只是個保姆。我當時也驚呆了，說：『妳傻了呀！妳當年早說妳是被蛇蠍女人剝削的無產階級勞動婦女，就不用吃那麼多苦頭了啊！』」

「妳知道她說什麼嗎？」老阿姨幽幽地說，「『我既然認定了我的身分，我就要以這個身分理直氣壯地活！』」

「難怪她這麼能吃苦，難怪她家務樣樣都做得這麼好，難怪她說：『她這輩子是按著自己的心意過下來的，很值得。』」

「菲菲，不要怪阿婆騙妳，她爲她的選擇付出了代價，但毫無怨言，這就值得尊重。」

回到北京，她開門見山地問小牧：「你想和我結婚嗎？」

小牧說：「當然想。但，妳爲什麼會選擇我這樣的人？」

她說：「我從小被人教育，女人一定要給自己一個身分，一輩子才不會亂。我在北京待了這麼多年，我想給自己的身分，是一個富足而幸福的女人，她擁有獨立生活的能力，一個懂得與她平等相處的愛人。你，就是那個人。」

後記

據說北京有大大小小五百多間威士忌酒吧，最熱門的一家隱藏在新東路某一個高級住宅區裡。即使一杯雞尾酒也要價近九百元，座位依然搶手，難以預訂。

「有格調。」去過的客人都這麼說。「那酒吧有一點老上海爵士屋的感覺，所有家具全是貨眞價實的古董貨，而雞尾酒出品則是嚴謹而精緻的日本風格，主要的調酒師應該起碼在日本最好的酒吧工作過十年或八年，不然不會有這麼個水準。」

很多女孩子爲了看帥氣的老闆調酒，一下班就約了姐妹淘去那「打卡」。而眞正的老顧客都知道老闆已經結婚了，老闆娘是一個相當漂亮的上海人。

整個酒吧最顯眼的位置掛了一張舊上海美人照，像是《良友》海報的封面，若你去酒吧，恰好碰到老闆娘也在，可以問問她：「這是誰啊？」

她一定會笑咪咪地告訴你：「這是我外婆，老上海名媛。You know?」

CHAPTER 10

我在
每一個城市
都愛過你

夜裡很靜，
我偶爾轉過頭看他，
那背影線條迷人，
又彷彿看見無邊無際的人生海上，
終於有一艘船朝我這岸開來。

二〇〇三年版的《羅馬之春》，史萊夫人繾綣在全裸的俊美男子身旁，他的手情不自禁地伸向那具迷人肉體，一吋一吋，侵占、欣賞。只是，史萊夫人同時看到了她手背凸起的青筋，看到了她臂膀上的鬆垂贅肉，也看到了她和眼前男子相差幾十歲的鴻溝。於是，她羞恥地哭了。

這樣的景象，在《長恨歌》裡也有。老去的王琦瑤，明知那年輕男人有居心，依然把他迎了進來，去縱容他、討好他。故事的結尾，她死在年輕男人手裡，眼中最後的景象，是四十年前她粉墨登場的片場，這四十年，她一刻不停地愛過，但到底，都愛錯了。

以上這些，是我迷戀地看著大倫，又飛快想到的一些。

上海七月，盡是颱風天，飄灑大雨下得昏天黑地，到了深夜才安歇些。雨下乾淨了，月亮出來，窗外又似風平浪靜的海面，偶爾汽車駛過，發出「淅瀝瀝」的聲響。這間小小的公寓，如一艘船，飄飄蕩蕩，不知去向。但大倫躺在我身邊，使我內心平靜，充滿幸福。

大倫翻了個身，月光透過紗窗柔柔地撒在他的臉龐，令他美得不眞實。大倫的臉小巧精緻，鼻梁卻闊直挺拔，於是眼睛更像兩潭清泉，總能折射出燦爛的光。他在熟睡，發出輕微的鼾聲，偶爾不知夢見了什麼，嘴角牽出一抹笑意，臉頰上的小酒窩便跟著打了個漩。

我好喜歡看大倫，這是一種不需要理由的本能。他是沿著自我軌道運行，偶然出現在晴空中的星辰，是被未知潮汐帶到此處擱淺的深海魚類，是一切絢爛又自然的存在——仲夏夜的煙火、雪地上的極光、沙漠裡的海市蜃樓、每一天每一晚旖旎的雲霞。他是一期一會。

越癡癡地看，越是浮現出所有老女人和年輕男孩廝混不得善終的故事。我不得不安慰自己：妳哪有那麼老？妳哪來的錢？

但我還是誠惶誠恐，畢竟，我三十二歲，大倫才二十五歲。

上海

無論如何，上海的梅雨季節從不讓我生厭。

濕是濕了一點，但馬路邊的梧桐樹因此翠綠許多，低矮弄堂裡的煙火嘈雜被壓了下去，青磚石瓦的上海本色被洗了出來，隔牆一株夾竹桃開得熱烈，倒把雨染成了豔粉色。

越是下雨，越在家裡坐不住，閣樓上有向外延伸的天台，巷子裡藏了花草繁盛的洋房，弄與弄之間圍著舒適宜人的小院子，每家都有不錯的咖啡，無論牛角麵包、鬆餅、司康抑或是咖哩炸豬排蛋包飯，統統弄得有模有樣——這是上海的好，無論單不單身，都可以在此豐盛地生活。

我約了寶璐在瑞金二路附近，她決定搬去北京發展，一切都安排妥當，這頓飯吃完，便是告別。

「上海生意難做，處處有酒吧，個個是人精。北京地大，精緻的小生意太少了，所以機會多一點。」說完這話，寶璐把杯中的酒一飲而盡。

寶璐是我的酒友，我認識她的時候，她和男朋友在思南路合開一家葡萄酒吧，我那時每晚都去，喝兩杯消消上了一整天班的火氣。寶璐懂酒，但從不賣弄，偶爾有客人點到她中意的一款，寶璐才會攀談兩句。我總是點同一款義大利的灰皮諾，寶璐終於笑我：「跟中年婦女一樣，喜歡這種乾辣的口感，仔細品嘗才有一點點甜頭。要不要再給妳來一本《咆嘯山莊》？」

寶璐的男朋友後來劈腿了隔壁店做翻糖蛋糕的台灣女生，兩人現在開了走文藝路線的海鮮小館，生意非常好。男朋友退股後，寶璐一個人撐著葡萄酒館，她拒絕團購，又不扯情懷，生意漸漸冷清，恰好有熟客想投資她去北京開一家時髦意點的酒吧，於是她索性結束了上海的一切，換個城市重新開始。

分手以後，寶璐剪了幹練的短髮，越來越精瘦，穿著靛藍色的牛仔襯衫，倒像個眉目清秀的少年。她抽完最後一口菸，問我：「不如和我一起去北京？」

我笑笑，說：「才不要去，我一個人在上海能生活得很好。北京城那麼大，會逼著妳非得找另一個人一起生活。」

寶璐笑笑，說：「那妳保重，記得北京還有不散場的酒局在等妳。」

從餐廳出來，寶璐著急地收拾行李，便先叫計程車離開了。我想慢慢散步回家，剛走沒幾步，憋了一上午的雨終於落下，瞬間就織成了雨霧，我忘了帶傘，只好慌慌張張地拐進田子坊，躲在一棟大樓裡。

田子坊給人的印象是文藝感。它是外地遊客覺得有必要來買的一張風景明信片，也是當地年輕人花一百元喝杯咖啡就能身歷其境的一部寶島小清新電影。這棟大樓亦是這般，一樓到五樓，除了畫廊便是設計師工作室，令人應接不暇。

雨暫時沒有停的打算，我便一層樓一層樓地往上逛，這裡的畫廊大多展出中國當代藝術——從眼花撩亂的布局配色和沒完沒了的政治波普（注：一種中國當代藝術運動，風格則來自於一九六〇年代西方波普藝術。）可見一斑。唯獨三樓有一家，陳列的作品全是黑白攝影，我頓時被吸引了過去。

這間畫廊規模極小，十二坪不到，掛了二十幾幅大大小小的照片，正牆上是一幅人物寫眞：全裸的年輕女人站在充滿陽光的浴室裡旁若無人地洗漱，腰肢纖細，臀翹而豐滿，一對小巧的腰窩正如提琴上的對稱裝飾，牆上的鏡子反射出她一雙惺忪笑眼，慵懶、肆意、自然，顯然是一個甜蜜溫暖的早晨。

我看得仔細，全然忘了我在畫廊裡，直到一個略微沙啞的聲音在我背後對我說：「妳喜歡這一幅？」

我驀地轉頭，然後呆住——我可以毫不知恥地承認，他是我見過最好看的男生。黑髮如漆，劍眉星目，穿深藍色的針織衫，裡面一件合身的白T-Shirt，顯出他強健的體魄。嘴脣薄而性感，一笑露出兩排潔白的牙齒，柔柔地對我說：「妳好，我叫孔大倫，這是我的工作室。」

一見鍾情這種事，沒經歷過的人永遠不會相信。譬如我，曾經覺得若沒有小心翼翼地試探、不偏不倚地同步、相知相惜的基礎，怎麼可能確定那是愛？但看見大倫，我看清楚了所有曾經在我夢中面目模糊的那一位，看見了「喜悅」二字原來有具體眞實的形象，看見了一粒種子迅速破土而出，開出鮮豔的花，只有一眼，便可以決定許多事，以及記住一輩子。

「所以妳喜歡這一幅？」大倫又問。

我一時意亂情迷，竟然答：「我買不起……」

大倫大笑，我才發覺我癡傻，趕緊補一句：「但我很喜歡，有維利．羅尼的感覺。」

「哦？」大倫有些意外，問我：「所以妳懂攝影？」

「不懂，只是恰好看過幾本大師的攝影集。」

我越來越不自在，一種下意識的自卑漫了上來，我不敢抬頭，連手都不知道往哪裡擺，韓劇裡的女主角此刻應該輕佻地抬起頭來和男主角鬥嘴、辯論，用吹彈可破的臉蛋和強詞奪理的言語贏得男主角的好奇與喜歡，但現實中我這個年紀的女人應該趕緊走開，免得聊得越多，越是無法抑制地腦補出一定有一個妖精似的年輕女生在家裡等著他，他們旅行、同居、一起看無聊的電視節目，女孩倚著他吃草莓口味的冰淇淋，男孩轉頭對她說：「老婆，餵我吃一口。」而我這樣的女人，應該趕緊回家，打開手機點一份四個生煎包和牛肉冬粉湯的外賣，一邊吃一邊看當紅韓劇、滑手機。

我生硬地笑了笑，然後匆匆往外走，雨還沒有停，我站在大樓門口，猶豫是否要冒雨走一段去坐地鐵。大倫竟然跟了出來，手裡拿著一把傘，說：「我請妳喝一杯咖啡再走吧？放心，不是要推銷。」

在鄰近的酒吧坐下，我點了一杯威士忌，大倫看了看，並沒有說什麼，我放鬆了些，指著酒拿自己開玩笑：「大倫，這是我男朋友，我們在一起十多年了。感情很穩定的。」

些許酒精過後，我更加放鬆了，忍不住調侃大倫：「其實你根本也不指望我買你的作品吧？以你這個年紀，在這寸土寸金的地方開怎麼想都不會賺錢的畫廊，想必從來也沒有什麼壓力。」

大倫又笑了笑，說：「妳眞有意思。」

我越來越放肆，回他：「你是說我跟別的老女人不一樣？」

大倫輕嘆一口氣，起身，走了過來，牽起我的手，把傘放在我的手掌，說：「對自己下手輕一點，好嗎？」

我像一隻紙老虎，耍了那麼多得意，被他一口氣，就吹蕩漾了。

那一晚，大倫的手碰觸過我的地方，開始灼燒。一吋一吋，滾燙至極。把我的皮膚灼得龜裂，熾烈火辣的好奇與思念從身體的每個部分湧了出來，蔓延一地。我反覆玩味他說的每一句話，做過的每一個動作，主觀想讀出其中蘊藏的所有深意，客觀上又提醒自己他除非是瞎了才來撩妳，一會兒笑一會兒惱，已然是瘋了。

手足無措之間，我看到大倫借我的傘倚在玄關，於是想起來：我要把傘還給他。

第二天，我在網上找到了大倫工作室的電話，打過去，是他接的。我怕他早就忘了我，便直接說：「昨天你借了我一把傘，怎麼還給你？」

電話那頭的大倫笑了，說：「是妳啊？」

他記得我。這讓我稍微寬了寬心，添了幾分自信，於是問他：「多謝你的傘，這兩天有空見個面，我請你吃個飯，如何？」

大倫自言自語了一陣，說：「這樣吧，這週五晚上九點，外灘和平飯店一樓的爵士酒吧見，妳要穿漂亮點哦。」

三十二歲辦公室行政人員的身材，雖不至於是殘花敗柳，但要配上「漂亮」二字，真得仔細雕琢。

緊身的裙固然性感，除非一直吸氣站著，否則一坐下很容易暴露年久失修的小腹；襯衫與長褲是帥氣俐落，但大倫手裡沒有我需要簽下的合約，我只想牽他的手，挑來揀去，衣櫃裡一件稱心的都沒有，急得我午休時衝去百貨公司下重本，買了一條寶藍色的真絲連身裙，才覺得能夠交卷了。

週五晚上，和平飯店爵士酒吧有上海老年爵士樂隊演出，台上吹拉彈唱的全是耄耋老人，台下成雙成對的也全是花甲情侶。一天沒敢吃喝、惴惴不安的我走進酒吧，一眼就看見了青春無敵的大倫。他穿淺灰色的襯衫，搭一條藏藍色長褲，站在吧檯旁，對我招手。彷彿無邊落木蕭蕭下的肅殺中，冒出來一個小荷才剛露出尖角的夏天。

我努力「款款」走過去，大倫並沒有誇我漂亮，只是把一杯酒推到我面前，說：「我自作主張先幫妳點了。」

我不敢問，大倫自己說了：「很喜歡來這裡。常常想著，如果老了，也有一個人陪著，能這樣就好了。」

他是青春又多情，妳都這把年紀了，就別再自作多情了。

酒還沒喝完，大倫問：「妳會跳舞嗎？」我說：「不會。」他說：「那妳正好可以學學。」他一把把我拉進舞池，樂隊正在演奏《國王與我》中的經典曲目〈Shall We Dance〉，我被他帶著，步伐笨拙，好幾次踩到了他的腳，最後他乾脆把我凌空抱起，將我雙腳懸空，在他懷裡，天旋地轉。

說眞的，我暈眩了。從沒見過這種方式，也沒試過這種招式。我，一個生於二十世紀八○年代早期的普通女子，即使在漫長的過往人生中看過無數多部浪漫電影，但現實裡，從未遇過像大倫這樣的男生。我們這一代人的愛情，從最早的情竇初開到一路的屢敗屢戰，幾乎都現實得毫無想像空間。年少時，爲了應對無窮無盡的考試，罔顧了青春。哪有什麼初戀？最多就是有個男生爲妳買買早餐，放學路上一起走一程，偷偷牽手、試探性地輕吻，想起來當然也有美好，但每個八○後的初戀無不如此，輕描淡寫、適可而止、如出一轍；進入大學以後，戀人之間可以做的事倒是多了，但相戀的過程不但與中學時期毫無二致，甚至多了各種世俗的考量：他的家庭出身怎樣、畢業後是否會留在同一個城市、要是一個想考研究所，另一個想工作該怎麼共處……也不過二十歲出頭的年紀，心思裡卻沒了風花雪月，早早換成了柴米油鹽。畢業、工作、自給自足，也許會遇到愛情，但甜蜜期更爲短暫，總有一個人或者一些時候，一用力，關係就朝婚姻而去了。於是倉促同居，順理成章地要求彼此對彼此的權利義務，設定期限，爲了預期而開始忍耐、忍受、百無聊賴，然後要嘛等到了順理成章，要嘛等到了一拍兩散。至於一拍兩散之後，隨著年歲漸長，身邊一切人等會越來越強勢地說服妳、要求妳：「快快進入婚姻。不要再扯什麼愛情，妳都多大年紀了，還信這個？」

在大倫之前，我曾有一個極穩定的男朋友，相處六年，穩定到他當著我的面上廁所不再關門，每天下班回家叫固定的外賣，吃完之後他看電視我看書，各自玩著手機在各自的群組裡閒聊，見過彼此父母，曾經計畫買了房便結婚——雖然我和他的狀態，已經和婚姻無異。他是我畢業以後第一份工作中認識的同事，在各種同事聚會中相識，在朝夕相處的工作中試探，一確立了關係，我就立即辭職換了工作。喜歡他，有一種傻乎乎的老實。剛交往時，有一次我說我想吃巧克力，他跑去超市買了每一種巧克力，提了一個大袋子對我說：「不知道妳想吃的是哪一種，於是我都買了。」就那一剎那，我覺得他值得託付。因爲他的老實，我不在意之後任何慶祝日他再也不主動送花或安排晚餐，他說：「與其準備那些虛無的東西，不如妳直接告訴我妳想要什麼，我買給妳。」我們剛交往半年，他便提出同居的想法，盛情主動地幫我租了一間離我公司比較近的房子，然後死纏爛打地搬了進來，說只想每天和我在一起。他不喜好吃喝、不講究穿著、不愛旅行，在我安排的幾次共同出遊中，他對於所有食物都是一句「還可以」，在抵達所有目的地時，一刻不停地玩手機遊戲。我父母不只一次評論他這個人：是個可以一起過日子的人。於是我也堅信，我們以後的日子要一起過。然而這種日子，過到第四年之後，便是靠慣性在維繫了。我們可以長時間不說話，默默地一起吃飯睡覺，那是一種沒有任何情緒的狀態，沒有所謂的高興、憤怒、哀怨、不滿，買房的頭期款早就湊足了，兩個人心照不宣地遲遲拖延著，沒有什麼理由和動力去改變現狀，畢竟，看房子和辦婚禮非常耗費精力。

結果，他先厭倦了。他有次出差回來，我在家幫他收拾行李、洗衣服，意外地從他的行李箱中翻出幾個保險套——我和他很長時間沒有做過愛了，近兩三年裡屈指可數的幾次，都是我在事後吃藥。家裡根本沒有保險套的存在。我看著那幾個保險套，很快得出了結論，意外的是，我居然沒有一點憤怒，也不覺得委屈，好像這一刻的到來早在預料之中。當然有一點難過，想像著是什麼樣的女生能令這麼老實的他出軌，想來想去，又覺得無論是什麼樣的女生我都可以理解——至少跟我不一樣。我把保險套放了回去，喝了兩杯酒，傳訊息跟他說：「在你的行李箱裡我看到了保險套。」他果然沒有狂風暴雨地回覆我，並解釋一番，只回我一句：「妳不該翻我的東西。」

一週之後，我就搬走了。倒不是覺得這種事有多麼不可原諒，就是一個證據——我們把日子過死了的證據。既然不是女醜男窮被迫天長地久在一起，趁早各自追尋自己所愛罷了。他出於愧疚，把他帳戶裡的錢全轉給我，我也沒跟他客氣地收下了。我知道，只有這樣，他才能心安理得地退出、遺忘，開始他新的生活。我不恨他，所以不會懲罰他。能好聚好散，總是因爲早已沒了愛。

從和平飯店出來，天空早已浮起一輪被雨水洗過的月亮，泛出一種珍珠的盈白。城市也被沖刷一淨，高樓的輪廓，深深淺淺，在夜幕上拉出一條曲曲折折的光線。

我就是忍不住多看了兩眼月亮，大倫便說：「這裡還不夠好看，跟我來！」

大倫拉著我急急地走，到了外白渡橋，我順著他手指的方向看去，碩大的藍色月亮斜斜地懸在空中，無比清冷又無比柔情。頓時想起那一句台詞：你也許永遠無法改變一個男人，但是在有藍色月亮的夜裡，你可以隨時改變一個女人。

更要命的是，大倫竟在我的耳畔，輕聲唱起了〈Moon River〉，我再也把持不住，轉身直視他，紅著臉說：「這一刻你要是不吻我，你就太殘忍了！」

大倫不說話，又只是笑，我莫名急了起來，有點害臊，然後不可控制地，溢出了眼淚——我，一個三十二歲的單身女人，站在車來車往的外白渡橋上，對著一個剛見兩次面的男人，羞恥地哭了。然而就在那一刻，我的眼淚即將從臉頰踉蹌落地的一刻，大倫的唇吻了上來。他先是吻乾了那顆淚珠，然後順著淚痕，吻過了我的臉、我的眼睛、我的睫毛。直到在沒有淚意，他終於吻了我。我根本不記得我們吻了有多久，我只是需索無度地想被他抱得更緊，被他吻得更深，我偶爾聽到路過行人的驚呼甚至起鬨，但這令我更肆無忌憚，我從未慶祝過生日，公司尾牙也從未抽中大獎過，活到現在從未上台發表任何感言，但這一刻，我覺得，我站在世界的中心。

再睜開眼時，大倫笑咪咪地看著我，問：「還想要什麼？」

「我還想要你跟我回家。」

大倫的手機震了一下，似乎是一則訊息。他抬手看了一眼，剛才眼裡的光采似墜跌的流星隱沒於無垠黑暗，我並不知道發生了什麼事，而大倫隨即答覆我：「不了，在別人的床上我睡不著。」

這時恰好有計程車開過來，他攔了下來，也不容許我追問，便把我送上車。我想他也許會說「我們不趕時間」，但結果他只是說了一句：「再見。」

我再轉頭看他，他早已匆匆朝另一個方向奔去，不知所終。

接下來好幾天，我都是在自怨自艾中度過的——

我惱我自己心太急，還沒吃到，吃相已是難看，於是嚇到了大倫；又或者是他忽然驚覺過來：像我這樣年紀的女人，一旦當真起來，將是非常難纏。我魂不守舍，每隔一分鐘便檢查一次手機，一則則微信提醒如同一個個微小的氣泡，冉冉升起又輕輕炸裂，發出只有我才聽得到的嘆息。

他是不會再出現了吧？我試著嚥下這結果，一天只消化得了些微，那吻曾有多熱，這果便有多苦。沒想到，我才暗自幽怨了四天，大倫又出現了，他很少發微信，一通電話打過來說：「我想見妳。」我幾乎有些激動地回他：「好呀！晚上想吃什麼？我來訂。」他說：「不用，就去妳家坐坐吧，上次本來就要去的。」

大倫像男主人似的，在沙發上安逸地坐下，笑得燦爛真誠，對我說：「前幾天有點事，便沒有聯繫。」

我從冰箱裡拿出一瓶酒，給彼此倒上，也不招呼他，自己坐在沙發另一角默默地喝。他走過來，坐在我面前的地上，抬頭看著我，像有明亮眼睛的毛茸茸小狗，低聲問我：「受委屈了？」

我盯著大倫看了幾分鐘，然後做了我三十二年來從未曾做過的事——連接吻都不敢先伸舌頭的我，在那一刻單手勾住眼前這個男人，惡狠狠地吻，而另一隻手，則恬不知恥地摸向了他的褲襠。

我迫切渴望大倫進入我，不是爲了肉體的快感與高潮。我想兩個人抱得越緊越好，恨不得互相嵌入彼此身體。他像巨浪，我似孤舟，一會兒托我上雲端，一會兒捲我入漩渦，風雨雷電是他的呼吸，狂暴地要我臣服；深情眸子卻似遠處的燈塔，指引漂泊的我回家。那句玩笑話是怎麼說的？「是你讓我知道什麼叫做愛——怎麼做都行，只要有愛。」

我原以爲大倫這樣的男人，是不太沉得下心談戀愛的。沒想到，他很專注。所有男朋友應當做的和可以做的他都一絲不苟地做了。我們外出吃飯，我坐下來滑手機，他會把我的手機沒收，然後佯裝惱怒地說：「看我不好嗎？」然後他整晚會專注地和我聊天、幫我夾菜，我偶爾張望到有別的女客人偷瞄大倫，而大倫目不斜視，這讓我暗爽不已。

我生日的時候，大倫送了我一雙樂福鞋，半訂製的，鞋舌內燙了我名字的縮寫。大倫央求我穿上，然後走過來，輕輕踩了我一腳，我吼他：「幹嘛踩我！」他「嘿嘿」一笑，說：「一點小迷信，本來是不能送鞋的，所以要踩住，不讓妳離開。」我低頭一看，他腳上正是一雙同款鞋，那一刻，我彷彿看到了在婚禮上，互相宣誓時，他對來賓講這雙鞋的典故，而他的舅舅，早已醉倒在桌上胡言亂語。場面混亂，我心安穩。

於是，我頗有心計地把我們的日子往塵埃落定的方向過，我頻頻帶大倫逛家居賣場，和他一起躺在雙人床上，故作不經意地問他：「以後家裡的床，你喜歡高一些還是矮一些？浴室裝浴缸還是裝淋浴間？家具喜歡美式還是中式的……」

大倫說：「都聽妳的。」

故事如果就在這裡結束該有多好。順利定下來、順利結婚，然後我順利微微發胖，變得平靜而遲鈍，一看就很有福氣的樣子。我們順利爲人父母、順利一起變老，每一晚我都得以撫摸他的臉龐。

然而沒有如願以償的人，總是比別人多了一些轉折。

悶熱夏季尾聲的某一天，大倫打電話給我，急急地說：「爺爺恐怕是不行了。」他要回一趟山東老家。我問他：「需要我做什麼？」大倫想了想，對我說：「不如妳陪我一起回去吧？」

在那個時候，竊喜是不對的。我替他難過，腦子裡想的卻是另一些事。我向公司請了三天特休，下午班也不上了就回家收拾行李。黑襯衫、黑裙子搭了又搭，喪心病狂得明明知道是奔喪，但還是想給大倫的家人留下好印象。收拾完東西，我又趕去百貨公司，買了愛馬仕的絲巾，想著若看見了大倫奶奶就送給她。一切準備就緒後，我坐在家裡等，等大倫告知我出發的時間，或者接我直接去機場，反正我已隨時準備著。

等到很晚，大倫終於來電：「我已經在機場了，坐十點那班飛機。」

「抱歉，我可能還是要自己回去了。」

「沒事了。」

掛了電話，我突然覺得很餓，胃有點抽痛，才想起來自己這一天下來什麼也沒吃。我走進廚房，翻箱倒櫃，找到幾包泡麵，我撕開兩包泡成一碗，還沒泡開便迫不及待地吃。那麵半生半熟，才吃兩口我就全吐了出來，人更加不舒服，覺得空虛，又覺得膩，飢腸轆轆，卻倒盡胃口。

我想，也許是某種預感太強烈，於是連身體都起了反應。

第二天早上，我算好時間，想著怎麼也不算打擾了，才發微信問候大倫，半晌，他回覆我：「爺爺走了，抱歉這幾天都不能及時回覆。」我立即回覆他：「節哀，好想陪著你！」

然而，大倫再也無音信。

今天應該是追悼會了吧？一整夜沒睡的大倫還堅持得住嗎？記得他有一套黑色的西裝，這次應該帶回去了吧？他和父親站在棺材旁邊迎來送往，想必來弔唁的人會對大倫父親說：「兒子都長這麼大了？真帥！」今天爺爺的遺體就會送去火化了吧？查了那邊的天氣，今天有小雨，不知道大倫昨晚有沒有睡？他還是會哭的，曾經聽他說起爺爺，是一個很具威嚴的大家長，做人的許多規矩全是爺爺教的，再聚少離多，童年留下的印象總是深刻的。大倫那麼穩重、寡言，這一刻，恐怕也已哭得像個孩子。今天大倫會不會回來？喪事應該處理得差不多了，不知道他父親是不是要留他下來？父子倆倒也很久沒見了，可能大倫要回來，父親說：「你難得回來一趟，再陪我兩天。」也說不定。反正今天都這時候了，大倫也沒說要回來。但晚上還有飛機呢，誰知道呢？

我一天一天就這麼空想，也不敢貿然打擾大倫。不去想他，便想自己，想自己怎麼變得這麼黏人、患得患失？跟前任在一起最熱戀的時候也未曾如此癡迷，於是我有些憎惡自己。到了第五天早上，還沒見到大倫，我終於忍不住傳訊息問他：「什麼時候回來？」

「我也許不會回上海了。」

看到這回覆，我盯著螢幕上愣了有五分鐘之久，手都開始抖了，顫著抖地敲出字問他：「這是什麼意思？是要暫時留在山東，還是要去別的地方？有期限嗎？發生了什麼事？」

又是漫長的十幾分鐘，終於等來了我的判決書，只有三個字：對不起。

人在被摧毀的一瞬間其實是哭不出來的。有哭的動作、欲望，但眼淚很難流出來。因爲那一刻人會本能思考如何逃生、如何挽救、如何解決，塵埃落定之前，你的心智並不允許你立即認命。

我懂「對不起」的意思，捧起手機，跪在地板上，飛快地寫了一段話傳過去——

大倫，你走了這五天，上海淅淅瀝瀝下了兩場雨，晚上涼了下來，應該是入秋了。我們常去的那家麵包店的馬路上，桂花陸陸續續開了，我有時候會買一個牛角麵包，就站在馬路邊吃。你知道，沒有你分一半，我是吃不完一整個的。現在也捨不得吃完，害怕學會一個人吃東西，你回來就會取笑我。桂花眞的很香，不知怎麼的，我就想起了你身上的味道。當然你聞起來並不像桂花，你聞起來像青草、像六月，大概是因爲我喜歡上海秋天的味道，也喜歡你的味道，於是這幾天頻頻想起你。

是的，大倫，我看見一切美好都會想起你，我覺得一切良辰美景都應該有你。

我知道我這個年紀不應該再這麼傻裡傻氣，但這感覺是如此之對，它怎麼能夠是錯的？

大倫，我不知道你經歷過什麼，這幾天又發生了什麼，但在你做任何決定之前，可不可以抽空想想我，想一下我們相處的這些日子，是否眞的毫無留戀可言？大倫，可不可以不要走？你缺失的，我盡量補；我補不了的，我試著了解。

我知道爲時尚早、我知道你青春漫長，哪怕你心裡還有什麼放不下，我也可以陪你一起慢慢放下。

我什麼都沒有，但我有很多很多的愛可以給你。無私、忘我、英勇的愛。

大倫，請相信我。請選擇我。

半小時之後，我等來的，還是那三個字：對不起。

塵埃落定，我終於可以開始哭了。

我想告訴你，在失戀那段時間裡，我都做了什麼。

當然我還是繼續上班，正事一點都沒有耽擱。說句難聽的，這一把歲數，想做雞都來不及了，可不能失戀又失業。

但我把所有剩餘的時間用來喝酒：早餐往咖啡裡倒威士忌，午餐喝兩杯葡萄酒，下班後有人約就去飯局上喝，沒人約就獨自去找家小酒吧喝四五杯龍舌蘭，總之，每天不把自己喝暈就過不下去。

我吃很多東西。並不是存心自暴自棄，只是覺得很空虛，酒又喝個不停，於是總想吃點什麼。我持續在家裡叫外賣，每次一桶雞翅，十幾天後終於從熟門熟路的外送人員眼裡看出了一絲關切眼神。那時我的額頭大冒痘、滿臉油光、雙眼無神，外送人員忍不住問我：「妳這麼喜歡吃雞翅？天天吃真的沒關係嗎？」我回他：「沒事，只要還想吃，人就沒事。」

其實大倫聯繫過我兩次，一次是告知我他回上海了，準備搬離開；一次是告別，他真的要離開了。他約見面，我推託說要去出差。我已成了一處遺跡、一座廢墟，實在不願他來憑弔我一番，再踩著那些碎了一地的瓦礫轉身走掉。大倫居然有點生氣，問我：「是說朋友也做不成了嗎？」我說：「大倫，沒有什麼比你真的把我當『朋友』更傷人的了。」

接著是自我懷疑。無窮無盡的自我懷疑。

五官？體重？出身？生活圈？到底哪一個，還是每一個環節都出了錯，才會讓大倫在那個做決定的時刻，毫無徵兆地醒悟過來：我跟她這是在幹什麼？

年齡。一定是年齡。我三十二歲，他二十五歲，如果反過來，沒有任何問題。而現實恐怕是，當他父親問起他在上海過得如何、有沒有女朋友，他若如實回答：「跟一個比我大了七歲的大姐在同居。」那將是一種多麼死寂的尷尬啊！

然而就事論事，我實際上也默認了年齡差異的暗示，自動自發地承擔起如姐如母的職責，彷彿我不那麼做，就對不起我自己的良心似的。我細緻地照顧大倫的飲食起居，幫他熨襪子、洗衣服，有時候愛心氾濫得還幫他做午餐便當，不是小女生捏的那種可愛飯糰與咖哩什麼的，而考慮到他是青島人便自作聰明地做一些類似蝦醬炒雞蛋、大蝦燒白菜之類的山東家常菜——眞正接近於媽媽的味道。

所以此刻在想起這些，才發現我有多麼蠢。哪有女人趕著證明「我不但能當你的女朋友，還能當你媽」的愛情？正是因爲存在無理、天眞和不懂事，才會酸甜有味。自己證明自己賢慧、慈祥、和藹，做得越好、越像、越認眞，親熱的時候就會越來越像亂倫吧？

然後，孤獨感鋪天蓋地地來了。

倒不是有傾訴的欲望，只是覺得，我與這世界失去了聯繫。我變成一個旁觀者，暗自揣測別人是怎麼活著的。譬如，那個一直單身但每天都非常活潑的女同事是怎麼做到的？她是眞的不需要任何人，還是沒有遇到那個能征服她的人？餐廳裡互相吃對方盤子裡的食物的情侶是怎麼找到彼此並堅持下來的？他或她到底做對了什麼，才可以恰好被自己愛的人愛著？住樓下的那個老阿姨不會眞的無兒無女吧？我看她只是一個人進進出出，也不太好相處的樣子，那會是我的未來嗎？最離譜的是，我不自覺地打量每一個女人，思索她會不會是大倫喜歡的類型。偶爾在路上看見過幾個天仙般的尤物，自卑之餘，我竟然腦補出了她們和大倫在一起生活的畫面。幻想得太認眞，差點就要當街對她們恨出血來。

我在家裡看《我愛我家》，濮存昕飾演的阿文和蔡明飾演的豔紅一見鍾情，兩人互贈二十四K金錶定終身：「那我當我嫂子吧！」「那我當我們妹夫吧！」……旁邊的人勸豔紅：「這是志新找來滅妳的！」豔紅一臉英勇：「滅就滅吧，我樂意！」——看到這裡，我瘋了似的「哇」一聲哭了起來。恰巧寶璐打電話來，聽見我哭哭啼啼的，便問：「妳在看什麼？」我一五一十說：「我在看《我愛我家》。」寶璐在電話那頭長嘆一口氣，說：「不如妳找個機會來北京吧？」

北京

決定去北京，也不全是因爲寶璐。

與大倫失聯三個月後，我終於做了最下賤的事：在社交網站上窺視大倫。

他並不是熱中晒生活的那種，微博註冊了幾年，總共才發了幾百則動態消息。而我像每一個不死心的人一樣，試圖從他發布的每一張圖、每一段字裡行間讀出我被拋棄的原因以及是否還有重來的機會。

我們分手兩個月後，他終於更新了一則微博，徹底擊穿了我——那是一張照片，穿著套裝的女人站在桌前指揮裝修工人布置櫃檯背景牆。儘管只是背影，我也能準確辨認出，她就是大倫畫廊裡那張全裸肖像裡的女人。這條微博配了四個字：祝妳成功。

世上分手的原因不外乎兩種：太了解，或不夠愛。答案如此分明：大倫放棄了不夠愛的我，而去追隨了他眞正愛的人。那一刻我也才想起，和大倫交往的時候，他從未主動幫我拍

照，倒是我趁他不注意的時候偷拍了不少。我看不夠他，正如他看不夠這個女人。

以及，不是「我愛你」才足夠表達我愛你。有時候，越是輕描淡寫的話，越藏著洶湧澎湃的愛。我懂那種感受：已經愛你愛到被你瞧不起，說「我愛你」是多餘、是打擾。但還是想愛你，於是真誠祝你好、祝你健康、祝你心想事成、祝你一直明媚、驕傲。不被愛的人才懂：不動聲色的祝福，是最深最無奈的愛。

我坐在電腦前，盯著那張照片，想哭，但眼淚被一個盤旋不散的好奇制止了：她到底長什麼樣子？

照片裡櫃檯後方貼著公司的名字：JUST SALAD。我上網搜尋了一下，是一家註冊在北京的餐飲公司，辦公室地址在三里屯SOHO。闔上電腦，我坐在黑暗裡靜靜抽完了一整包菸，細細盤算我過往人生的一切因果——我三十二歲，在上海這家小公司做著聊勝於無的工作，是因爲沒有考上最好的大學；沒有考上最好的大學，是因爲當初被數學拖累；當初被數學拖累，是因爲我非常討厭勢利的數學老師，同時，我也不被她喜歡；不被數學老師喜歡，是因爲我的樣貌、性格、出身都是如此普通。是，做爲一個普通的三十二歲女人，發生在我身上的一切，我都可以認命。但至少讓我看明白，是爲什麼。

想到這裡，我又打開電腦訂了機票，我要去北京看看。

到了北京，才發現寶璐的狀態比我更差。

寶璐在三里屯花園開了一間酒吧，每天營業到凌晨兩三點。我住在她家，經常凌晨五六點醒來發現寶璐還坐在客廳看電視，也不是看，就是坐在那裡恍神。一直到早上十點她才勉強上床睡一會兒，下午一兩點又出門去酒吧了。

又一個早晨，我醒來看見寶璐依然對著電視，像喝水一樣地喝威士忌，終於忍不住去拍了拍她：「妳不要命啦？」

寶璐恍神地對我笑了笑，拿過杯子給我也倒了一杯，問我：「妳說是不是我有問題？」

寶璐來北京後，認識了哈維，一個二十七歲、靠反覆辦旅行簽證待在中國的西班牙男孩。寶璐開的酒吧，尤其吸引這樣外國人——拿正經工作簽證的，多半拖家帶口住在順義；每三個月就要出一次境的，則每晚拿著一瓶啤酒輾轉在三里屯大大小小的酒吧，結識可以帶來工作機會或社交派對的新朋友，以及不費吹灰之力就能帶回家的好女孩。

哈維常來，但寶璐卻看不上他。哈維拿著啤酒靠在吧檯，等著空隙對寶璐搭話。酒吧的生意是真的好，寶璐要是忙不過來，哈維就自自然然地繞到吧檯背後，幫客人點單、調酒。漸漸地，寶璐默許了。

哈維不要寶璐的工資，他在三里屯一家單車俱樂部當兼職教練。一來二去，倒是寶璐不好意思了，也不知道怎麼報償，於是哈維說：「妳帶我回家吧。」

當然是因爲哈維需要一個住處，但哈維始終是一個愛笑愛鬧又會做菜的西班牙人。寶璐防備的心慢慢放下了。她和他都不追問對方怎麼看待這段關係，只是默默地一起生活。就這樣也滿好的。寶璐時常對自己說。

可惜，感情這件事，即使妳已經把預期放到了最低，它卻總能被更低級的方式打破。寶璐那天生理期突然來了，一刻也站不住，才晚上九點就踉踉蹌蹌回了家，一開門，倒不是特別怵目驚心的場面，哈維訕笑著迎了上來，說：「樓上鄰居家裡沒水了，這麼晚水卡也充不了值，她就下來洗了個澡。」

屋裡有一個女孩正在穿衣服，頭髮濕濕的，真的是剛洗完澡。兩個人居然都是堂堂正正問心無愧的樣子。女孩穿上褲子，對寶璐笑了笑：「姐，別多想啊。」然後開門走了。

寶璐摸著肚子，一言不發走進廚房給自己泡黑糖水，哈維跟了進來說：「社區遛狗認識的，只是朋友。」寶璐難受得無暇他顧，草草說了句：「Whatever。」

哈維倒像受了多大委屈似的，走開了。過了一會兒，他又氣勢洶洶走了過來，對寶璐說：「妳沒有資格給我臉色看，我們從來沒有說是 settle down。」

這句話徹底激怒了寶璐，「啪！」一杯熱水連同杯子朝哈維砸了過去，「Settle 你媽的

down!」也不管哈維聽不聽得懂，寶璐破口大罵：「別拿白人那套約會規則 bullshit 我！你什麼東西？你就是一個在你的國家混不下去的下三濫！你跑來我們這裡，給我端起架子來了？你省省吧！你眞的以爲你在北京就不是下三濫了？我要不是受了挫折，還爬不起來，我還會跟你這個要飯的好？你看你那德性，約砲都開不起房，你還是男人嗎？趕快給我滾！」

哈維氣得脖子都紅了，丟下一句「Crazy bitch!」匆忙收拾了東西，便甩門而去。

「那他們眞的上床了嗎？」我問寶璐。

「可能那次沒有吧。」寶璐又乾了一杯，接著說：「但哈維前幾天帶著那個女孩來我店裡，說他們要結婚了。」

「他倆才認識多久？那女的也太隨便了吧！」

「一兩個月？我猜。但他畢竟是個外國人，所以，沒錢沒工作，連簽證都沒有又如何？有些女的根本不在乎。」

「那妳在難過什麼？難道妳捨不得他？」我問。

寶璐說：「其實我當時眞的沒想過要追究，只是他那種語氣跟我前男友如出一轍——

『妳也沒打算和我定下來。』所以我是因爲做人獨立被懲罰了嗎？什麼是男人所謂的『定下來』？閉上嘴、張開腿、上床做愛、下床做飯？他有不滿我改，我有不爽忍著？因爲我不肯『定下來』，我就活該被男人當成驢騎著去找馬？愛和尊重，是不是還不夠？一定要馴服才能得到幸福？」

我怔怔地看著寶璐，她也怔怔地看著我。一滴眼淚從寶璐眼角滑了下來，我伸出手想替她擦掉，寶璐一把抓住我的手，把整個臉貼了上去，我的手濕濕熱熱的——寶璐在無聲地哭。於是我也跟著大哭了起來，吼她：「妳別傻了！妳看看我，我把自己都馴服成什麼樣子了，也沒留住大倫啊！還不是被當成驢騎了！」

這一出口，我和寶璐才意識到剛才說了什麼蠢話！我倆笑成一團，眼淚都笑出來了。後來，我拿起威士忌的瓶子，一口乾下去小半瓶，對寶璐說：「我決定了！」

「決定什麼？」

「我要辭職，然後去那女的開的公司應徵。」

寶璐酒都嚇醒了，連忙問：「妳要幹嘛？」

「沒幹嘛。我就是要去看看，大倫最後找了一匹什麼樣的馬。」

我本以爲在三里屯這幾天，就能看到照片中的女人和大倫出雙入對的場面，然後我也可以死了心回上海。但直到年假將盡，我也從未見到大倫，亦很少遇到那個女人。又加上寶璐需要人陪，我才決定辭職去潛伏——說到底，我迷戀大倫，也算了解大倫。他絕不是因爲美貌，就不管一切，死心踏地的人，那女人一定有些什麼，是世間任何一個女人都沒有的。我不但好奇，我還想學習。

其實坐在會議室等她來面試我的時候，我已經覺得輸了。再怎麼說，人家已經創業當了女老闆，我過往十年最輝煌的職業經歷，不過是寫了幾個被老闆稱讚「漂亮」「高級」的PPT。

「妳好，我是蔣天一。」

當蔣天一眞實地坐在我對面的時候，我幾乎百感交集到溢於言表——她是美的，輪廓清晰，女生男相的美。她的皮膚是晒得很均勻的小麥色，身材頎長，肌肉緊實，是長年健身的體態。她的臉很小而五官大，眼睛大、嘴大，笑起來的時候嘴角上揚直抵耳垂，非常爽朗。她是那種會眞正被男人、女人都當成「好哥兒們」的俐落女子，但她又是年長的。她肯定比我老，無庸置疑。即使魚尾紋和法令紋說明不了什麼，她的眼睛裡卻有很多歲月留下來的東西：故事、城府、自信、鬥志，不亦顯露的疲態。她定定地看著我的時候，我會心虛。

看到她，我心裡的一塊巨石落下——大倫並非嫌我年紀大才和我分手，但另一塊巨石又懸了起來——所以大倫是專挑年紀大的嗎？

心事太多，整場面試基本是蔣天一在說，而我有一搭沒一搭地聽。她說她在北京出生，澳洲長大，以前做投行的，在香港也待過。後來厭倦了投行那個圈子，又很喜歡健身，於是來北京創業，專做健康沙拉。

「那妳爲什麼來北京？」最後，蔣天一冷不防地問我。

眞實原因一定會令她毛骨悚然，但我對她只是好奇，並無惡意。我說：「我在上海生活得太久了，活得只剩下一種情緒。我想來北京，重新活出一種狀態。比如，像妳這樣的狀態。」

蔣天一大笑，問：「妳今年幾歲？」

「我三十二了。」

「我比妳大兩歲。」蔣天一感慨地說，「像我們這個年紀的女生，敢徹底離開原來的環境，去陌生的地方重新開始，眞的不簡單。」

「向您學習。」我也笑了笑。

在蔣天一的公司才上一個月的班，我已經完全忘了自己來北京的初衷是什麼。

太忙了，以網路型態爲主的創業公司，根本沒有所謂的工作時間以及分工。一個有經驗的人，得做企畫、文案、公關、市場……甚至客服的工作。所以當時我完全不擔心面試的結果，因爲蔣天一太需要人了，我這種從正經公司出來，履歷漂亮，又不問股票、不問期權，連薪資都隨口就答應了的應聘者，她根本不會有遲疑，恨不得我當場就上班。

這樣也好，沒有什麼放不下，除非妳還不夠忙。

我每天工作十二小時，一週上六天班，忙得連酒都順便戒了。大倫一定不在北京了，因爲蔣天一比我還忙。我早上九點進辦公室，她七點就在；我晚上九點下班時，她還在和網站運營、倉儲物流的同事開會。時不時的凌晨一兩點，她很有禮貌地在微信傳訊息給我：「睡了吧？請一起床就回覆我。」——而我哪怕早上六點回覆她，她也已經在工作了。

「妳不需要睡覺的嗎？」我問她。

「創業其實是一個人的事，所以不可能要求所有人爲一個人的成敗盡心盡力。」她淡然地說，「大家都可以當這是一份工作，我不可以，我來北京，已押上了我的所有。」

我們這家公司，是做時髦的健康沙拉配送。怕胖的女職員，健身的菁英男，都是我們的忠實客群。沙拉的配方是蔣天一找澳洲營養師買來的，爲了配出來的產品不出錯，她也堅持使用進口食材。沙拉的品質果然很好，連我自己都愛吃。

沙拉在燕郊的中央廚房進行製作、包裝、分發。爲了新鮮，廚房工人是三班制的。蔣天一每天都要去廚房巡查，有一次我陪她去，剛進廚房繞了一圈，她就大發雷霆。

她把廚房負責人叫到配料區，問他：「這是什麼？」

負責人看了看，說：「藜麥啊。」

「配料表裡寫的是紅藜麥還是白藜麥？」

負責人有些心虛，但仍覺得她是小題大做：「忘了跟您說，這兩天不是因爲大雪封路嗎？供應商的車子進不了京，進口紅藜麥斷貨了，就用了白藜麥。白藜麥還比較便宜呢！」

蔣天一聽，勃然大怒：「我難道會不知道白藜麥便宜？我還知道如果沙拉裡的藜麥全改成白藜麥，成本能立刻降下來超過三分之一。但我指明用的是紅藜麥，顧客要吃的也是紅藜麥，如果紅藜麥供應不及，我們這幾天就停售這款沙拉，誰給你許可權擅自換原料？」

負責人十分委屈，還在小聲嘀咕：「也就您自己知道紅藜麥白藜麥的差別，一般人誰吃得出來？」

我從沒見過蔣天一發這麼大的脾氣過，她一拍桌子，說：「你吃不出來，捨得花兩百六十元買一份沙拉吃的人吃得出來！即使他們今天吃不出來，他們總有一天也會吃出來！

大家都是辛苦的勞動者，你吃速食、吃烤肉串，他們花大錢吃這個圖什麼？這一盒裡不只是幾片葉菜，還是一種令人嚮往的生活！這家公司的價值有多大，就取決於這種生活的吸引力有多大！所以，我絕不允許任何人，把摻了沙子的生活端給顧客端！」

我在一旁聽得目瞪口呆，甚至肅然起敬。蔣天一轉頭對我說：「蘇楠，妳去通知生產線和物流的同事，今天的藜麥沙拉不出貨了，再通知客服部聯繫下單顧客退款。」

中央廚房的負責人慌了，我也慌了，連忙勸她：「天一姐，今天後台顯示藜麥沙拉的訂單總數爲四千多份，退款就不說了，光是這四千多份的原料和人工就得耗損十多萬，現金壓力有點大，更別提用戶體驗了。」

蔣天一不同意，說：「現在不是考慮成本的時候。我不是必須成功，但是我必須正直。」

我看著眼前這個女人，這個長期缺乏睡眠、眼睛裡總是有紅血絲的女人，這個常年在高壓環境之下工作，又常年不化妝，下垂、淚溝、法令紋……一切衰老徵兆在她臉上一覽無餘的女人，這個令大倫魂牽夢縈，又令我崩潰著從上海逃離的女人，突然有點懂了——懂了她得到的愛不是無緣無故，懂了信念可以使任何一個人閃閃發光。在那一刻，我開始和大倫一樣，眞心祝福她成功。

我想了想，對她說：「天一姐，我有個解決方案妳看可不可以？我們不是有那種有隔層的沙拉盒嗎？我們把沙拉的其他部分放在隔層下面，白藜麥單獨放在隔層上面，每一盒再額外附贈一個溫泉蛋。我現在立即聯繫設計部的同事去製作四千張小卡片，說明情況。『因爲不可控的氣候原因，今日沙拉只能提供白藜麥，請您自行選擇食用與否。對此我們深表歉意，附贈溫泉蛋一顆望您諒解。』現在是早上七點，連列印加裁剪，這四千張小卡片十點一定能送到中央廚房來，不會耽誤十一點發車送貨。」

廚房負責人感激地看向我，又不安地看向蔣天一，最終，蔣天一說：「可以。我們動作快點吧！」

處理完這個意外，蔣天一執意請我吃午飯。在餐廳裡，她很動情地對我說：「謝謝妳，本來以爲創業是一個人的苦旅，沒想到居然能找到可以同行的伴。」

我不敢看她，怕不爭氣地哭。便顧左右而言他：「妳以前不是做金融的嗎？怎麼對餐飲這麼專業？紅藜麥和白藜麥都分得清！」

蔣天一自豪地說：「我從十五歲起，就在沙拉工廠裡打工。什麼瓜果蔬菜我都不用看，閉眼一抓就知道是什麼。」

她說：「澳洲人愛吃沙拉，又特別講究新鮮。所以工廠非常冷，比我們的中央廚房冷多了。」

即使是陽光燦爛的盛夏，她也需要穿戴絨帽、圍巾和羽絨衣才能工作。在工廠裡，工人用接近零度的冰水洗菜、拖地，哪怕穿著防水鞋，也能感到又濕又冷的寒氣像吐著蛇信的黑蛇一樣，緩慢而挑釁地從腳底一路游移向上，直到鑽進胸膛，讓人忍不住渾身發抖。

為了拿到較高的時薪，她每天凌晨五點就去工作，做到早上八點，直接從工廠去學校。下午三點放學後，再去工作三個小時才回家。遇到寒暑假，就是整天都在打工。打工的時候，每半天有十五分鐘的休息時間，簡直如同打仗：她要先迅速地脫掉繁重的工作服、保暖衣，然後衝去洗手間快速小便，這就花掉了十分鐘。剩下的五分鐘，要嘛去戶外抽一口菸提振一下精神，要嘛跑去休息室倒杯熱水握抱在懷裡暖暖身子，之後再回到工廠穿上保暖衣、工作服，繼續抓菜、秤重、包裝，周而復始，一日一日。

「妳那時候只是個國中生呀！」我驚呼。

「有什麼辦法？」蔣天一輕描淡寫地說，「家裡沒錢，我要讀書。」

一開始在沙拉工廠打工的時候，她經常感冒，第二天起床總是渾身痠痛，胳膊也變得一個粗一個細，但想一想如果不去打工，當天就沒有那一百多塊的澳幣收入，於是她又硬著頭皮去了。

「妳知道嗎？到了後來，我一個人一天就能包裝半噸沙拉。廠裡沒有一個人不佩服我的！」她說，「以及，我很久沒感冒了。」

「回想起來，妳不恨嗎？」我是真的疼惜她了。

「爲什麼要恨？」她說，「吃過的苦都是財富。我在沙拉工廠，學會了時間管理、學會了健康飲食，甚至學會了他們的商業模式！後來我媽把房子改成了寄宿家庭，租給留學生，租金夠用，我就沒去做包菜女工了。」

女人的直覺是世上最精準的東西，看似完全風馬牛不相及的幾件事，女人卻能從中找到關聯、找到答案。

「租給留學生……更累吧？」我技巧性地試探，「畢竟要包吃包住包學習。」

蔣天一根本不知道我想問什麼，開開心心地答：「不累啊！其實我家主要住的是一個從山東來墨爾本念書的男生，富二代，非常懂事，又滿闊綽的，他爸都是提前支付一整年的寄宿費。」

那男生是大倫！

原來如此！

我的心不由自主地抽痛了幾下。

雖然公司每日的訂單有在持續地增長，光北京地區，單日幾乎破萬，但融資遲遲沒有到

位，做過幾輪推銷後，資金鏈幾欲斷裂，蔣天一不停地拆東牆補西牆，焦頭爛額，非常不好過。

員工也陸陸續續地離開。大部分混創業圈的人，如同候鳥一樣，總有新的、賺到錢的創業公司，開出兩三倍的薪資，掠奪性地挖角。這些人便毫不猶豫地跳槽過去，根本不在乎在每一家公司平均只做半年——反正創業公司也不在乎。網路型態的創業，就是一場賭博。剛上桌的無不志得意滿，深信自己可以全盤通殺；但絕大多數，位置還沒坐熱，就在下了幾個大注之後輸光籌碼，夾著尾巴離場。

公司從最一開始的四十多人，縮減到二十多人，好幾家協力物流廠商的合作也中止了。其實我更沒有留下來的理由，我早已不執著大倫爲什麼分手，最多在深夜下班路過公司樓下那家7-11時，會偶爾想起他——那時候，我和他深夜從朋友的聚會或者常去的小酒館回來，走到家樓下，聞到便利商店裡隱隱飄出的關東煮味道，他就會傻笑地對我說：「我餓了。」我們走進去，他站在櫃檯邊，吃著雞蛋、蘿蔔、海帶結，我在另一側的雜誌架前翻看雜誌。夜裡很靜，我偶爾轉過頭看他，那背影線條迷人，又彷彿看見無邊無際的人生海上，終於有一艘船朝我這岸開來。

我只是不捨蔣天一。這話聽起來像是瘋了，可是我見過太多追名逐利的人，很少見到這樣追逐理想的人。而這兩種人的區別是如此地明顯，一望便知——前者要錢，後者要臉。

因爲某一家協力物流廠商持續性且沒有理由地抬高價錢，蔣天一據理抗爭，結果這家物流在某一天中午的尖峰時段突然對我們說要罷送。整個國貿地區一千多個訂單商品就堆在我們辦公室門口，嚇得櫃檯小姐直接坐在地上哭。

「哭什麼？」蔣天一站在辦公室裡冷靜地說，「還沒到哭的時候。」

「那怎麼辦？」我問她。

「妳把所有同事都叫來，分成十個小組，每組負責配送一個區域。國貿這邊的訂單難度不大，許多都是公司團購，妳請有車的同事開車，沒車的叫車，一切費用全部都可以報公司帳。」

我和蔣天一一組，送國貿到財富中心沿線的公司訂單。我提著幾十盒沙拉，在櫃檯與櫃檯之間奔波，「您的午餐沙拉到了！」——說出這句話時，我一點也不覺得難爲情，甚至有幾分自豪，我曾是游離在一切之外的人，可以全然投入、榮辱與共的感覺，似乎也很好。

送完手上的訂單，我在環球金融中心樓下等蔣天一，半晌也不見她出來，我又上樓去找她。結果看見她站在某知名金融公司的門口，被一位氣勢洶洶的中年婦女教訓個沒完沒了——

「你們沙拉分量就這麼一點？誰吃得飽！」

「也送得太慢了吧，我們公司都快過午休時間了！」

「還有，我們每次都是訂無乳酪的沙拉，前幾天你們送來的沙拉裡全是乳酪，我們這裡有好多人都有乳糖不耐症，吃出問題你們負責得起嗎？」

……

蔣天一恭敬地聽著，滿口道歉：「我們一定改進，之後您公司的訂單我們都會贈送餐包，也會優先配送……」

中年婦女訓了一陣，自己都找不到話說了，才放了蔣天一。我和她走遠了之後，才問她：「我們公司沒有乳酪沙拉，她從哪裡吃到乳酪？」

蔣天一苦笑，說：「我剛才聽她說了半天，她說的其實是競爭對手的沙拉。應該就是員工不滿意，才換了我們家的沙拉。今天也是第一天送，稍微送晚了點，大姐劈頭就把帳全算在我頭上了。」

我不解：「那妳就乖乖聽她罵啊？」

蔣天一說：「她罵歸罵，倒也說了不少有用的。這家公司福利滿好的，員工伙食免費。吃沙拉的也多，一下單都是五十盒起。那大姐是公司行政，讓她對我出出氣、逞逞威風，也沒什麼。我還得再來和她談企業團購。」

我拍了拍蔣天一的肩：「今天下班以後一起喝一杯吧？我請妳。」

寶璐一見到蔣天一，便直接給她一個大力的擁抱：「耳聞許久，見到眞人，更是心服口服。」

蔣天一問：「服什麼？」

寶璐和我相視一笑，打哈哈過去。三個女人，不到兩小時，便喝光了一整瓶威士忌。我終於忍不住問蔣天一：「妳……有男朋友嗎？」

蔣天一想都沒想，說：「當然沒有！妳看我有時間談戀愛嗎？」

寶璐也敲起了邊鼓，問：「但一定有迷戀妳的人吧？」

「那是他們的事，與我無關。」蔣天一又喝光了一杯，反問：「怎麼今天突然問起這個問題？從沒聽妳聊過情感話題，還以為妳跟我一樣，不太在意這方面。說眞的，妳們覺得感情重要嗎？占妳人生比重多少？」

寶璐想了想，說：「百分之四十吧？其他百分之四十給工作，百分之二十給興趣。妳千萬別看我剪這麼短的頭髮就推測我是個男人婆。我呢，其實還滿喜歡跟人在一起的。畢竟，我愛喝酒，但不太喜歡一個人喝。」

蔣天一看著我，問：「妳呢？」

「曾經是百分之百，」我說，「但來了北京以後，慢慢降到百分之九十又降到百分之八十，目前的話，也許是百分之六十五了。別笑我，我已經進步很多了。」

蔣天一奚落我：「戀愛狂！那妳怎麼沒談個戀愛？」

我多想告訴她：「因爲我愛的人愛的是妳。」然而我只能說：「我心裡有一個明確的人，只能是他。和他在一起，我才感覺是愛。和別人在一起，都是生活。而如果只是生活，那我自己一個人就夠了。」

蔣天一對我做了一個誇張的鄙視表情。

「妳到底有什麼問題？妳是有受過什麼傷害嗎？」我問她。

她說：「我看我媽談戀愛的樣子眞是看夠了。」

蔣天一的母親在她十歲的時候，毅然決然地跟她父親離了婚，帶著她跟著一個澳洲人來到墨爾本。「我和妳爸早就沒有感情了。」母親對她說。

母親二十四歲時就生下了蔣天一。因爲略懂英文，又長得十分標緻，被調進了故宮博物院當講解員。母親工作的樣子極爲迷人，她梳著光滑的髻，穿一塵不染的白襯衫，身姿挺拔，笑容親切，字正腔圓地爲來賓講解昔日王朝的背影。一九九四年的夏天，母親接待了一個澳洲人，講解完畢，澳洲人邀請母親去酒店喝咖啡，母親拒絕了。第二天，澳洲人又去故宮聽母親講解，結束後他再次邀請母親喝咖啡，母親還是拒絕。澳洲人連去了五天，母親終於去喝了那杯咖啡。

澳洲人叫漢森，比母親年長八歲，自稱是墨爾本的農場主人。他的農場，有成群潔白的綿羊、綿延無邊的草地，白天開著車，帶著狗放牧，晚上在浩瀚銀河下，吃著晚餐看流星。母親聽得心旌搖曳，於是漢森對母親說：「妳應該過這樣的生活。」

母親說：「可是我已經結婚了。」

漢森說：「但妳依然有追求幸福的權利。」

母親說：「可是我有一個十歲大的女兒。」

漢森說：「我妻子幾年前病逝了，我們沒有子女，妳的女兒就是我的女兒。她在墨爾本可以接受更好的教育。」

母親想了想開計程車的丈夫，想起他開計程車時不斷地謾罵他人，回到家也是這樣，不高興了還會打她，又想了想墨爾本的藍天白雲、漢森農場的綿延草地，很快就做了決定。

到了墨爾本才發現，漢森根本不是農場主人，他只是開了一家專運農產品的小型貨運公司，說白了，就是個貨車司機。母親當下滿憤怒的，但想想漢森待她們母女二人不錯，墨爾本又確實有藍天白雲、綿延草地，母親很快就恢復平靜了。

五年後，漢森認識了一個年輕的釀酒女工人，跟著她搬去了巴羅莎山谷。漢森把墨爾本的房子留給了母親，算是仁至義盡。母親在家痛哭了幾天，她不是傷心，只是不知道接下來該怎麼辦，她邊哭邊叨念：「人生地不熟的，我們該怎麼辦？」

母親哭得梨花帶淚，我見尤憐。她始終是一個楚楚動人的美麗婦人，一頭如瀑的黑髮披散開來，眼淚滑過她皎潔如白瓷的臉，更有一種心碎的美。十五歲的蔣天一看得心疼，於是輕輕幫母親擦乾眼淚，對母親說：「媽，別哭了，我可以去打工。」

母親後來也振作起來，去當地一家酒店當清潔工。三十九歲的母親，因爲早年的職業訓練，一直很有幹勁，看起來最多三十一、二歲。她重新上班沒多久，就三不五時地帶男人回來，有時候是同事，有時候是酒店的客人。大多數只出現過一兩次，只有兩三個留下來過，和她們共同生活幾個月、一兩年、三五年，但他們最終都離開了。

每一個男人離開時，母親都會哭個幾場。她不再是爲生計發愁，她是眞的心碎。她擔心自己老了，她覺得自己因爲對不起蔣天一的父親而受到了詛咒，她在家喝酒、賴床，蔣天一在沙拉工廠打了一整天的工，回來還得打掃、做飯。母親可憐兮兮地抱住她說：「一一，妳不會也不要媽媽吧？」

蔣天一很爭氣，考上了墨爾本大學，靠貸款、打工和獎學金一直讀到研究生所。母親五十歲的時候還在跟人約會，失戀了又在家以淚洗面，她是眞的老了，哭起來的時候，不像是失戀，倒像是遭到子女虐待和遺棄的孤寡老人。

蔣天一終於受不了，對母親說：「媽，妳覺得這樣有意思嗎？妳都已經停經了，怎麼還想談戀愛呢？」

母親毫不示弱，說：「難道因爲我老了、結過婚了、生過孩子了，就沒有追求幸福的權利了？我是女人，我就算到了八十歲，也還是渴望愛情！」

蔣天一無語。

二十八歲的時候，蔣天一得到一家投行的offer，要搬去香港。蔣天一安靜地簽約，提前飛去香港租了房子，最後離開墨爾本的那一天，蔣天一把房子裡裡外外都打掃過了一遍，冰箱裡放滿了食物，提前結清了水費、電費、天然氣費，留了一張一萬澳元的支票和一張紙條在母親的枕頭上，紙條寫著：「媽，去愛吧！」

然後她推門而去，再也沒回頭。

公司越發舉步維艱，蔣天一開始全神貫注地外出找投資，日常的營運全權交給了我。我每天晚上下班了會去她家坐一會兒，向她彙報當天的工作。

某天晚上，蔣天一的手機突然響了，她接完電話，對我說：「我有個朋友要上來，他現在已經在樓下了。」

我下意識地想說「那我先回家了」，但一個心念一轉，我故作疑慮地問：「那怎麼辦？有幾件事情今天必須和妳確定。」

蔣天一說：「那妳去我臥室等一下吧，把門關上，我很快就把他打發掉。」

我在臥室裡輕輕坐下，等待門鈴響起。門開了，一串腳步聲進來，一個男人在沙發輕輕坐下，一個輕柔的、稚嫩的、略帶小小沙啞的聲音響起：「妳還好嗎？」

我眼淚霎時流了下來。是大倫，是我朝思暮想的大倫，是我最想見面但到最後連他微博都不敢再去翻的大倫。此刻，他就在這裡，就在外面，離我二十公尺的距離，用他最溫柔的心，問候著另一個女人。

蔣天一不鹹不淡地說：「還滿好的，就是很忙。」

「我回老家看爸爸，在北京轉機，明天回巴黎。」

「研究所念得怎麼樣？」

「還可以。」

原來大倫去巴黎留學了，我完全不知道。我有什麼資格知道？

外面一陣沉默。沒有人說話，只聽見蔣天一劈哩啪啦地敲擊鍵盤的聲音——她竟然完全不理會大倫。

「妳撒謊。」大倫突然說，「妳過得不好。我問過幾個做投資的朋友，說妳做得很累、

很掙扎。」

蔣天一不置可否，「那也是我自己的事。」

「我給妳錢。」大倫說完這句話也覺得不妥，又補充說，「我想投資妳的公司。」

蔣天一拒絕了，令大倫委屈不已，「我的錢和其他投資人的錢到底有什麼差別？」

蔣天一說，「大倫，你走吧，好好學習，然後盡快長大。」

大倫竟然哽咽了，問蔣天一：「我到底哪裡不好？」

我在黑暗裡坐著，淚流不止。「我到底哪裡不好？」這個問題，我問了自己整整一年。而他也沒有答案，但他卻也在問別人。

蔣天一嘆了口氣說，「大倫，你知道嗎？每個人的人生都有很多階段。你只是我的一個階段，已經過去了。我也只是你的一個階段，你現在過不去，遲早會過去的。我想要的很多，想做的也很多，但戀愛、婚姻，在我現在這個階段，我完全不想要。」

大倫負氣地說：「妳想要什麼，我都可以給妳。」

「那你給我自由吧！」

又是一陣沉默。之後，我聽見了嘆息的聲音，聽見大倫轉身離開的聲音，聽見門被輕輕關上的聲音，也聽見了，我自己心裡的聲音——那裡原本有一棵開花的樹，只是早已枯敗，剛才又一陣風颳過，最後一片葉子，也掉了下來。

蔣天一打開臥室的門，有點被嚇到：「咦？妳怎麼哭了？」

我胡亂地擦了擦臉，說：「想到了一些事，別介意。」

我走到客廳，整理好檔案，暗自平復了情緒，然後問她：「妳爲什麼要傷害那個男生？」

蔣天一說：「妳知道什麼？」

我欲言又止，怯怯地說：「我只是覺得……他應該是個很棒很棒的人。」

蔣天一聳聳肩，說：「他的確很棒。So？」

So？我有點忍不住了，「So，妳不應該像對待垃圾一樣對他！也許對別人來說，單單只是認識他，就要花光一輩子的運氣！」

蔣天一覺得莫名其妙，說：「妳瘋了。」

「對不起，我失態了。我有點累，我明天一大早再來和妳討論工作吧。」

我也不等蔣天一應許，直接打開門衝進了電梯。剛出公寓大門，竟然看見大倫就在前方不遠處——他一定是在樓下站了一會兒，等眼淚流乾了、流盡了，才肯走。昏黃路燈下，他像一隻黑色的、受傷的鳥，步履蹣跚，振翅難飛。我多麼想、多麼想，此刻衝上前去，抱住他、吻住他、告訴他：「無論要多久，我都願意陪著你。我不要承諾，不要忠誠，如果有一天你好起來，決定再次離開，我也不會留你。我只想要你好起來。」

但我沒有跑上前去，因爲我知道，他的傷，我無論如何也治不好。我不是他的藥。我什麼都不是。

第二天一大早，我對蔣天一道歉：「對不起，我不該對妳的私事指手畫腳。」

蔣天一說：「妳不知道我和那個男生發生過什麼。他只是依賴我，和我媽一樣，在某一方面依賴我。但我實在不想被任何人依賴了。」

我說：「那我不也是在依賴妳嗎？」

「妳不是，妳是我最想要的，同伴。」

誰都不想依賴的蔣天一，在四個月後決定閃婚。

對方是老何，北京某著名風投的合夥人，蔣天一去提案時認識的。老何聽完她的企畫，只說了一句：「一起喝杯咖啡吧？」

咖啡喝了幾次，蔣天一說她開始和老何交往了。然後，融資也跟著進來了，還是以極高的估值。這令我們迅速開展了一系列的行銷活動，並和幾個重要的協力廠商簽下了排他性獨家合作，徹底打垮了競爭對手，成爲獨角獸。

老何也並不是油膩的中年男人，他四十五歲，結過兩次婚也離過兩次婚，子女都跟著前妻在海外生活。他很溫和，喜歡高爾夫、威士忌、極地探險、藝術品拍賣等一切財務自由之後的嗜好。他沒什麼活力了，而蔣天一，是那麼地充滿活力。

蔣天一說：「等結了婚，我去上海籌備分公司，北京就交給妳了。正好老何在北京也住煩了，他在上海買了一棟老洋房，裝潢就夠折磨他一陣子了，他也喜歡秋天的上海，滿街桂花香。」

婚禮地點定在了三亞——為了保證政商貴客們的出席率，才刻意選在了不需要護照、不必長途飛行就能到達的海島。

「我其實想像過自己的婚禮。」在飛機上，蔣天一對我說，又像是自言自語，「但不是在三亞，而是在墨爾本，海邊的小教堂，我長大的地方。大家都穿短裙、短褲，儀式結束後，在沙灘上生營火、BBQ，無限循環播放Kylie Minogue的歌，大家不停地跳舞，吃龍蝦三明治，喝冰涼的白葡萄酒。」

我握住她的手，說：「等等到了酒店，我可以請婚宴公司人員改流程。營火、DJ、三明治，妳想過的，都可以有。」

她轉頭笑了笑，說：「完全沒必要。我也不是為了婚禮才結這個婚。」

蔣天一的婚禮，充滿了錢的味道。她穿著披金戴銀的中式吉服跪拜了父母，蔣天一的母親化著濃厚的妝，穿著前露胸後露背的禮服，令眾人嘖嘖稱奇——這是新娘的姐姐嗎？

蔣天一之後又換了層層疊疊的名牌婚紗，舉行西式宣誓。婚禮現場處處可見我們公司的LOGO，客人吃的沙拉是我們的產品，伴手禮是我們公司的會員卡。蔣天一和老何心裡都明白——花這麼多錢，飛這麼多投資人過來，當然是爲了品牌推廣。不然誰要湊這個熱鬧？

我是蔣天一的伴娘，也穿著婚紗品牌訂製的淡藍色伴娘裙，我燙了頭髮，提前做了超皮秒雷射打了玻尿酸，我整個人在發光，因爲我知道誰會來。

大倫來了。

他穿著白色襯衫和白色褲子，鬆鬆地扣了三顆扣子，隱約露出壯闊的胸膛——在我想像中，我們的婚禮，他也是這麼穿的。

他坐在嘉賓席，看見我走上禮台時，驚詫得無以復加，我只是對他笑笑，他沒有防備，而我爲了這一刻，已經準備了許久。

儀式結束後，蔣天一帶我走到大倫面前，對我介紹：「這是大倫，妳知道的……那個男生。」

我說：「我知道。」

大倫依然不可置信，問我：「蘇楠，妳怎麼在這裡？」

蔣天一也好奇：「你們怎麼認識？」

我說：「請大倫告訴妳吧，我先回房間了。」

夏天的海，明亮而寧靜。我坐在窗台上，喝著酒看落日。

大倫來敲門，說：「我都知道了，天一請我來找妳。」

我打開門，讓他進來，本想克制地坐在他對面，寒暄地聊聊天，但我看到他，再也無法控制，緊緊地抱著他，淚水弄皺了他的白襯衫，「對不起，對不起，我實在太想你了。」

大倫也抱了我。我們就這樣抱著，不說話，直到最後一抹餘暉也褪去。

最後是我鬆開了手，坐回了角落，對他說：「不要解釋，不要道歉，我很好。我和天一也很好。」

即使在不開燈的房間，大倫的雙眼，也如同星星一樣明亮，他看著我，緩緩地說：「對不起，天一對我來說，實在是很重要的人。她是救了我的命的人。」

大倫的母親，是自殺的。

那是一個嫻靜、聰慧的女人，研究所畢業後，在山東大學教文學概論。大倫的父親和她結婚時，還只是國土資源局的公務員。後來大倫出生，父親也辭職下海做起了房地產的生意。生意越做越大，父親也變得越來越粗暴、冷漠。

如果不是大倫乖巧可愛，或許父親早就拋棄了母親，如果是那樣，母親也就不會死。但父親保留了這段婚姻，又肆無忌憚地令母親難堪——他公然地帶著別的女人招搖過市，毫不遮掩。

母親的精神狀態越來越差，大倫印象中，她總是坐在家裡對著書發呆，臉上滿是淚痕。大倫國中畢業後，就被送到了墨爾本讀高中，這是父親和母親共同決定的——孩子懂事了，這家裡的許多醜事，眼不見爲淨。

大倫出國後，母親曾多次央求父親離婚：「放過我吧，就說我不守婦道，罵名我來背。」

父親只是冷冷地說：「等大倫大學畢業再說。」

母親開煤氣自殺之前，和大倫通了一次電話，母親說：「大倫，你要好好長大。不要變成你父親那樣的男人。你不要輕易愛，但如果愛上了，請眞心對待那個女人。女人原本都很堅強，直到你說你愛她。愛，會令女人軟弱。」

這番話深深印在大倫腦海中。母親去世、下葬三個月後，父親才通知他：「媽媽死了，煤氣中毒。」

大倫崩潰了，那年他十六歲。

學校的老師通知蔣天一：「他自閉，蹺課，漫不經心。妳們怎麼也不關心一下？」

蔣天一心中一驚，也不逼問大倫，只是每天默默地跟著大倫。大倫去哪，她就跟著去哪。大倫不上學，她也不阻攔，就是不遠不近地跟著他。大倫不說話，也不亂來，他喜歡拍照，什麼都拍，但都是黑白的。過了一陣子，蔣天一問他：「我可以看看嗎？」大倫把相機給她，蔣天一看過之後，淡淡地說：「拍得眞好，你應該申請墨爾本大學的藝術學院。」

大倫說：「我媽媽死了。」

蔣天一說：「我知道，你爸爸私下告訴我了。」

大倫說：「我也想死。」

蔣天一長嘆一口氣，說：「大倫，你來我們家住了兩年。見過我媽又哭又笑瘋瘋癲癲的多少次了？我才更應該想死吧？但是，我們長大成人，不就是爲了長成和父母完全不同的人嗎？我一直在努力，你可不可以也努力啊？」

大倫說：「我沒有家了。」

蔣天一說：「但我會陪你。」

大倫拿到錄取通知書那天，蔣天一和他睡了。主要是因爲兩人喝酒慶祝，徹底喝醉了。大倫抱著她跳舞，然後吻她。她剛開始想掙脫，才發現大倫已經長成了一個強壯的男人，那麼英俊、那麼迷人，她也無力抗拒。

事後蔣天一覺得又罪惡又快樂，他們在那個暑假一起去了峇里島。那是他們彼此人生中一段最單純又快樂的時光，他們在月光下跳舞、在沙灘上做愛，一遍又一遍，抵死纏綿。

上大學後，大倫單方面宣布自己是蔣天一的男友，甚至開始和她討論何時結婚、何時生個孩子。他告訴她不必工作，他是家裡的獨子，即使再厭惡父親，但父親掙下的江山，只會留給他。

蔣天一怕了，找了機會逃離。她去香港的時候，怕大倫輟學尾隨她，於是留了一張紙條給他：「請務必好好學習，等你開個展的那天，我們再相見！」

大倫當真了，老老實實地等到大學畢業，想追去香港，臨行前才知道蔣天一已經辭職，不知所終。蔣天一只說想回國創業，但又不告訴他去了哪裡，大倫萬般無奈，猜測她也許是去了上海，他便跟過去，在上海開了工作室，等著蔣天一的消息。

後來他認識了我，後來他決定和我試一試，後來他得知蔣天一在北京創業，後來在爺爺的葬禮後他決定追去北京，後來蔣天一嚴正地拒絕了他，後來他萬念俱灰地申請研究所去了巴黎。

我靜靜聽大倫說完了這些，走過去，輕輕吻在他的臉頰上，說：「大倫，人不能一輩子活在執念裡。我一直在努力，你可不可以也努力啊？」

大倫抬頭看我，明白我在說什麼。他流淚，我也流淚，我最後一次緊緊抱著他，在他耳邊說：「你走吧。」

第二天一早，蔣天一也來我房間找我。

「這眞他媽是個離奇的故事。」蔣天一對著我說，「妳也眞他媽是個離譜的人。」

「大倫走了嗎？」我問她。

「一早就走了。」

「妳接下來有什麼打算？」蔣天一問我。

「沒什麼特別的。」

我突然想到了什麼，問她：「所以妳會辭退我嗎？」

「放屁！」蔣天一反問我：「所以妳會辭職嗎？」

我說：「妳都捨得讓自己跟人『和親』了，我能袖手旁觀嗎？公司好不容易才打開了大局，我才不會因爲誰、因爲過去，就隨便放棄。」

蔣天一打開房間裡的小冰箱，擰開兩瓶小支的伏特加，遞給我，說：「乾了！」

我二話不說一口氣喝光，又擰開兩瓶小支威士忌，遞給她，說：「這杯敬妳！」

蔣天一乾脆把小冰箱裡剩下的一瓶紅酒和一瓶白乾都開了，和我乾瓶：「敬我們女人！」

「蔣天一，妳值得成功！」

「蘇楠，妳值得被愛！」

「我知道。」

「我也知道。」

最後我們都醉了，躺倒在地毯上，我們牽著手，看著彼此，我輕輕對她說：「加油吧，我們。」

後記

秋天的時候，我收到了大倫的電子郵件，上面有簡短幾個字：「想把這張照片給妳。」附件是一張照片，他在蔣天一的婚禮上拍的。彼時蔣天一和老何正在台上宣誓，我站在一側。大倫的鏡頭，穿過蔣天一，定格在我的臉上：我柔柔地笑著，身體舒展，目光專注，卻毫無波瀾。我久未見過這樣的自己，或者說，我從未見過這樣的自己——放鬆、自然、心無雜念。

我靜默了幾分鐘，最後打開電腦裡的一個資料夾，把所有照片都貼在了回信裡——照片全都是大倫。是和他在一起的時候，我用手機偷偷拍下來的：酣睡的大倫、刮鬍子的大倫、走路的大倫、坐車的大倫、發呆的大倫、說話的大倫、吃關東煮的大倫、晒太陽的大倫、撐傘的大倫、站在桂花樹下的大倫、牽著我的手一起走半里長街的大倫……還有那一天，我從蔣天一家中追出去，昏黃路燈之下漸漸模糊，消失不見的大倫。

我把這些照片還給了他，並把所有備份從電腦和手機裡徹底刪除——

「大倫：

我在每一個城市都愛過你。

祝，一切好。

珍重。」

番外篇

我們太太的晚宴

太太知道自己的社交圈裡必須有這麼一個熱鬧的人，
若身邊全是一群白天鵝，
先不說多無趣，
被不懷好意的外人看來，
鐵定會揶揄白天鵝們其實是被冷落的原配俱樂部。

這是一篇向冰心奶奶《我們太太的客廳》致敬的舊作，但確實是某一類北京女子的生活狀態。嚴肅的、走心的，看多了，來一篇不嚴肅的，開心一下。

北京女子有普通如我們的，也有高高在上如她們的。但，讓妳去過名媛的生活，妳未必眞的願意哦！

時間是一個最理想的北京夏天晚上，清朗而月明。場合是我們太太的晚宴。所謂太太的晚宴，當然是指著我們的先生也有他們的晚宴，不過客人們在先生的晚宴上都各自揣著一肚子打算與主張，務實得如同開會。

我們的太太自己以爲，她的客人們也以爲她是城中最體面的一個女主人。城中的藝術家、名媛，以及一切時尚人士，每逢清閒的夜晚，想喝一杯冰涼的香檳，或波爾多紅酒，想吃一盅家中私廚燉的魚肚，想見見朋友，想聊聊熟人的八卦，想有一個明眸皓齒又八面玲瓏的人，指點一些發財之道，便不須思索地拿起手提包或捧起花束，叫車或開車，把自己送到我們太太的餐桌上來。在這裡，每個人都能得到他們所想望的一切。

電梯一打開，是我們太太敞亮的進門大廳，中間一張小巧玲瓏的古董圓几，上面放一個

Noritake 鑲金燒藍花樽，供著日日換新的大朵花卉，常是牡丹或繡球，與頭頂懸著的那一盞Baccarat 水晶枝形吊燈相映成趣——典型的公園大道新貴風格。

繞過進門大廳，根本來不及環視一圈，常人的注意力就會立即被高大落地窗外的風景給吸引了過去——北京最繁華的東三環與最闊氣的長安街交匯在我們太太的窗外，絕美的盛世光景就這樣鮮活地日夜流動著，妝點了我們太太的客廳、書房、臥室與浴室，提醒了我們太太的客人身處如此中心，應當感受到的非凡與尊貴。與之相比，府邸裡四處要價上千萬的各路藝術家眞跡，眞的算不了什麼。

偌大的華宅裡，沒有懸掛或陳列一張太太的照片或是肖像。有的是活躍的當代知名藝術家自薦為太太造像，可是太太還年輕，最看不上燙著波浪小卷、喜佩翡翠玉佛的上一輩女富豪，她們的歐式別墅裡，才會居中懸掛藝術家為她們創作的雍容肖像，還是用巴洛克的鎏金畫框裱著。至於沙龍照、婚紗照，又不是息了影的女明星、上了岸的民歌手，要將青春定格、要把表明身分，無論昨日今天，我們的太太一直很體面；我們先生的書房裡，卻有幾張全家福、親子照，安放在 Tiffany 的銀質相框裡，占據了辦公桌一角，溫馨感人。

太太的兒子今年八歲，早早送去了英國的寄宿學校，一年見個三四次。太太心中常常想念著他，卻是她堅持要從小送出去的。太太想得很明白，若是留在身邊，遲早會讓夫婦之間心生嫌隙，彼此抱怨是對方不管孩子；客人若是心細，倒也能從起居室沙發旁的矮几上找到幾本過期許久的時尚雜誌。稍加翻閱，即可讀到雜誌對太太大篇幅的專訪。起手一張跨頁橫圖，太太身著幾十萬元的高級訂製及私藏珠寶威風凜凜地站在自家產業或古蹟裡，版上壓著大氣磅礴的標題「贏得瀟灑，活得燦爛！」客人於是可以闔上雜誌，會心一笑——「太太果然是社交界的一朵名花。」

我們的太太從衣帽間裡款款走出，頭髮鬆鬆地綰成一束馬尾，右手還忙著替耳朵綴上 Mikimoto 的珍珠耳環，她身上是一件 Chloé 馬甲式的繞頸眞絲上衣，露出一對白皙美好的臂膀，穿一條同品牌的眞絲黑色燈籠褲，腳上一雙 Repetto 緞面藕色平底鞋，臉上幾乎無妝，毫不俗氣、自然美好。這種形象，使人想起一則著名的時尚法則：「妳必須非常努力，才能看起來毫不費力。」

遠遠的門鈴響了幾聲，保姆按開門禁畫面，走過來對太太說：「寶琳小姐到了。」太太應了一聲，又吩咐道：「去，把剛才冰鎮好的香檳打開，寶琳是一進門就要喝酒的人。」

寶琳是京城另一名媛，生長在皇城根下三進三出的正經四合院裡，這麼一說，稍有覺悟的人俱可洞悉寶琳根正苗紅的出身。寶琳在美國讀完大學後便回國閒了下來，祖業是不好繼承，祖蔭卻清涼快活。凡舉行奢侈派對、開業、慶典、晚宴，主辦方無不力邀寶琳出席，她既是慷慨的消費者，又是高貴的貴族，一來二往，寶琳和我們太太相知相熟，亦是情理中的事。寶琳未婚，安心等著嫁到一個大富之家。太太已婚，身邊多的是願意聯姻權貴的梟雄，一個願意社交，一個願意牽線，兩人成天出雙入對。太太稍長幾歲，寶琳嘴裡「姐姐」也是叫得眞切，姐妹二人，恰如富貴二字，是斷斷分不開的。

果不其然，寶琳一進門就嚷著要喝酒，保姆立刻把倒滿香檳的水晶杯送到寶琳手裡。寶琳歡喜地說：「還是姐姐懂我。」太太莞爾一笑，仔細打量寶琳，她今天穿了一條Balmain極緊極貼的貼身短裙，搭配了一雙Giuseppe Zanotti鎏金綴閃石眼鏡蛇纏足細跟涼鞋，一頭大卷髮風情地側躺在肩膀一側，不禁令太太好奇：「今天還有什麼場合？」寶琳笑道：「稍晚在這附近有一個香檳派對，我在妳這裡吃完飯再過去。」太太嗔怪，說：「別說妳天天和亂七八糟的人混在一起沒一個正經，就是這麼天天喝，妳身體怎麼受得了？」寶琳喝完一杯，說：「沒事，都是圈子裡的一幫gay，和他們玩才放心，名聲壞不到哪裡去。」兩人正聊著，門鈴又響了，保姆說：「Cecilia到了。」

Cecilia是一名公關，獨立經營一家公關公司，客戶都是經營烈酒、情趣用品、夜店、會所之流，舉凡此類客戶，只要見過Cecilia本人，就會放心大膽地把生意交給她做。他們的邏輯是：一個敢隨時隨地袒胸露乳的女人，一定沒有鎮不住的歡場、搞不定的浪人。是的，Cecilia並不是典型的美人，偏偏令人過目難忘，她是嚴冬裡亦要露出半扇胸脯的女戰士，好似那並不是胸，而是一對胑，稍微遮擋住了，她便不能順暢呼吸、活蹦亂跳。常人跟Cecilia打招呼，像是被她上下四隻眼睛齊齊盯住，盯得人怪不好意思的，Cecilia再說兩句軟話，送半分懷抱，誰還狠得下心拒絕這等尤物？

旁人猜不透爲何 Cecilia 這樣的女子能入選爲太太的朋友，太太自有她的思量——生意場上，我們太太總有放不下身段去應對的俗人，把 Cecilia 推出去公關打點便可皆大歡喜，太太可以繼續做那「山中高士晶瑩雪，勸君終日酩酊醉」的事，Cecilia 不但做得好，還樂意做。況且，物以相襯而益彰，Cecilia 越是舉止豪放，顯得我們太太越是高貴婉約；Cecilia 越是衣不蔽體，我們太太越是神聖不可侵；Cecilia 越像一隻五光十色的錦雞，我們太太越像一隻潔白嫻靜的天鵝。太太知道自己的社交圈裡必須有這麼一個熱鬧的人，若身邊全是一群白天鵝，先不說多無趣，被不懷好意的外人看來，鐵定會揶揄白天鵝們其實是被冷落的原配俱樂部。

Cecilia 挺著胸，黑旋風似地開門進來，她今天穿了一件 Roberto Cavalli 的印花浴袍式圍裹長裙，兩只乳房依然不安分地想探出頭來看一看這個世界。寶琳抬起頭，問：「喲，又跟誰去哪晒得這麼黑？」Cecilia 嘿嘿一笑，說：「還能跟誰？去了趟帛琉，眞是好美好無聊，方圓一百公里除了我倆，全是猴子，成天四目相對的，日出而晒，日落而息。我感覺和法國佬把一整年的愛都做完了。」

太太大笑，說：「妳別得了便宜還賣乖！」三人又是哈哈大笑，連潘安進來了都沒有察覺到。

潘安當然是藝名，他是知名化妝師，原名潘軍軍，九〇年代從長春來北京做影視劇化妝，趕上國內時尚雜誌第一輪迅速發展的風氣，改行做時尚造型，順利發了跡。之後又頗具慧眼地牢牢跟緊幾個新生代女演員開工，如今這幾個女演員全成了天后、影后，潘安亦升天成爲大師聖手。我們太太是商界女性裡的天后，自然也只有潘安才夠資格幫忙打理妝髮形象。

「CeCe，妳該補補針了，這裡、這裡，還有這裡，有些都快掉了。」潘安指著Cecilia的臉，一點也不客氣。潘安當然知道，出入太太廳堂裡的，唯獨Cecilia是用來娛樂衆人的人，其他人，誰也開罪不起。

「討厭！」Cecilia雖不高興，還是立刻起身進到洗手間對著鏡子自我檢查了起來。太太一面笑，一面說：「安子，快過來幫我看看，有沒有什麼需要修補的？」太太雖然天生麗質，到了一定年紀同樣需要藉助醫學手段，維持姣好容顏，這在太太這樣的圈子裡，並不是一件不可與外人道的祕事。

潘安扭動腰肢，確如淨了身的太監一樣，乖乖走上前去，對著太太的臉左右端詳。「您最近的皮膚也太好了！又細又白又緊緻，您要是沒說，我還會以爲您剛打過針！快說，您是又發現什麼祕密武器嗎？」潘安臉上全是豔羨，一點看不出是諂媚。

潘安的回答令太太喜不自禁，她下意識摸了摸豐腴的臉頰，訕訕地說：「哪有，就是最近睡得比較好罷了。」「我呢？」寶琳也來湊熱鬧。「您可以去豐豐脣，更顯得性感。」

「聊什麼呢？」說這話的是梁紅，時尚雜誌主編，她剛從門外進來，迫不及待要加入話題。在任何一個場合，梁紅都是最閒不住嘴的那位，時政國經、社會改革、時裝美容、名流逸事、風花雪月……隨人興起，她均可找到切入點來聊。太太晚宴上的賓客，無不接受過她負責的雜誌的專訪。最初梁紅透過潘安認識了 Cecilia，又透過 Cecilia 採訪了寶琳，最後透過寶琳採訪到了我們太太。

拍攝當天，梁紅親自買了咖啡到現場探班，原定的記者採訪也成了兩個時代女性之間的對話，梁紅準備充分，對太太的過往一清二楚，更會挑著太太願意聊、願意答的話題提問，拍攝結束，兩人都有了惺惺相惜的情感，太太的下一場晚宴，梁紅接到了邀請。

「正在聊起妳呢！還不快進來！」太太一招手，示意梁紅趕緊入座。

「聊我什麼？」梁紅果然把話題引了過去。

「聊下個月你們雜誌的女性盛典，我們這些老面孔該以什麼新姿態出席。」梁紅雜誌主辦的女性盛典是早就和太太打過招呼的，已經訂下了要給我們太太頒一個年度傑出商業女性。

「妳肯來就是榮幸了，說什麼老面孔？等著見妳真容的仰慕者不要太多哦。」梁紅笑道。

最後一個進門的是鵬遠，某餐飲集團的富二代，和太太住同一棟樓，一是鄰里關係，二來鵬遠家裡想和先生合作一些商業項目，做爲接班人的鵬遠便常來太太家裡走動。鵬遠和寶琳同歲，英國留學歸來，常穿T-Shirt、牛仔褲，看不出富二代的出身，倒有些這圈子裡難得一見的年少清爽，我們太太都時常忍不住在衆人裡多看他幾眼。

見鵬遠進門，太太拋給他一個盈盈笑靨，轉身去招呼其他客人入座用餐。才剛坐下，鵬遠突然問：「今天人怎麼這麼少？安淇沒來嗎？」太太臉色沉了一下，反問：「她來做什麼？」

此話一出，在座衆人神情都有些不自然，安淇前不久分明還是我們太太身邊最好的姐妹之一，怎麼突然之間換了？

太太亦意識到這話說得太生硬了，像是一襲華美的袍子被扯出了一個線頭，毀了之前多少精細的功夫！「我是說，或許她最近忙著拍戲，哪能分心來吃飯？」

「不會吧？我前兩天在我們會所好像還看見她了……」

鵬遠正要往下說，看見對面的Cecilia不停地向他使眼色，才察覺自己多言了，趕緊把話收回，「想起來了，是我記錯了，不是她，看見的是詩文。」

「是啊，怎麼可能是她？她不拍戲，還不趕緊躲起來大修一番？」潘安準確嗅到桌上的風向，決定要讓我們太太開心起來，「我又不是不認識替她整形的醫生，你們有看過她最近出席各大活動的照片了嗎？之前幫她墊的下巴最近漸漸走樣，肯定是要回去重新捏一個的。」

「吃飯吧。」我們太太決定終止這個話題。

菜是熱的，可是氣氛卻冷了下來，之後無論 Cecilia 多麼大肆分享自己的閨房祕事，抑或寶琳聊起時下政經，太太只是淡淡地笑，並不接話。飯剛吃完，寶琳也不耐煩了，說：「我要去那個香檳的活動了。」Cecilia 趕緊搭上寶琳，說：「我跟妳一起去。」太太把衆人送到門口，從後面輕輕拍了拍鵬遠，說：「你陪我坐一會兒，我有一些事情要問你。」

鵬遠跟著太太走進書房，我們太太給自己倒了一杯白蘭地，也不問鵬遠喝不喝。太太喝了幾口，在沙發上坐下，問：「你說，你前兩天是不是看見安淇了？」

「這……」鵬遠有些爲難，他大概猜到了太太想要問什麼。

太太又喝了一大口，追問：「說吧，沒事，是不是看見她了……還有我家先生。」

鵬遠不敢回話，坐在沙發另一側，手足無措。

「我自己帶進門的麻煩，怎麼會不清楚？」太太淡淡地說了這麼一句，放下酒杯，轉過身來面對鵬遠，眼裡竟噙著淚花，這是太太在客人面前從沒有呈現過的模樣。點點淚光中，太太的臉恢復了少女時期的生動，像一個初嘗愛戀苦楚的處子，婉轉著不肯言說心中的委屈。鵬遠看得有些動容了，身體不由自主地朝太太的方向靠去，太太作勢一倒，狀若無力地靠在鵬遠的臂膀。

太太柔柔的聲音和軟軟的身段散發出一種君須憐我的無助，她說：「你可以不回答，但不可以騙我。我周圍的人都在騙我，你不可以。」

鵬遠此時心中全是憐憫與溫柔，他想捧起太太瑩潤的小臉，對她承諾：「我不會。」手掌剛要碰觸到太太的臉龐，他不小心往書桌的方向看了看，幾張全家福照片裡，先生果然是在瞪著他！鵬遠霎時打了個冷顫，醒了過來。縱然都是巨賈，先生的身價卻是鵬遠的數十倍甚至上百倍，人脈也不知龐大多少，太太縱使失了意，那也還是先生的太太！

鵬遠站了起來，惶惶地說：「妳也別多想，我先回去了，我家裡那位還在等我。」

太太怔怔地看著鵬遠飛也似地走了，眼裡的淚終究沒有流下來。她又倒了一杯酒，蜷在沙發裡發呆，這時手機響了，梁紅傳來一則訊息：「原本計畫在女性大典上，讓安淇當妳的事蹟介紹人，妳看現在要不要調整一下？」

太太沒什麼猶豫，回她：「為什麼要調整？很好啊。」

我們的太太在回完訊息的那一刻，恢復了平日裡廟堂之上的冷靜。她放下酒杯，起身走進衣帽間，開始一件一件翻閱自己的行頭。夜很快就深了，什麼先生、安淇，甚至鵬遠，全都遠遠地搬離了太太的心田，她惦記的，只剩下該穿什麼去領獎才不會被比下去。

「明天陪我出去逛逛。」太太傳訊息給寶琳後，終於捨得睡去。

窗外夜色深沉，卻永不沉寂。

後記

歡迎來到北京，
這城市包容妳的失敗

我們選擇來到北京，
是選擇駛入這樣一片波瀾壯闊、
無邊無際、充滿生機的水域，
在這裡，我們乘著更大的風浪，
駛往更遠的方向。

十年前，我住在東三環附近的松榆東裡。

在社區西門，有一個麻辣燙攤子。帆布搭起來的簡易棚子，兩個鐵皮爐灶、十來張塑膠椅，一對安陽夫妻操持。每晚六點準時擺攤，兩大鍋五香湯底裡整齊地放著成串的魚丸、燕餃、豬肺、牛肚、麵筋、海帶、豆腐、藕片……就那麼「咕咚咕咚」地熬著，發出陣陣香味，吸引了這城裡的夜歸人：有在附近洗衣店、大賣場上班的小女生，有周邊網咖的男職員，有三五結伴而來的房地產仲介，有夜晚剛從北京交通的尖峰時刻逃出，攜帶著一身疲憊回家的辦公室男女，也有帶著孩子來的一家三口，丈夫一坐下便要了啤酒，一口氣喝下大半瓶，媽媽一邊幫小孩拿起串兒，一邊喃喃自語：「最近眞是太忙了，今天又加班。」——其實並沒有人責怪她。

麻辣燙無論葷素，兩元一串，童叟無欺。最後結帳時吃出了零頭，老闆娘一概抹去只收整數。我是常客，去得多次了，也會記住一些常客的面孔，但我們從來不交談，只是落座後，會很有默契地把彼此愛吃的串兒往對方面前一放。

記得是一個初秋的夜晚，我在家寫完稿以後，又去吃麻辣燙。十點鐘的光景，人已不多，我斜對面坐著一個常來的年輕女孩，沒什麼吃，一直在傳訊息。「啪！」我聽到她把手機重重地放下，再一抬頭，女孩開始惡狠狠地吃。她吃得難看極了，像是餓了許久，幾乎不看、不挑，從鍋裡撈起一大把串兒都不往碗裡放，直接往嘴裡送。

那場面實在離奇，我和別的食客都忘了禮貌，看得目瞪口呆。然後，我看到，那女孩開始流淚，不是哭，先是大滴大滴，然後成串成串地落淚，也許是辣著了，她的鼻涕也跟著流了出來，和眼淚混在一起，被她裹著食物，凌亂地全部吃進嘴裡。

坐在她旁邊不相識的女孩放下了筷子，給她遞上紙巾；對面另一個常來的仲介男，倒了杯啤酒，放到她面前；老闆娘什麼也沒說，只是靜默地往鍋裡添補食物。女孩吃了許多，吃到她開始反胃作嘔，才停了下來。她胡亂擦了擦臉，叫老闆娘結帳。老闆娘走過來，對女孩擺了擺手：「不用了，早點回去吧。睡個覺明天就好了。」

女孩愕然，但老闆娘執意不肯收錢。她走了以後，老闆娘俐落地收拾好桌子，仲介男又加點了一瓶啤酒，老闆蹲在棚子外抽菸，夜深人靜、昏黃燈光下，我聽見他悠悠嘆了一句：「在北京混，都不容易。」

我永遠不會知道，那女孩為了什麼而哭。但我也曾那樣哭過：羞恥、決絕、不顧一切。

那時我剛大學畢業，因為種種原因，找了一份在當時看起來是差強人意的工作，每個月薪水一萬元。第一年春節，公司只發了三千五百元的獎金，我買不起機票，只好提前請了幾天假，坐了將近三十個小時的火車回家過年。

三千五百元的年終獎金我全部拿去買了糕點果脯，裝了滿滿的一行李箱，家裡親戚見者有份，人人誇我有出息又懂事。吃年夜飯時，我在父母面前毫不避諱地酗酒、抽菸、侃侃而談，說我在北京跟誰誰誰是好朋友。

剛畢業的時候，每個人也都還有熱情參加同學會。那年的國中同學會，是某個男同學請客去夜店，他在老家的電信公司上班，才工作第一年就發了三萬元的年終獎金，那晚陸陸續續來了二十幾個人，人人喝得齜牙咧嘴。請客的男同學摟住我的肩膀，在我耳邊說：「還是老家舒服吧？北京有的，這裡都有，大家還能經常一起出來玩。」

我連乾了幾杯他買單的酒，擠出一個微笑，對他說：「我才不回來，就算留在北京乞討也不回來。」

年過完了，我要回北京——其實我也不知道回北京做什麼，北京那份工作我早已是下定決心要辭的。母親也試探性地問我：「回來考個公務員，去法院上班，家裡也有關係，肯定沒問題的。」我什麼也不說，因爲我心裡也很亂。

母親送我到樓下，我請她回去，她躊躇了一會兒，突然掏出八千元塞我手裡，然後轉身跑上樓，邊跑邊對我說：「好好保重，注意身體。」——她也不敢看我。

等聽見母親關門的聲音後，我就站在我家樓下，狠狠地哭到泣不成聲，一如那個哭著吃麻辣燙的女孩。

回北京後，我再也沒有像那次那樣哭過。那就是我最壞的時候，我最後終於挺過去了。

畢竟，看著北京環路上飛快蓋起的一棟棟高樓、公車站每天都在更換的誘人海報、新聞裡說又要興建什麼、舉行什麼、落地什麼，我就想，「只要願意留在北京，怎麼可能沒有機會？」

後來，我去了心心念念的時尚雜誌上班、開了部落格，漸漸步入正軌。有一次，我採訪某個知名建築師，對方約在我常去的一間酒吧，我熟練地點了喜歡的威士忌，建築師坐在我對面，饒有興趣地反問我：「你很懂威士忌？」我說：「不算懂，但很喜歡。」

「也難怪。」他繼續問，「像在你們這樣的雜誌社上班的，是不是都得是富二代啊？」

我笑了，回答他：「我不是。我小地方來的，北漂。」

他也笑了，說：「我也是。」

來京十九年，我哭過許多次，也見過許多人哭，尤其是那些女子——

那些在心碎以後，化著漂亮的妝，穿著性感的衣服，然後在酒吧醉到不省人事，哭著說「可是我還是想他」的女子；

那些被老闆罵得狗血淋頭，躲在樓梯間裡蹲在地上捂住嘴，偷偷哭泣的女子；

那些好不容易獨自買了房，接了父母來北京過年，卻在大年夜和催婚的父母吵得不可開交，一個人跑出去，在社區裡漫無目的，走著走著就淚流滿面的女子；

那些在發現丈夫出軌以後，冷靜談判、軟硬兼施，直到拿了離婚證書那天，才跌跌撞撞地跑去閨密家中號啕大哭的女子；那些在兒童醫院裡，一邊陪著孩子在床邊，一邊寫案子，聽見孩子在病床上迷迷糊糊，呻吟地喊「媽媽，我想回家」，頓時淚如雨下的女子……

但最終，我，和這些女子，都停止了哭泣。我們收拾了情緒，把過去很好地藏了起來，繼續戀愛，繼續工作，繼續頂著父母的壓力單身，繼續努力平衡事業與家庭，繼續照顧自己的小孩，繼續努力生活，並努力讓別人看見：我們也在享受生活。

我們成功了嗎？似乎還沒有。就像我在本書連載開始之前，序言裡寫的：再怎麼勸自己適可而止，卻永遠都有下一個想得到的東西。

失敗了嗎？是的，我們都失敗過。我們帶著自己的過去，也帶著自己的願景，來到北京，然後不停犯錯，不停受傷，最終學會選擇，學會自癒。

生活從來不會靜止在失敗或成功這兩個端點，它是在這兩岸之間來回翻湧、湍流、奔騰的一條河。我們努力朝著另一岸擺渡，有時順流，有時逆流。

而我們選擇來到北京，是選擇駛入這樣一片波瀾壯闊、無邊無際、充滿生機的水域，在這裡，我們乘著更大的風浪，駛往更遠的方向。

這一路會是孤獨的，但也會是寧靜的。寧靜到，妳無須再服從、再跟隨，妳只有自己可依靠，於是可以只聽從自己內心的指引。

這一路會是驚險的，但也會是變化的。再沒有什麼一成不變，妳可以犯錯，也可以隨時一轉頭重新來過。

這一路，是爲了實現，更是爲了發現——發現活著的更多可能，發現做人的種種趣味，發現越來越從容的自我。

也許全世界的大都市都差不多是如此，但妳總更喜歡北京，喜歡它的璀璨，喜歡它的廣博，喜歡那些格外俐落爽朗的北京女子——她們帶著不同地方的口音，卻都是喚妳一聲：姐妹們！

妳特別喜歡的是它的包容。來北京之前，妳一無所有；來北京之後，妳依然可以一無所有，但妳終將在北京找到同路的異類，或者異路的同類。妳們不必相同，妳們彼此認同。若有一天遇見，妳會認出她，她亦會認出妳，妳們會相視一笑，以善意、以祝福。

所以，歡迎來到北京，這城市包容妳的失敗。

Eurasian Publishing Group
圓神出版事業機構
用心與你對話・網野無限寬廣

圓神出版社
Eurasian Press

www.booklife.com.tw

reader@mail.eurasian.com.tw

圓神文叢 263

雖然苦，還是想活成令人羨慕的樣子：

那些在都會流淚築夢的女子們

作　　者／王欣
發 行 人／簡志忠
出 版 者／圓神出版社有限公司
地　　址／台北市南京東路四段50號6樓之1
電　　話／（02）2579-6600・2579-8800・2570-3939
傳　　真／（02）2579-0338・2577-3220・2570-3636
總 編 輯／陳秋月
主　　編／吳靜怡
責任編輯／歐玟秀
校　　對／歐玟秀・林振宏
美術編輯／林韋伶
行銷企畫／詹怡慧・林雅雯
印務統籌／劉鳳剛・高榮祥
監　　印／高榮祥
排　　版／莊寶鈴
經 銷 商／叩應股份有限公司
郵撥帳號／ 18707239
法律顧問／圓神出版事業機構法律顧問　蕭雄淋律師
印　　刷／國碩印前科技股份有限公司
2020年2月　初版

定價 350 元　　ISBN 978-986-133-705-0　

我們只有這一生，所以不要敷衍。

哪怕心殘志堅，哪怕道阻且長。

——《雖然苦，還是想活成令人羨慕的樣子》

國家圖書館出版品預行編目資料

雖然苦，還是想活成令人羨慕的樣子：那些在都會流淚築夢的女子們 / 王欣著. -- 初版. -- 台北市 : 圓神, 2020.02
368 面；14.8×20.8公分 --（圓神文叢；263）

ISBN 978-986-133-705-0（平裝）

857.63 108018372